怪盗ハテナ、特訓中!!
座禅で精神統一!?
不知火 真
Makoto SHIRANUI
モリガン
Morrigan
JN031564

星里 メイヴ
Maeve HOSHISATO
桜井 エマ
Emma SAKURAI
星里家で宴開催中～！
まだまだ飲みたりなさそうな
モリガンさんだが――

マライア
MARIAH

ZZZ
星里 衛
Mamoru HOSHISATO
星里 夢未
Yumemi HOSHISATO
星里 果菜
Kana HOSHISATO
ガウガウ
GauGau

ダッシュエックス文庫

はてな☆イリュージョンR2

松 智洋／StoryWorks

HATENA☆ILLUSION R

PRESENTED BY
TOMOHIRO MATSU / STORYWORKS
ILLUSTRATED BY
KENTARO YABUKI

イラストレーション
矢吹健太朗

それでも僕らは自分の人生に意味を見出していく。一番大事なものを見つけるために。

プロローグ

　僕は精一杯《せいいっぱい》やってる。そりゃまだ子供だもの。大人みたいにはうまくいかないかもしれない。だけど今はダメでも、きっとうまくやれるようになる。ほら、こんなに頑張ってるんだ。いいところだってあるんじゃないかな。明日は今日よりうまくなってみせるよ。だから。

　だから、少しくらい認めてくれてもいいじゃないか。

　そんな風に思っていた。

「うーん、そういう話じゃないんだけどなあ。わたしはただ、それ——スマイルステッキだっけ？　それは君の手に余るから手放しなさいって忠告してるだけで」

「同じでしょう」

「あー、そうよね、そう聞こえちゃうかぁ。気持ちはわかるわ。とてもよく、ね」

　目の前に立っている少女は、そう言って困惑《こんわく》したように首を小さく傾《かし》げる。

「で？　自分たちの実力を試してほしいって？」

　頷《うなず》く僕たちを見ながら彼女はくるりと表情を変えて、楽しそうに微笑《ほほえ》んだ。

その様子が、気に障《さわ》った。

イラ立ちながら、自分がこんなに瞬間的に怒るなんて意外だなって、頭の片隅《かたすみ》で思う。考えてみれば当たり前だ。僕やはてなの努力をバカにされたように感じたんだ。それだけじゃない。未来の夢や、目標も否定された気がした。

そんなの、誰だって怒るに決まっている。彼女が僕たちを怒らせようと挑発《ちょうはつ》しているのをわかっていてさえも、イラ立ちは止められなかった。

「ごめんね、そんなつもりはないの。そういうのは胸の内にしまっておくといいわ。だって、そこでだけ輝くものだから。大事になさい。でもね」

彼女は呆《あき》れたような表情で、軽くため息さえつきながら言った。

「それって現実ではクソほども役に立たないわ。ていうか、むしろ迷惑なのよね。正義のため？　夢のため？　そういうのは鍵《かぎ》付きの日記帳に書きつけてから机の奥にしまって、誰にも見せないことよ」

その言葉を聞いて、それまで黙っていたはてなが割って入った。

「アーティファクトの回収は、母様から受け継いだものだわ」

「今は彼の話をしてるの、カナ」

「真《まこと》はあたしのパートナーよ。真をバカにするなら、あたしだって黙ってられない」

「だからバカにしてなんてないってば。んー、そうよね。言葉で伝わるものでもないか。いいわ、試してあげる。それで満足するんでしょう？」

彼女は片手を腰に当て、もう片方の手を前に突き出して、人差し指で僕らを誘った。

僕ははてなに視線を送る。

それだけで呼吸を合わせるには十分だった。

「いくわよ、フィンダウィル！」

はてながマフくんの真名《まな》を叫ぶ。最初からリミッターを解除して、全力で闘うつもりだ。僕もそのつもりだった。やるなら短期決戦以外にあり得ない。

目の前に立って微笑んでいる女の子は、（とてもそうは見えないけれど）世界中の魔法関係者から恐れられている稀代《きだい》の魔女、モリガン・レルータなのだから。

「いつでもどうぞ♪」

モリガン先生がそう言い終わるより早く、僕の後ろにいたはてなが弾丸のように飛び出す。その風圧を頰《ほお》に感じるのと同時に、僕はスマイルステッキを握り締めて能力を発動した。

モリガン先生がはてなの突撃に気を取られている隙《すき》に、僕は瞬間移動でモリガン先生の背後に回り、リングで全身を拘束《こうそく》する。そこに追いついたはてなが渾身《こんしん》の一撃を叩《たた》き込むはずだった。

瞬間移動のタイミングはバッチリだったし、そこからリングマジックへの移行はこれ以上ないってくらいうまくいった。

ただ予想外だったのは、僕がリングで拘束したのが、モリガン先生じゃなかったことだ。

「ひゃっ！　ちょ、ちょっと、これなんですか？　くっころってやつですか!?」

肩から爪先《つまさき》まで十二本のリングで拘束されたエマさんが、当然だけどそのまま立っていられなくて転んで横倒しになってしまう。

「え？　あれっ、エマさん、いつの間に？」

「きゃあああ、真、なんでそこにいるのよ？　避《よ》けてぇぇぇぇ!?」

はてなの叫び声に顔を上げると、そこにはマフくんの大きな拳《こぶし》が迫っていて、視界の端では椅子《いす》に腰かけているモリガン先生がワイングラスを掲《かか》げるのが見えた。

「待っ」

胸が圧《お》し潰《つぶ》されるような衝撃とほぼ同時に、背中に強烈な痛みを感じて目をぎゅっと閉じた。

その目をゆっくり開いたら、世界が真横になってる？

あ、僕、倒れてるのか。

「ごめん真、勢いをつけすぎて止められなかったの！　だ、大丈夫？」

僕の顔を、はてなが泣きそうな顔で覗《のぞ》き込んでいる。痛い痛い、揺すらないで。あれっ、息が吸えないや。無理に呼吸しようとするとすごく痛い。これちょっとやばいんじゃないか？

そんな僕らを、モリガン先生が冷ややかな目で見下ろしていた。

僕は、ゆっくりと偉大なる魔女に顔を向ける。

「満足したかしら？」

するわけがない。攻防を始めて2秒ももたず、こてんぱんにされた。

それどころか、僕は心のどこかでほっとさえしていた。つまり僕は何もわかっていないガキで、たった今、夢幻《むげん》の魔女と呼ばれたモリガン・レルータの実力の片鱗《へんりん》を見せつけられた。なんだよこれ。死なずに済んだのは、モリガン先生の気まぐれとしか思えない。

「じゃあわたしに勝って、すごい実力だわ認めざるを得ないわねステキ！　とでも言わせれば、君は満足だった？」

そう言わせたかった。

僕たちがやっていることが正しいってこと、はてなのパートナーでいること、スマイルステッキを持つに相応《ふさわ》しい人物だと。僕が頑張っていることを、僕を受け入れてくれた衛師匠《まもるししょう》やメイヴさんたちの優しさを、認めてもらいたかった。

「別に言ってあげてもいいけど」

僕は唐突《とうとつ》に理解した。欲しかったのはそんな言葉じゃない。自分に足りないのは、誰かに認められることなんかじゃないんだってことを。

床に這《は》いつくばって敗北感にまみれながら、それでも諦《あきら》められない理由があるんだってことに気づいたんだ。

モリガン先生が、再び訊《き》いた。

「それ、手放す気になった？」

「……絶対に、イヤだ。渡すもんか」

僕は残った力を振り絞《しぼ》ってスマイルステッキを掲げると、それを消して懐《ふところ》に収める。

それが今の僕にできる、精一杯の強がりだった。

第一幕

最凶☆夢幻の魔女

　それは突然やってきた。

「それではこのクラスの担当になった教育実習生の先生を紹介します」

　朝のホームルームの時間、担任の先生の後ろについて教室に入ってきた女の子、女の人？は、チョークを手に取って自分の名前を黒板に書き始める。

「ねえ、はてな。教育実習生だって。あの人、メチャかわいくない？」

　隣の席の心美《ここみ》――桔梗院《ききょういん》心美が、担任の先生に聞こえないように小さな声で言った。

　彼女とは小さい頃からの付き合いで、あたしのことを今でも『はてな』ってあだ名で呼ぶ。中学に上がりたての頃はちょっとイヤだったけど、だって『はてな』なんて子供っぽくない？でも最近では心美以外の友達にも『はてなちゃん』なんて呼ばれるようになって、なんだか慣れてしまった。

　ともかく心美が言ったように、教育実習生と紹介された女の子は、まるでアイドルかモデルかってくらい可愛《かわい》くて、ただどう見ても日本人っぽくないというか西欧の人に見える。

　心美だけじゃない、教室のそこここから「わあ、可愛い」「え、先生なの？」「クォーター？

それともハーフ？」って囁《ささや》き声が聞こえた。

確かに可愛い。でも、どうしてだろう。あの人を見ていると、言いようのない感情が胸の中で膨《ふく》れ上がっていくのは。

「可愛いけど、でも、うーん……」

「でも、なによ。もしかして知ってる人？」

あたしは首を横に振る。でも心美の言葉で気づいた。あの人、あたしが知ってる誰かに似てるんだ。それが誰なのかはわからない。ただ、あの小さい背中を見ているとムズムズするっていうか、妙な不安を覚えた。

「誰かに似てるのよね。誰だっけ……」

教育実習生が黒板に名前を書きつける音が、カツカツと教室に響く。

心美が頭のリボンを揺らしながら、ため息混じりに言った。

「うーん、後ろ姿も完璧《かんぺき》だわね。ダディのプロダクションにスカウトしようかしら」

心美のお父さんは芸能プロダクションを経営していて、心美も少なからずタレントのプロデュースに口出しをしてるらしい。その心美が言うんだから、誰が見ても間違いなしの美人さんなんだろう。

あの人が誰に似ているのか思い出そうとしながら、黒板に綴《つづ》られていくアルファベットを目で追っていった。ふうん、アルファベットってことは、やっぱり外国の人なんだ。

なんて、のんびり考えていたのもそこまでだった。

教育実習生が自分の名前を書きつけ終わって、くるりとあたしたちの方を振り向く。ふたつに括《くく》った金髪の房がくるんと揺れて、にっこりと微笑《ほほえ》んだ。か、可愛い。あたしが男の子だったら恋に落ちてたかもしれない。それくらい完璧な振る舞いだった。

けれど。

「みなさん、はじめまして。モリガン・レルータといいます。モリガン先生って呼んでね。モリィおねぇさんでもいいでぇす」

そう彼女が名乗った瞬間、あたしは思わず机に顔を伏せてしまった。

顔を上げないように注意しながら、この教室であの人の名前を知っているもう一人、あたしの幼馴染《おさななじ》みで居候《いそうろう》でパートナーでもある不知火真《しらぬいまこと》の方を振り返る。

「(ホ・ン・モ・ノ・?)」

真もあたしの方を見ていて、口をパクパクさせてそう訊《き》いてきた。

本物のモリガン・レルータか、ですって？　そんなの決まってる。あたしが浮かべてる脂汗《あぶらあせ》？　冷や汗《あせ》？　を見なさいよ。わかるでしょ。

なんて思いながら、何度も何度も首を縦《たて》に振る。

あの人、モリガン・レルータが誰に似ているのか、やっとわかった。

母様と、その妹のマライアさんだ。どっちかと言えばマライアさんっぽいかな。顔立ちはもちろん、笑顔とか背筋《せすじ》をピンと伸ばした立ち姿とか、すごく似てる。マライアさんが十歳も若ければ、あんな感じだったに違いない。

わざわざそんな理由をつけなくても、確実に母様と血が繋《つな》がっているって断言できる。母様と血縁なら、あたしだってそうだってことだもの。

だから、あのモリガン・レルータは、正真正銘《しょうしんしょうめい》本物のモリガン・レルータなんだろうと思う。

でも？　でもでも？　でもでもでもでも？

あたしはひどく混乱していた。

「出席の点呼《てんこ》ってしてみてもいいでしょうか。みんなの顔も覚えられますし」

頭の上を通りすぎていくモリガン先生の声に、思わず身体《からだ》を縮《ちぢ》めてしまう。

担任の先生は、快くモリガン先生の提案を受け入れた。

「それじゃあ、わたしが名前を呼んだら、手を上げて大きな声で返事をしてくださいね」

モリガン先生はそう言うと、出席簿を読み上げながら、ゆっくりと教室を歩いていった。

順番にクラスメイトの名前が呼ばれて、元気のいい返事が教室に響いた。

そして、いよいよその時が来た。来てしまった。ううう。

「星里果菜《ほしさとかな》さん」

「……ふぁい」

あたしは観念して、手を上げながら返事をした。俯《うつむ》いた顔を上げる勇気はなかった。

「星里果菜さん？」

モリガン先生の声が、さっきよりも近い。こつこつと、あたしの席へ向かって歩いてくる靴音が聞こえて、ほんのすぐ近くで止まった。

——誰か助けて
そう叫ぼうかと思ったけど、息が詰まって声が出なかった。

モリガン先生が、机に突っ伏しているあたしの顔を覗《のぞ》き込む。

「星里果菜さん、よね？」

「はい」

そう答えた瞬間、モリガン先生はあたしを力いっぱい抱き締めて、こう言ったの。

「カナなのね！　会いたかったわ！　おばあちゃまよ！」

終わった。

あたしは何もかも考えるのを放棄《ほうき》して、とびっきりキュートな祖母に抱き締められながら、その場で気を失ったのだった。

*

人にはそれぞれ生きるべき日常がある。

秒単位のスケジュールで海外を飛び回るビジネスマンもいれば、仕事を定年退職して趣味に時間を費《つい》やしてるなんて人もいるだろう。忙しかったり暇《ひま》だったり、楽しかったりつまらなかったりなんてのも、それぞれじゃないだろうか。

僕、不知火真の日常はと言えば、同じ年ごろの男子中学生とくらべて、けっこう、いやかなり波乱に満ちてるんじゃないだろうか。これは誇張でも、ましてや自慢でもない。

　幼い頃から奇術師になることが夢だった僕は、中学へ上がるのを機に上京してきた。

　父の古い友人であり、世界的に有名な奇術師・星里衛《まもる》さんに弟子《でし》入りするためだ。

　そうして衛さんの弟子として、また住み込みの執事《しつじ》見習いとして星里家にお世話になることが決まって、幼馴染みだったはてなと再会した。

　はてなっていうのは愛称で、本名は果菜ちゃん。星里家の長女で、何年か振りに会ったはてなは見違えるような美少女に成長していた。

　そこで、僕はアーティファクトという魔法の道具に出会ったんだ。

　もう一度言うよ。これは『魔法みたいに便利』みたいな比喩《ひゆ》じゃないし、嘘《うそ》や冗談でもない。正真正銘の魔法の道具。それを持つ者に魔力を操《あやつ》る才能がなくても、ある程度の魔法が使えるようになる。

　そして哀《かな》しいことだけど、アーティファクトを手にした人すべてが正しい心を持っているわけじゃない。悪用する人もいれば、その強すぎる力に「振り回されて悲しい思いをしている人たちがいる。

　はてなのお母さんであるメイヴさんと衛師匠《ししょう》は、そんな人たちから悲しみを盗むという仕事を続けていた。そしてその大事な仕事を、はてなと僕が受け継いだんだ。

　その名も、怪盗ハテナ。

　そこにアーティファクトがあれば、どんな困難を乗り越えてでも盗み出す。

時にはそれが魔法の道具だと知らなかった持ち主もいれば、アーティファクトの蒐集《しゅうしゅう》に情熱を燃やすマニアもいたし、人から奪ったアーティファクトを売りさばこうとするマフィア組織と敵対してオーストラリアまで行ったりした。それから近所で正義のヒーローと死闘を繰り広げて、ついこないだなんてアーティファクト仕掛けのロボットに殺されかけた。

とまあ、随分《ずいぶん》はしょったけど、これが僕らの日常だ。

そんなだから、僕もはてなもちょっとやそっとの出来事では驚かない自信がある。

そのはてなが今、教室の真ん中で、教育実習生のモリガン先生に抱き締められたまま、ぐったりと——あれ、気を失ってるんじゃないか？

「はてな！　だ、大丈夫？」

僕は思わず座っていた椅子《いす》を蹴《け》って、はてなと、はてなをまるでお人形さんのように抱き締めているモリガン先生のところまで走った。

「なぁに？」

モリガン先生は、はてなを抱き留めたまま、僕をじろりと睨《にら》んだ。なんだか視線に敵意がこもっている。まるで、抱いているはてなを僕に取られまいとしているかのような——

突然、全身の毛が逆立つような怖気《おぞけ》を感じて、僕は隠し持っているスマイルステッキ——僕のアーティファクトだ——を取り出そうか一瞬迷って、手を止めた。

僕が先に動けば、相手も動く。

対峙《たいじ》する西部劇のガンマンみたいに、僕は動けなくなってしまった。

と、その時、モリガン先生の腕の中で、はてなが目を覚ました。

「はぅわっ！　あたし、今気絶してた？」

じたばたともがくはてなの手を取って、モリガン先生の抱擁《ほうよう》から引っ張り出す。

「ありがと、真」

「はーん、あなたが不知火真くんね？　へーえ、ふーん」

モリガン先生がぐっと顔を近づけて、僕の瞳《ひとみ》を覗き込んだ。

「話は聞いてるし知ってるわ。カナのパートナーなんですってね」

「あっ、はい、その、そうですけど」

我ながらカッコ悪い返答だったと思う。

薄いグリーンの瞳に、心を見透かされるような気がして身動きが取れなくなってしまう。

モリガン・レルータの名前は、衛師匠やメイヴさんから聞かされていた。そのだいたいが、ちょっと信じがたいような話ばかりだった。曰《いわ》く、名前を言っただけで呪《のろ》われるとか、勝手に爆発しない分まだ核弾頭の方がマシだとか、とにかくとてつもない危険人物だって。

でも、目の前にいるこの人物が、あのモリガン・レルータなのか。

とは、どうしても思えなかった。

この可愛らしい女の子が、あのモリガン・レルータなのかな？　本当に？　でもさあ。

心の中に、危険信号と疑問符が飛び交《か》う。そして、いつの間にかそれらにピンクのハートが混じり出していた。

「あの、ちょっと近すぎませんか、モリガン、せんせい」

こうやって間近《まぢか》に会っても、めっちゃ可愛い女の子という印象しかないし、なんだかいい匂《にお》いがするし、あと数センチ近づいたら唇《くちびる》同士が触れてしまいそうで、いやそうじゃないってば、相手はあのモリガン・レルータなんだぞ。たぶん。

でも、この状況をどうすればいいんだ。クラスメイトのみんなも担任の先生も、教室で立ち尽くす僕とはてな、そしてモリガン先生の三人を黙って見つめている。

と、その時ちょうどホームルームの終わりを告げるチャイムが鳴り響いた。

はたと我に返ったはてなが、僕の肩を摑《つか》んでモリガン先生から引き離してくれた。

「あら、もう終わり？　ま、時間はいくらでもあるわ。これからよろしくね、カナ。そして真くんも。仲良くしましょ」

モリガン先生はお日様のような笑顔を浮かべてそう言うと、僕にきゅっと抱きついて、頰《ほお》に軽くキスをした。

違う、キスをされたんだ。

ここ大事なところだから間違わないでほしい。されたんだってば。

僕とモリガン先生を中心に、教室に衝撃が走った。

「ちょっ、おばあちゃま!!」

「じゃ、英語の授業でね～」

モリガン先生は片手ではてなの頭をぽんぽんと叩《たた》き、もう片方の手をみんなに向かってひらひらと振ると、弾《はず》むような足取りで教室を出て行った。

た、助かった。

はてながむっつりと黙ったまま自分の席に座り、僕はそのまま教室の床にへたり込む。たった数分の出来事だったのに、どっと疲れた。もうこのまま早退したいくらいだ。

けれど、クラスメイトたちがそれを許さなかった。

「ねえねえ！　モリガン先生と知り合いなの？」

「おばあちゃまって言ってなかった？　どういう意味？」

「真！　オレは哀しいぜ！　お前だけ美味《おい》しい思いしやがってよ！」

「衝撃的瞬間なら、ばっちりカメラに収めましたよ、真どの！」

先生たちが教室を出て行った途端《とたん》、僕とはてなの周りにみんなが群がって、あれやこれやと質問責めにした。けれど僕もはてなも、みんなの質問に答える元気なんてなかった。

「モリィ先生はね、はてなのお婆さまの知り合いなんですって。ただそれだけ。それにあの程度のハグなんて、あっちの国じゃ挨拶《あいさつ》みたいなものでしょ。騒ぐことじゃないわ。ほら散った散った。すぐに一限目が始まるわよ」

詰め寄るクラスメイトを、そう言ってなだめてくれたのは桔梗院さんだ。

みんなを追い払いながら、桔梗院さんが僕の耳元で囁《ささや》いた。

「ひとつ貸しよ。あとで詳《くわ》しい話を聞かせてもらうからね」

たぶん、桔梗院さんもモリガン・レルータの名前を聞いたことがあるんだろう。

僕とはてなは、頷《うなず》くしかなかった。

その日の午前の授業に、まるで身が入らなかったのは言うまでもない。

＊

その日は生徒会の活動もなかったので、学園の授業が終わったら全速力でお屋敷に帰ったんです。ここのところ星里家も住人が増えて賑《にぎ》やかになった分、家事も増えましたから。ここはメイド長の、とはいってもメイドは私一人ですが、とにかく頑張りどころというわけです。

「おや、エマ。もう帰ったのですか。お屋敷のことは、それほど気にしなくていいと言ったでしょう。もっと普通の女の子としての生き方を楽しみなさい」

そう語りかける老紳士は、星里家の執事であるジーヴス・ウッドハウスさん。今日もばっちり執事服が似合ってらっしゃいます。

ジーヴスさんはこの屋敷の一切を取り仕切っている方で、メイヴ様も旦那《だんな》様も全幅の信頼を置かれています。常《つね》に落ち着き、必要十分にして決して出しゃばらない振る舞いは、まさに執事の鑑《かがみ》。主人に仕《つか》える使用人として究極の目標といえるでしょう。

日々学ばせていただいている上に、ジーヴスさんのおかげで執事喫茶へ通い詰めずに済んでいるのですから、頭が上がりません。

「はい、ジーヴスさん。でも私、メイヴ様のお世話ができるのが嬉《うれ》しくって」

「エマがそれを望むなら、そういう生き方もよいでしょう。まあ、今日は旦那様も奥様も奇術師の仕事で出払っていますから、私も手すきなのです。他に仕事があるなら私がやりましょう。何かありますか？」

そう言われても、メイドの仕事を苦に感じたことがないのです。レルータの里に囚《とら》われていたメイヴ様が星里家にお戻りになって以来、バラ色のような日々を過ごしていると言って過言ではありません。

成績優秀、容姿端麗《ようしたんれい》、みんなが頼りにしている聖ティルナ学園の生徒会副会長・桜井《さくらい》エマも私の一面ではありますが（事実はともあれ『そういう設定』なのです）、やはり本業はこっち。メイヴ様に頂いたメイド服に身を包むと、私はあの方にお仕えするためにここにいるんだって実感がわいてきます。

「はあ、私とメイヴ様の百合《ゆり》展開と言うのもアリかもしれません。でも、それだと旦那様に申し訳が立ちませんね。なんとか丸く収まる展開はないものでしょうか……」

私はお皿を洗いながら、ありとあらゆる世界観設定と展開に思いを馳《は》せます。家事をしながら妄想《もうそう》しているひと時こそ、私にとって至福《しふく》の時間なのです。

「あの、ジーヴスさん」

「なんですか、エマ」

「一夫多妻制ってどう思います？」

「何の話ですか、それは」

ジーヴスさんとそんなお話をしながら、まったりと日常の時間が過ぎていきました。

そろそろ真様と果菜様がお帰りになられる頃でしょうか、ディナ様もご一緒かもしれませんね。おやつとお茶の準備でもしましょう。

そう思った時です。

「はあああああああああああああああ！」

玄関ホールから、大きな声と共にドスンという音がお屋敷中に響き渡りました。

は？　今のは誰の声ですか？　夢未《ゆめみ》様はお友達と遊びに出かけてらっしゃいますから、この時間にお屋敷にいるのはジーヴスさんと私、それとメイヴ様の妹のマライアさんだけのはず。

よもや、屋敷のアーティファクトを狙《ねら》う闖入者《ちんにゅうしゃ》でしょうか。

そう思い、箒《ほうき》を握り締めて玄関ホールへ赴《おもむ》いた私が見たのは——

「そ、そんなはずはありません！　あるはずがないのです！　ですが、しかし……」

玄関ホールの真ん中で、腰を抜かしているジーヴスさんでした。

「ジ、ジーヴスさん？」

ジーヴスさんはぶつぶつと何かを呟《つぶや》きながら、立ち上がろうとしてはまた床に転がるという行為を繰り返しています。その姿は、さながら生まれ立ての子鹿《こじか》。思わず「がんばって！」と応援したくなりますね。じゃなかった、ジーヴスさんを助けなくては。

「ど、どうしたんです？　そんなに慌《あわ》てなくても」

「エマ、エマ、私のことはいいのです。早く逃げなさい。今すぐ荷物をまとめてお屋敷を、ああ、ダメです。間に合いません」

「逃げる？　どういうことですか？　敵が来たのでしたら私も戦います」

こう見えても私だってアーティファクト使いなのです。メイヴ様謹製《きんせい》のメイド服は、私の身体能力を何倍にも増幅してくれる優《すぐ》れもの。使いすぎると睡眠という代償《ゲッシュ》を払わなければなりませんが、ぐっすり眠るのは敵を倒した後でも間に合うでしょう。

ジーヴスさんはごくりと唾《つば》を飲み込むと、私の質問に答える代わりに、震える指で玄関を指さしました。

ゆっくりとドアが開いていきます。

「ただいま、あれ？　ジーヴスさんにエマさん？　どうしたんですか？」

そこにいたのは、いつものように帰宅した真様と果菜様でした。ただ、お二人とも随分とお疲れ、というよりも憔悴《しょうすい》しきったご様子。

あれ？　敵じゃないのですか？

と警戒《けいかい》を解いた時、お二人の後ろから、もう一人の人物が姿を現しました。ひまわりの柄《がら》のワンピースを着た、可愛らしい女の子です。果菜お嬢様のご学友でしょうか。

ご学友（？）は、玄関ホールの真ん中に立ち、お屋敷の中をぐるりと見回してから、こう言いました。

「ただいま」

ただいま？　お邪魔しますとか、はじめましてではなくて？

首を傾《かし》げる私の背後から、震える声でジーヴスさんは言いました。

「お、お帰りなさいませ、奥様。でもどうして、何故《なぜ》ここにいらっしゃるのですか?」

奥様。目の前にいる女の子に向かって、ジーヴスさんは確かにそう言ったのです。この星里家で奥様といえばメイヴ様のことですが、もちろんその子はメイヴ様ではありません。

んー? では? この子は誰なのでしょうか。

「エマも久しぶりね。やっぱり実家は落ち着くわ」

え。今実家と仰《おつしや》いましたか? そして奥様? はっ、まさか。

「どうしたの? エマ、きょとんとして。はー、今日は疲れたわ。お茶でも淹《い》れてくれる?」

あっあっあっ。あああああああああああ!

今ようやく、先ほどジーヴスさんが逃げろと言った意味を理解しました。

「その、私、今すぐアフリカの銀行口座に預けた定期預金を解約しないとインフレで無一文《むいちもん》になってしまうので、ちょっと現地の窓口まで行ってきます」

そう言ってその場を退散しようとしたのですが、時すでに遅し。

奥様に、がっちりメイド服の襟首《えりくび》を掴まれてしまいました。

「お茶、いれてくれるかしら」

奥様の微笑みを一身に浴びて、おしっこを漏《も》らさなかった自分を褒《ほ》めてあげたいと思います。

そこにいたのは、私が見知った姿とはまるで違えど、このお屋敷で正式に奥様と呼ばれるべき方、つまりモリガン・レルータその人だったのです。

まだ立ち上がれずにいるジーヴスさんと、驚きで固まって指先ひとつ動かせない私に向かって、果菜お嬢様はとても済まなさそうな表情で、こう言ったのです。

「ごめん。ついてきちゃった……」

＊

僕もはてなも完全に油断してた。モリガン先生が本物のモリガン・レルータであるならば、それはつまりレルータの里から東京へ来ているってことで、じゃあどこに逗留《とうりゅう》するのか。少しでも考えれば予想がついたんだ。

予想することができれば、対策もできたかもしれない。でも僕とはてなは帰りのホームルームでモリガン先生に捕獲《ほかく》されてしまい、スーツケースやらボストンバッグやらを持たされた挙《あげ》句《く》、星里家の屋敷まで案内させられたというわけだ。

お屋敷に乗り込んだモリガン先生は、僕らが腰を抜かしているジーヴスさんを介抱《かいほう》しているのを横目で見ながら軽い足取りで階段を上がり、どうしてそれを知っていたのか、はてなの部屋に突入したのだった。

「ちょっと、おばあちゃま、何してるの!?」

「都会の子はオシャレねー。よりどりみどりだわ。えーと、どれにしよっかな。うわ、最近の中学生は派手《はで》なの着けるのね。これなんてめっちゃ際どくない？　誰に見せるの？」

「はぅわっ！　全部引っ張り出さないでよ！」

「ぬ、胸のサイズだけ合わないし。祖母より大きい孫っているぅ？　ぷんすかだわ」

はてなの部屋から大騒ぎしてる声が聞こえてきて、僕はジーヴスさんをエマさんに預けると、慌ててはてなの部屋のドアを開けようとしたんだけど。

「真は入って来ちゃダメーッ!!」

締め出されてしまった。

それからほどなくして、はてなの部屋から引っ張り出されたモリガン先生は、リビングのソファに座ってむっつりしていた。

「わたし、慌てて里を出てきたから服を持ってきてなくって、果菜の借りようかなって思っただけだもん」

じゃあ、あのでっかいスーツケースやらボストンバッグには何が入ってたんだ。

「女の子のカバンの中身を知りたいだなんて、真くんもかなりの上級者ね。その歳《とし》でそんなにえっちで大丈夫なの？　心配だわ。お姉さんはいいけど」

「そういうの、やめてもらえませんか先生」

僕は何も言ってないのに、何故かはてなが不機嫌になるんだよな。

案の定、はてながイライラした様子でモリガン先生に詰め寄った。

「服を借りたいならそう言ってくれれば、あたしだって怒らなかったのに」

「無断で侵入するのが楽しいんじゃないの。カナは、人には見せられないモノとかないの？

おばあちゃま、そういう生《なま》の孫の生態を見たかったわけ。悪気があったわけじゃないのよう」

「十分悪気があるでしょ、それは！」

「ふぇ〜ん、真くぅん。謝ってるのにカナが許してくれない〜」

そう言って抱きつこうとするモリガン先生を、僕はすんでのところでするりと避《よ》けた。これ以上はてなを不機嫌にするのは、僕の身が危ない。

それから始終そんな感じで、モリガン先生はこれっぽっちも悪びれなかった。

「どこに泊まるのかって？　決まってるでしょ。わたしの家よ」

モリガン先生が言うところの『わたしの家』というのは、はてなが生まれ育った、そして僕が今居候している、この星里家のお屋敷のことだ。

「以前にもお話ししましたように、このお屋敷は元々レルータの里に建っていたのです。それをメイヴ様が里から出奔《しゅっぽん》される際に、私ごとこの土地へ移設したのですな」

腰を押さえながらそう話すジーヴスさんは、実は人間ではない。このお屋敷そのものがアーティファクトであり、ジーヴスさんはその屋敷に住まう妖精のような存在らしい。それだからジーヴスさんはお屋敷の敷地から出ることができないし、モリガン先生が敷地に足を踏み入れた瞬間に気づけたのもそのせいだ。

さらにジーヴスさんは言った。

「私の契約者は、いまだモリガン様なのです」

「えっ、ジーヴスさんのマスターって父様じゃなかったの？」

はてなが驚いたように、モリガン先生とジーヴスさんの顔を交互に眺《なが》める。

「もちろん衛様のことは主人として認め、尊敬しております。ですがアーティファクトとしての契約者は奥様、つまりモリガン様です」

はてなが、怪訝《けげん》そうな顔でモリガン先生の方を見る。

「だって、おばあちゃまは——うーん、この呼び方、なーんかしっくりこないのよね。あたしもモリガン先生って呼び方でいい？」

「別に何でもいいわ。これ美味しいわね。トーキョーは都会だわぁ。来てよかったな」

帰宅する道すがらに買ってきたタピオカミルクティーを両手で抱えて、モリガン先生はんぐんぐとストローを吸っている。

「モリガン先生は、母様を里に戻したかったのよね？　じゃあ、どうしてお屋敷を明け渡したの？」

「あの子だって、並大抵《なみたいてい》の決意で里を出たわけじゃないでしょう。そんなにやわに育てた覚えはないもの。家を取り上げたところで、住むところなんてどうにでもなるわ。まあ、ちょっと外出して戻ったら、家ごと消えてなくなってたのには驚いたけど」

「えっ？　僕は師匠から、モリガン先生と話し合いをしてこのお屋敷を預かったって聞きましたけど」

「別に間違ってないわ。ただ話し合ったのは、この家を盗まれた後よ。わたしが返せって言ったところで、あのアホが素直に返したかどうかわかったもんじゃないし」

そう言われると、すごい家出だな。いや家ごと家出するのは家出と言えるのかな。メイヴさんっていえば温和でどこまでも優しいイメージだけど、なかなかえぐいことをする。

ってていうか、今『あのアホ』って言いました？

「どうせ、あのアホが吹き込んだんでしょ。あの娘《こ》は悪くないわ。そう言えば、あのアホのロクデナシはいつ帰ってくるの？」

まただ。アホのロクデナシ（悪口がひとつ増えた）って誰のことだろう？

「衛様でしたら、メイヴ様とご一緒に奇術のお仕事で出張しておりまして、先ほどモリガン様がお帰りになられたと連絡しましたところ、ステージが終わり次第《しだい》、すぐにお戻りになられるとのことです」

「父様と母様、今回はどこでショーをやってるんだっけ」

「現在は、九州におられます。お帰りは早くても明日になるかと」

やり取りを聞く限り、アホのロクデナシのっていうのは、どうやら衛師匠のことみたいだ。

咥《くわ》えたストローをぴこぴこと動かしながら、モリガン先生がぶっきらぼうに言った。

「ジーヴス、もう一度、あのアホのロクデナシのトーヘンボクに連絡なさい。二度と帰ってくるなって。メイヴは今すぐ戻るように」

あっ、また増えた。トーヘンボクってどういう意味だろう。

「ああ、いえ奥様。それは」

「帰ってきたら殺すわ」

モルガン先生はそう言ってから、ストローの先からタピオカをひと粒、まるで吹き矢みたいにぷっと撃ち出した。

もちもちのタピオカは、サイドテーブルに置いてあった写真立ての（写っているのは衛師匠とメイヴさんだ。このお屋敷には、こういうラブラブの二人の写真が至《いた》る所に置いてある）、衛師匠の顔の部分だけを正確に貫《つらぬ》いた。

なにその技《わざ》。僕もちょっと習いたい。お願いしたら教えてくれるだろうか。

「ねえ、モリガン先生。先生が父様のこと嫌ってるのは知ってるけど」

「ある日、突然人の地元に来て、マジックだイリュージョンだって大騒ぎしたと思ったら、自分の娘をかどわかして、かと思えば戻ってきて、今度は家ごと駆け落ちしたのよ？　嫌わない理由ってある？　これって日本の法律じゃどうなるの？　仁鶴《にかく》師匠に相談してみようかしら」

そこまで話を聞いて、僕は思わず会話に割り込んだ。

「あの、メイヴさんが里を出たのって、モリガン先生がアーティファクトを里の外へ売ろうとしたのに反対したからじゃないんですか？」

「はあ？　こっちじゃそういう話になってるの？　まあ、それでもいいけど」

「違うんですか？」

「何でもいいっつってんのよ。とにかく殺すわ」

そう言い捨てたモリガン先生は、師匠のことを憎《にく》んでいるというよりは、どこか寂《さび》しそうな、何かを諦《あきら》めたような表情を浮かべていた。

「でも、あたしの父様なのよ。殺すのは勘弁《かんべん》してあげてほしいの」

「むー、カナに頼まれたら殺すわけにはいかないわねー。いいわ、半殺しで許してあげる」

「よかった！　ありがとう先生！」

「カナは可愛いわねー。メイヴったら孫が生まれたって連絡を寄越《よこ》しただけで、ちっとも連れてこないんだもの」

はてなに抱きつかれて嬉しそうなモリガン先生。衛師匠の殺害予告が取り下げられて、はてなもほっと胸を撫《な》で下ろしている。

でもいいのかな。半殺しって言ってるけど。

「ただいま」

そこに、友達と遊びに出かけていた夢未ちゃんが帰ってきた。

「あ、おばあちゃま」

血が繋がっているせいだろうか。はてなと同じように、夢未ちゃんも一目でそれを理解したみたいだ。

「わあーユメミね！　はじめまして、おばあちゃまよ！　ホント、お人形さんみたいに可愛いのね。さすがはわたしの血を引いてるだけあるわー」

モリガン先生は夢未ちゃんを抱き上げると、頬を擦《す》りつけたり頭を撫でくり回したりしては、きゃあとか可愛いとか言い続けている。

なんだか、聞かされてたモリガン・レルータ像と違うんだよなあ。僕が知っているモリガン・レルータは、史上最悪・最凶の魔女で、その性格は冷徹にして残忍、敵対する者はそれが誰であろうと無慈悲《むじひ》に消し去るとか、そういうのなんだけど。

そんなモリガン先生に、夢未ちゃんはいつもの調子で言い放ったんだ。

「おばあちゃま、うざい」

その言葉を聞いて、凍《こお》りついたのはジーヴスさんだ。

「お、奥様。夢未お嬢様に悪気はないのです。ここはどうか怒りをおおさめになって」

いや、その心配はいらないと思うんだけどなあ。

案の定、モリガン先生は夢未ちゃんに腹を立てるどころか、おろおろと謝り出した。

「わあ！　ごめんごめん、もうしないから、おばあちゃまのことキライにならないで？　お土産《みやげ》もいーっぱい買ってきたのよ。見る？　そうだ、あとで一緒にお風呂入ろっか」

「お風呂キライ」

夢未ちゃんはそう言うと、モリガン先生の腕からするりと抜け出して、リビングを出て行ってしまった。残されたモリガン先生は、目に涙を浮かべてリビングの出口を見つめている。

「わぁん！　ユメミに嫌われちゃったかも！　どうしよう」

「たぶん大丈夫よ。お風呂がイヤだから逃げただけだと思う。夢未をお風呂に入れるのは、あたしだって苦労するもの」

「そ、そう？　嫌われてない？」

「母様か真の言うことなら素直に聞くのよね。夢未と仲良くなりたかったら、真にコツを教えてもらうといいかも」

　はてなの言葉を聞いたモリガン先生が、勢いよく僕の方を振り返ったと思ったら、真剣な表情でじりじりとにじり寄ってきた。

　こ、殺されるのかな、僕。

　僕を壁際まで追い詰めると、モリガン先生は僕の肩をガシっと掴む。

「いくら払えばいいの？」

　どこまでも真剣な顔で訊いてくるモリガン先生を見て、僕は思わず吹き出してしまった。

「なっ、何がおかしいのよ！　孫に嫌われたら生きていけないでしょ！」

「大丈夫ですよ。モリガン先生が夢未ちゃんのことをそんなに好きなら、夢未ちゃんも同じくらい好きになってくれますから」

「夢未ってば人見知りだから、ちょっと時間はかかるかもしれないけどね」

「……ホント？」

　僕とはてなが頷く。

「よかったぁ。ユメミに嫌われるくらいなら、この屋敷ごと爆破して一緒にマグ・メルへ行こうと思ってたの」

　そう言ってモリガン先生は、いつの間にか握り締めていた何か——黒っぽくて丸くてドクロマークが描かれてた気がする——をポケットにしまった。

　それからジーヴスさんが教えてくれたんだ。

「マグ・メルとは、ケルト神話に出てくる死者が集《つど》う楽園のことです」

うん、今この瞬間だけは知りたくなかった知識です、それ。

タピオカミルクティーを飲み干して、お皿に残っていたスコーンもひょいひょいとお腹《なか》に収めると、モリガン先生はソファから立ち上がって、うんと伸びをした。

「はーあ、久しぶりの長旅だったし、さすがに疲れたわ。ちょっと寝よっかな」

「そうですか。でしたら客間の方にご案内しましょう」

「おかまいなく、だわ。わたしは自分の部屋で寝るから」

モリガン先生は空《から》になったタピオカドリンクのカップを、ぐしゃりと握りつぶした。

「ジーヴス、マライアを呼びなさい。どうせあの子、わたしのお説教がイヤで部屋に閉じこもってるんでしょう？　マライア！　お母さんはわかってるんだから！」

モリガン先生が天井に向かって叫ぶと、リビングの入り口からマライアさんがひょっこり顔を出した。でも顔だけだ。相当モリガン先生のことを警戒しているみたいで、怪訝そうな顔でこっちの様子を窺《うかが》っている。

「何してるの？　こっちへ来なさいな」

「イヤよ。殺されるもの」

「殺さないわよ。今までだって殺さなかったでしょう？」

「何度も死にかけたわ。信じられるもんですか。で、母さん、日本に何しに来たわけ？」

「孫の顔を見に来たの」

「またまた、そんなわけないでしょう。それこそ絶ッ対に信じないんだから」

「とにかく、わたしの研究室《ラボ》の封印《ふういん》を解くわ。手伝いなさい」

研究室という言葉を聞いた途端、マライアさんの目の色が変わる。

それまで壁の横から顔だけ出していたマライアさんが、リビングの入り口まで出てきた。

上下揃《そろ》いの――生地《きじ》の伸び具合まで似た感じのよれよれなスウェットで、もちろんすっぴんだ。それでもすごい美人なんだけど、最初に出会った頃はタイトスカートのビジネススーツだったり、深いスリットの入ったチャイナドレスだったりと、随分ドキドキさせられたものだ。

そもそも最初は星里家のアーティファクトを狙いに来た敵だったはずで、それがいつの間にか星里家で居候をしている始末だ。

「ちゃんとすれば、すっごくキレイなのになぁ。マライアさん」

マライアさんの寄生形態を見たはてなが、残念そうに呟く。僕にとってはセクシーな姿よりこっちのマライアさんの方がいくらか気やすいんだけどね。

「え？　マジで？　開けるの？　母さんの研究室を？」

「マジも大マジ、マジ卍《まんじ》よ。わたしはほら、アレだし、あなたの魔力をちょっと貸してほしいわけ。手伝ってくれたら、図書カードを一枚、作ってあげる」

「図書カードくれるの!?　やるやる！　今すぐやりましょ！」

「あんたって娘は、昔からホント現金ね。そういうところ、わたしに似たんだわ」

そんな感じでモリガン先生とマライアさんが連れ立ってリビングを出て行ってから、エマさんがリビングに現れた。そう言えば先生と話している最中、エマさんいなかったな。

「ああ、そのですね。キッチンにこもってお夕飯の支度《したく》をしていたんです」

「あ、もうこんな時間か。言ってくれたら僕も手伝ったのに」

「いいんですいいんです！　何て言えばいいんでしょうか、真様の心遣《づか》いは嬉しいんですが」

いつものカッコいいエマさんとは違って、いかにも歯切れが悪いし目が泳いでいる。何度か口を開きかけては閉じ、助けを求めるようにジーヴスさんの顔を見上げて、でもジーヴスさんが静かに首を横に振るのを見て、はあっと息を吐いた。

「そうですね自分の口で伝えるべきですよね」

エマさんは眼鏡《めがね》をかけ直すと、ゆっくりと話し始める。

「私、奥様と顔を合わせたくなくて。だって絶対にお稽古《けいこ》させられますもん！」

「お稽古というのは、アーティファクト使いとしての修行です。モリガン様の修行は、それはそれは厳しいものでして」

「厳しいって、ジーヴスさんの戦闘訓練くらい？」

あれは相当キツかった。毎日、体中打ち身と擦り傷だらけになって、痛みで夜も眠れなかったのを思い出す。あの時は短期間で強くなる必要があったから、あれほど厳しい特訓を積んだんだ。あれを毎日続けろと言われたら、僕もちょっと腰が引ける。

そんな僕の質問に、ジーヴスさんは首を横に振った。

「そうですよね、あんな辛《つら》い訓練よりかはいくぶんかマシですよね」

「とんでもない。奥様の稽古の厳しさに比べれば、私の特訓なぞ幼稚園のお遊戯《ゆうぎ》です」

エマさんがうんうんと頷いて、僕とはてなはぽかんと口を開けるしかなかった。

あれより何倍も厳しい稽古？　そんなの、そんなのって。

「ええ、生半可《なまはんか》な気持ちで挑《いど》めば普通に死に至るような内容なのです」

「厳しいのはいいんです。でもお稽古の最中、奥様、ものすごく楽しそうなんですよ」

「それはエマ、お前の筋がよほど良かったからでしょう。手応《てごた》えがあれば、教える方もつい嬉しくなるというものですし」

「絶対に違います。あれは楽しんでるんです。あの方はそういう方なんです」

エマさんがきっぱりと言い切るのを聞いて、ジーヴスさんは困ったような表情を浮かべた。

「私、迎えに来てくださったメイヴ様について里を出てしまったので、お稽古のコースを途中で投げ出してるんですね。そんな私が暇そうな顔でのこのこ出ていったら、必ず続きを教えてあげるとか言い出すに決まっています。それも心の底から良かれと思って」

ああ、何となくエマさんの気持ちが理解できた。

「モリガン先生に、あの調子で教えてあげるって言われたら断れる気がしませんね」

「でしょう！　今度こそ死にますってば！　私、メイヴ様や衛様にお仕えしながら、頂いたお給金で薄い本を好きなだけ買って、ぬくぬくと幸せに生きていきたいんですぅぅ」

あ、うん。気持ちはすごく理解できるんだけど、その言い方はどうなんでしょうか。

「というわけで、モリガン様が滞在なさっている間は、私、できるだけキッチンに立てこもりますので、どうか仕事を手伝ったりしないでください。いいですね？　真様」

僕は返答に困ってしまって、ジーヴスさんを仰《あお》ぎ見る。

「緊急事態です。致し方ありませんな」

「ほら、ジーヴスさんからの許可も出ましたし、ではそういうことで！」

エマさんは早口でそれだけ言うと、そそくさとキッチンへ帰って行った。

僕とはてなは顔を見合わせる。

「モリガン先生が滞在してる間って、いつまでなの？」

その質問には首を傾げるしかない。ジーヴスさんがしわを寄せた眉間《みけん》を指で揉《も》んでいる。

期間はともかく、モリガン・レルータという人に、僕はどんな立場で、どう向き合ったらいいんだろう。

「ねえ真。本当に孫の顔を見に来ただけだと思う？」

「どうだろ。なんていうのかな、摑みどころがなさすぎるっていうか、悪い人じゃなさそうだけど。うーん」

話している僕らを、ジーヴスさんがじっと見ているのに気づいた。

「真様も果菜様も、ひとつだけ、よろしいですか？」

それからジーヴスさんは、静かな口調でこう言ったんだ。

「モリガン・レルータという人物を、決して常識で計ろうとしないことです」

「どういうこと？　おばあちゃまが、あたしたちを騙《だま》そうとしてるって言いたいの？　だったら、そうは思いたくないけど、やっぱり悪い人なのかしら」

「いいえ。そうではありません。ただ真様や果菜お嬢様が考える、良いとか悪いという基準自体があの方には通用しないのです。他の概念も然《しか》り。早いとか遅いとか、大きいとか小さいとか、得とか損《そん》とか」

「え、なんだか宇宙人みたい」

「とても良い表現です、お嬢様。あの方を形容しようとした言葉はたくさんありますが、一番的確かもしれません」

「おばあちゃまを形容しようとした言葉？　例《たと》えばどんなのがあったの？」

「夢幻《むげん》の魔女、死の御使《みつか》い、白紙の預言《よげん》、黒い森に棲《す》む雌獣《めすじゅう》、破壊者、断罪する者、明けない黄昏《たそがれ》、逆転する黒白、他にも色々ありますが、どれもあのお方を示すには足りません。そうそう、理不尽の匣《はこ》というのもありましたな。あれは奥様も気に入られていたようですが」

ジーヴスさんは楽しそうに笑ったけど、僕とはてなはため息しか出ない。

目的もわからない相手に、どう対処したらいいのか。

「案外、本当に孫の顔を見に来ただけかもしれませんな。いや、構えるだけ無駄ということを言いたかったのです。まさかたった一人でこの家に、それもあんな姿でお見えになるとは」

それだ。肝心《かんじん》なことを聞き忘れていた。

「モリガン先生は、どうしてあんなに若い姿をしてるんです？」

「そう、それ！　だっておばあちゃまなのよ？　何で女子高生みたいな見た目してるわけ？

あっ、ジーヴスさんが特訓の時に若返ったのと同じ魔法？」

　普段は老紳士然とした見た目のジーヴスさんだけど、本気を出すとき、二十代の青年くらいまで若返った姿になるのを思い出した。

「あれは私が人間ではないからこそできる業《わざ》で、魔法の類《たぐい》ではありません。モリガン様を拝見する限り、幻術や変装でもなさそうですが、さて」

　ジーヴスさんが、顎《あご》に手を当てて考え込んでいる。

「この屋敷がレルータの里に建っていた頃は、もう少し歳相応のお姿をされていました。奥様があのような姿になったのは、屋敷がこの場所に移されて以降のことが原因ではないかと」

「じゃあ不老不死のアーティファクトを持ってるとか？」

　はてなのそんな思いつきを、ジーヴスさんは肯定も否定もしなかった。

「あり得ない話ではありませんが、聞いたことはありません。いえ、ひとつ知っていますが」

「あるんだ！　不老不死のアーティファクトだなんて！」

「不老不死ではないのですが、似たようなものです。いずれにしろ、それも奥様はお持ちではないはず。明日、直接ご本人に訊いてみたらどうでしょう。教えてくださるかもしれませんよ」

「え、それ大丈夫ですか？」

「聞いてみて、いきなり殺されることはないでしょう。話したくないなら、そう仰るはずです。そういう意味では理不尽な人ではありませんし、悪いお方でもありません」

「なんだかよくわからないな」

思わずそう呟いた僕に向かって、ジーヴスさんが言ったんだ。

「その通りでございます。真様、わかってらっしゃるではありませんか」

「え？　僕はわからないって言ったんですけど――」

「あの方に限らず、世の中のことはすべからくわからないのです。わからないということを理解しているのは大事なことですぞ。一番危険なのは、表面だけなぞってわかった気になることです。努々《ゆめゆめ》そのことをお忘れにならぬよう」

僕とジーヴスさんのやり取りを聞いていたはてなが、ソファに身を投げた。

「はあ、何だか禅問答《ぜんもんどう》みたい。ますますわかんなくなっちゃった」

僕もはてなの隣に腰かける。

つまり考えても無駄なら、考えないのが一番楽ってことなんだろうか。

お屋敷の地下から響くどかんどかんという大きな音は、研究所の解封作業の音だろうか。その騒音を聞きながら、それでも僕は考えるのをやめることはできなかった。

＊

ボクが星里家に帰り着くと、リビングでマコトとカナが制服姿のまま、ぐったりとしていた。

なんだか声をかけにくい雰囲気《ふんいき》だけど、そうもいかないだろう。

「ただいま。来客があったようだけど、何かあったのかい？」

ボクが声をかけると、二人ともびっくりしたようにソファから飛び起きた。

「おかえり、ディナ。来客があったなんて、どうしてわかるの？　ディナってば探偵みたい」

カナは目を大きくして驚いているけど、そんなに複雑な推論《すいろん》じゃない。

テーブルの上には空《から》になったティースタンドと、手をつけられていないカップがふたつ。その隣に握りつぶされた市販のドリンクのカップがあった。

カップの位置やティースタンドの大きさ、それと段数から、状況はいくつか推論できる。そのどれもが来客があったということを示していた。

「来客、そうだ！　ディナにも話しておかなくちゃ――」

「秘密主義のマコトの方から話してくれるだなんて珍《めずら》しいこともあるんだな」

そう言ってしまってから後悔した。英国出身だからといって、こんな時だけ英国風の返答をしなくてもいいのに。どうしてマコトに対してだけ、こんな態度を取ってしまうんだろう。

そんな想いをよそにマコトとカナが語ってくれたことのあらましは、ボクを仰天《ぎょうてん》させるに十分な内容だった。

「モリガン・レルータが来てるって？　今、この家に？」

「その、ディナはキャメロット家のエージェント、なんだよね？」

マコトが言う通り、今のボクはキャメロット家からのエージェントとして星里家に滞在している。キャメロット家はずっと昔にレルータの一族から分家したという経緯《けいい》も手伝って、現在でもレルータ家に干渉《かんしょう》できる数少ない勢力だ。そして英国政府や諸々《もろもろ》の魔術関係の団体は、常にレルータの動向を知りたがっている。

「そんなに言いにくそうにしなくていい。名目上はその通りなんだから。でも、そんな情報は教えられていない。キミたち、特にカナは血縁だから実感も薄いだろうが、魔術市場の常識で言えばモリガン・レルータが里から出たなんて、一国の軍隊が国を出るくらいの大事《おおごと》なんだ。キャメロットの本家は本当に気づいてないのか？　いやしかし」

この情報を本家に報《しら》せるべきか？　下手に混乱を招いて星里家に介入《かいにゅう》されたくはないし、もっと面倒《めんどう》なことになる可能性だってある。

ボクはポケットからスマートフォンを取り出して、着信記録やメール、ショートメッセージなんかを確認した。

「グレゴリー先生からの連絡はないな。こっちからのメッセージも未読のままだ。まあそれほど心配することじゃない。東京にいると気づかないだろうけど、世界地図のレベルで見れば携帯電話の電波が届く地域の方が少ないんだから」

「ん？　じゃあグレゴリー師匠は、イギリスにいるんじゃないのか」

ボクはマコトの疑問に答えなかった。

時々マコトは妙に鋭いことがあって焦《あせ》らされる。

先生が今、レルータの里に向かっているのは黙っていた方がいいだろう。知ったところでどうすることもできないし、徒《いたずら》に彼らを心配させるだけだ。

ただ、レルータの長《おさ》と入れ違いになっているという事実が気になった。ただの偶然か？　それとも意図されたものだろうか？　ならばその意味は？

「ねえディナ、大丈夫？」

　気づけばカナが心配そうな顔でこちらを覗き込んでいた。

「ああ、何でもないんだ。教えてくれてありがとう。で、ここが一番大事なんだけど、モリガン・レルータは何のために来たんだ？」

「本人が言うには、孫の顔を見に来たって」

「なんだ、それは」

「本人がそう言ってるのよ。あたしたちだって信じてないわ」

「衛さんとメイヴさんは何て言ってる？」

「父様と母様は今出張でいないけど、すぐに帰るって」

「ふむ、ではモリガン・レルータは、星里夫妻の不在を狙って訪れた可能性もあるわけだ」

「やっぱり僕らでモリガン先生を監視するしかないかな」

「聞いた話じゃ、エマさんもジーヴスさんもモリガンに逆らえない。けれど彼女が何かしらの行動を起こすなら、教えてくれるようには頼めるだろう。注意すべきはマライアさんか。あの人もよくわからないからなあ」

　キャメロット家では、マライア・レルータは里から離反して星里家の勢力に加わったとみなされている。でも果たしてそれは真実なのか？

「あとは聖ティルナ学園に教育実習生として潜り込んだ理由だけど」

「ディナ、何か思い当たるの？」

ボクは両方の手のひらを上に向けて、肩をすくめてみせた。

「いや、全然。ボクは奇術師であって探偵じゃないからね」

だからできることとできないことがある。だからこそ、できることをやろう。

面倒なのは、キャメロット家の人間として表立ってモリガン・レルータと接触するわけにはいかないという点だ。キャメロット家そのものが、レルータに与《くみ》したと見られると厄介《やっかい》だ。

「なに、そんなに心配はいらない。もしかしたら本当に孫の顔を見に来ただけかもしれない」

「ディナも、ジーヴスさんみたいなことを言うんだなあ」

今回の件が、星里家の中だけのことで済めばいい。

そうならず、もし星里家の外に及ぶようであれば、それはそれでやりようはある。

ボクは、ココミにメッセージを打った。

『今度の休み、買い物に付き合ってくれないか？』

一秒も置かずに返信が届く。

『ディナから誘ってくれるなんて嬉しいわ！　もちろんＯＫよ！』

うん、準備はこれで良し。

アリスが出動するなら、今流行の服が必要になるからね。

＊

　モリガン先生のことをディナに報告した後も、星里家はずっと賑やかだった。エマさんは仕事を手伝わないでくれって言ったけど、キッチン外での雑用はむしろ増えたくらいで、自由気ままに振る舞うモリガン先生に振り回されて、僕は右へ左へとお屋敷を駆け回っていた。

　そんな僕を呼び止めたのはジーヴスさんだ。

「真様、お使いをお願いできますか？」

　こんな夜更《よふ》けに買い物だなんて不思議に感じたけど、財布を握り締めてお屋敷を出たら、ジーヴスさんがどうして僕を買い物に出したのかわかった。

　駅へ向かう途中の自販機で、普段あまり飲まない缶コーヒーを買った。甘さと苦さが体に染《し》みわたっていく。

　僕は、疲れ果てていた。

　やたら忙しかったのは、モリガン先生のワガママに付き合わされていたからじゃない。先生を監視しなきゃ、目的を暴《あば》かなきゃって、僕の方からひっついていたんだ。

　買い物のメモには、駅の向こう側まで行かないと手に入らない品が書かれている。たぶんこれは、ゆっくり行って、ゆっくり帰って来なさいってことなんだろう。

　飲み終わった缶をゴミ箱に投げ入れて、僕は駅に向かって歩く。立ち並ぶブティックでは、秋をすっ飛ばしてウィンターセールをやっている。頬を撫でる風が、少し乾いている気がした。

「おにーさん」

街のイルミネーションを眺めながら、季節のことなんかすっかり忘れていたなって思う。そう思ってから、いや待て待て、北海道に（少なくとも僕の実家があるあたりに）秋なんてあったか？　夏は東京ほど暑くならないし、台風も来ない。

「ねえねえ、おにーさんってば」

カレンダー的に夏が終わっても、気候はそれほど変わらないんだよな。そうこうしている内に十月に入ると、ある日突然、寒波がやってきて雪が降り始めたら、もう冬だ。

やっぱり秋なんてないじゃないか。なんてこった、僕は秋を知らなかったのか。

秋、秋ってなんだ。秋の七草ってあったよね。えっと、萩《はぎ》、葛《くず》、桔梗《ききょう》。それから尾花《おばな》と藤袴《ふじばかま》、撫子《なでしこ》もそうだっけ。これでむっつか。あとひとつはなんだっけ？　思い出せない。

「萩、葛、桔梗、尾花、藤袴、撫子……」

僕は口の中で秋の六草までを繰り返しながら、いつの間に立ち止まっていたんだろう。誰かが横から僕の袖《そで》を引っ張ってるのに気づいた。

「やーっと気づいた。さっきからずっと呼んでたのに」

「えっと、僕に何か用ですか？」

シャッターを下ろした本屋さんの前に、小さな机が置いてある。その上にテーブルランプが光っていて、ランプシェードに描かれた『占い』という文字が暗がりの中にぼんやり浮かんでいる。

その机の向こうで、眼鏡をかけた女の人が僕に向かって手招きをしていた。

「悩める青年よ。占《うらな》いなんてどうかな？」

正直に言えば、悩みなんていくらでもあった。ただ、そのどれもが人には相談できないことばかりで、例えばモリガン先生のことだってそうだ。夢幻の魔女が家に居座ってるんですが、どうすればいいですか？　なんて相談できるもんか。

それに僕は——はてなもそうだと思うけど——モリガン先生を追い出したいわけじゃない。彼女のことを少しでも理解して、できれば仲良くしたい。それだけなんだ。

「別に悩みなんてないです。だから」

「いや、悩みあるでしょ。あたしにはわかるよ」

「ないですってば」

「あるってば」

強情な人だなあ。

「じゃあ、僕が何を悩んでるか、占いで当ててみてくださいよ。もし当たってたら相談でも何でもします」

「お、言ったね。じゃあ悩みが何かを通り越して、一発で解決してあげる」

「さすがにそんな」

占い師の手口なら知ってる。通りがかった僕をたまたま引き留めたなら、話術で情報を引き出すコールドリーディングとか確証バイアスといったテクニックだろう。残念だけど、奇術師相手にそれは通じない。奇術師も同じ手法を使うからね。

でも悩みも探らずに答えだけ言うだなんて、聞いたことがない。この人は何をする気なんだ？

それに何を使って占うんだろう。筮竹《ぜいちく》かな、水晶玉だろうか。ペンデュラムかもしれない。どれにしたってインチキとまでは言わないけど、ともあれそれは話術の結果でしかない。

そう思って机の上を見ると、なんだこれ。ベーゴマとか、水風船とか、プラスチックのブロックがいくつか、ネギ。……ネギ？　こんなのでどうやって占うんだ？

「あの、どうやって占うんで――」

そう言いながら占い師の女の人を見た僕は、そこで言葉を詰まらせた。

占い師は、必死でスマートフォンの画面をタップしていたから。

「いやあの、僕の悩みを当ててるんですよね？」

「そうよー。お、あった」

何があったって言うんだ？　インターネットに僕の悩みが載《の》ってるわけがない。

「じゃあ言うね」

僕は固唾《かたず》を呑《の》んで、占い師さんの次の言葉を待った。

彼女はこう言った。

「おみなえし」

「は？」

「だから、おみなえしよ。秋の七草の、最後のひとつ」

「あー」

感心したのか呆《あき》れたのか、自分でもわからない声が漏《も》れた。この人、僕がぶつぶつ言ってたのを横で聞いてたんだ。

萩、葛、桔梗、尾花、藤袴、撫子、そして女郎花《おみなえし》。これで七草だ。

「解決したでしょ」

「そ、そうですね。確かに悩んでたし解決した、のかなあ」

「じゃあ、あたしの勝ちだね。ほら、占うから座って座って。お代は要《い》らないから」

「えっ、払いますよ。勝負をふっかけた僕が負けたんだし」

僕がそう言うと、占い師さんはくすくす笑いながらテーブルランプの裏側を僕の方に向けて、そこには『占い・人生相談・改造　百万円／十五分』って書いてある。

「ひゃ、ひゃくまんえん？　それはちょっと」

ていうか、改造ってなんだ？

「だから、タダで占ってあげるって言ってるのよ」

しまった、これでお金だけ払ってさようならというわけにはいかなくなってしまった。しょうがない、適当に話を合わせて、何を言われても「すごい、当たってます！」とか言おう。申し訳ないとは思うけど、本気で相談なんてする気にはなれなかった。

「じゃあ袖をまくって、右手を出してね」

手相を見るのかな？　思ったよりオーソドックスだな。そう思いながらテーブルの上に手を差し出すと、がしっと手首を掴まれた。それから占い師さんは神経を集中するように、いや待って、もう片方の手に持っているのはストップウォッチだ。普通は虫眼鏡じゃないの？

「あの、手相を見るんですよね？」

「そうよー」

「何だか脈を計ってませんか？　これ。だって占い師さん、僕の手、見てないですよね。ストップウォッチ見てますよね」

「しーっ！　黙って！　脈が取りづらいから！」

今、脈って言った！　絶対に言った！　って指摘《してき》したかったけど、たった今黙れって注意されたばっかりだし、えー、でも、なにこれ。すごく居心地《いごこち》が悪い。

僕がムズムズしてると、占い師さんはかちりとストップウォッチのボタンを押して、手元のバインダーに何かを書き込んでいる。何を書いているのか見たくて覗き込もうとしたら、ブロックされてしまった。

「だーめ。データはただのデータだからね。見せるのはデータから導いた有意な結果だけ」

「……今ので何がわかるんですか？」

「はい、次は腕相を見るから。上着ジャマね。脱いじゃってくれるかな」

「は？　腕相？」

「はい、さっさと脱ぐ。脱いだ服は椅子の下にあるカゴに入れてねー」

よく見れば、椅子の足の部分にカゴが取り付けられている。用意がいいのは悪いことじゃないけど、この人、占いの度《たび》に客を脱がせてるのか？　こんな路上で？

ただ占ってもらうと言った以上、こっちにも付き合う義理がある。

POTEPOTE
占い

僕は執事服の上着を脱ぐと、それを畳《たた》んで椅子の下のカゴに入れた。

それから腕まくりをして……いや、やっぱりおかしいって。腕相なんて聞いたことないよ。

「これ腕に巻いてね」

占い師さんは僕の腕に布を巻くと、片手に持ったゴムポンプみたいなのをぎゅっぎゅっと握り始めた。それと同時に腕に巻いた布が次第に締めつけられていく。

「……血圧計じゃないか。腕相とか言って血圧計ってますよね？　ねえ占い師さん！」

「静かにして。興奮《こうふん》すると無駄に数値が上がっちゃうから」

「占いの数値ってなんですか!?　やっぱり血圧でしょ、これ！」

僕が何を言っても占い師さんは聞き入れる様子はなく、しゅこしゅことポンプを握り続ける。

そうして占いが終わったのか、腕に巻いた布から圧力が抜けて、それからまた何かをバインダーに書きつけている。

「で、何がわかるんでしょうか」

「次は胸相を診《み》るから、シャツ脱いで」

「胸相……」

もはや、なんですか胸相って、と訊く気力もなかった。どうせ答えてくれなさそうだし。

「約束を守らない子は、あたしキライだなー」

「う、わかりましたよ。胸相ですね」

僕はワイシャツを脱いで、下に着てるTシャツも脱ぐ必要あります？　ああ、脱ぐんですね。

脱ぎます脱ぎます。

「じゃあ胸相を見るね。大きく息を吸ってー」

ああ、予想通りだ。占い師さんが丸い銀色の金属パーツを僕の胸に押し当てる。金属パーツからはゴムの管が二本出ていて、その管の先は占い師さんの両耳に突き刺さっている。

あー、めんどくさいな、もう！　聴診器だよ、内科のお医者さんが首から提《さ》げてて、胸に当てる時にヒヤッとして「きゃっ」って声を上げそうになっちゃう、アレだよ！

もちろん、これ聴診器ですよね、とは訊かなかった。無駄だもの。

夜遅いとはいえ、まだ電車も動いてる駅前の繁華街《はんかがい》は、人通りもそこそこ多い。そんな中、半裸《はんら》になって何をしているんだろう、僕は。

それから背相、腹相ときて、さあ次はドコですか、何でもどんと来いだ、もう。

「じゃあチン相を診ようか」

は？　チン……は？

「ズボンとパンツを脱いだら、カゴの中に入れてね」

何を言ってるんだ、この人は。いや意味がわからないのは最初からだけど、チン相を診るからズボンとパンツ脱げって、僕が捕まっちゃうじゃないか。

不信感いっぱいの目で占い師さんを見つめると、こっちはわくわくしてますよって感じの目で見つめ返してきた。

これはダメだ。これ以上はダメだ。

僕は椅子の下のカゴに入れてあった服をまとめて引っ摑むと、すっくと立ち上がる。そして勢いよく腰を折り曲げて、ごすんと額《ひたい》が机を直撃する音を聞いてから、こう言った。

「ごめんなさい！　僕、用事があるんで失礼します！」

「あっ、まだ尻《しり》相とかあるのに！」

背中越しにそんな声が聞こえた気がしたけど、僕は振り向かずに一目散《いちもくさん》に走った。

いつの間にか見慣れたいつもの公園に行き着いていた。結構走ってきたな。まさか追いかけてきたりしないだろう。僕はようやくベンチに腰を落ち着ける。

抱えていた上着とかワイシャツを横に置いて、何だったんだ？　あの人は。

「お前こそ何なんだよ。こんな時間の公園でマッパとかヤバすぎるだろ」

はっと顔を上げると、そこにはクラスメイトの坂上藤吉郎《さかがみとうきちろう》の姿があった。

「とっとととと藤吉郎!?　なんでここにいるの？」

「いや、それはこっちのセリフだわ。なんで素《す》っ裸《ぱだか》なん？」

「い、いやマッパでもスッパでもないから！　上半身だけだから！」

「乳首丸出しでする言い訳じゃねーよ。友達じゃなかったら通報してたところだぜ」

見れば、藤吉郎の右手にスマホが握られている。本当に通報寸前だったみたいだ。

「と、藤吉郎と友達で良かったぁ。本当に良かった。ありがとう藤吉郎」

「うるせーよ！　さっさと服を着ろっつうの！　じゃないとこの場で友達止めて通報するぞ！」

「そ、そうだった。そうだよね。今着る、すぐ着るから通報は待って」

もそもそと袖に腕を通して、ようやく服を着終えると、藤吉郎が缶コーヒーを差し出していた。今日、二本目の缶コーヒーは、やっぱり甘くて苦かった。ありがとう、藤吉郎。

藤吉郎は塾の帰りだそうで、へえ、塾なんて行ってたんだ。知らなかった。

「で、真。お前は何がどうなって、こんなことになってんだ？」

僕は、さっき起きたことを包み隠さず藤吉郎に話した。

一通り話を聞き終えた藤吉郎は、渋い表情で僕を見ている。

「……どうして逃げた？」

「まあ、そうだよね。信じられないよね。僕だって誰かから同じ話を聞かされたら、藤吉郎みたいな顔をすると思……なんて？」

「どうしてチン相を診てもらう前に逃げたんだって言ってんだよ！　ばっかお前、大チャンスを逃したんだぞ？　わかってんのか!?」

藤吉郎は大きくかぶりを振って、深夜の公園で叫んだ。

「いや大チャンスの意味がわからないよ！」

「チン相って、チン相ってお前、ナニをどうすんのか気になるじゃんか！」

「そりゃ気になるけども！　でも実際に路上でナニをナニされそうになってみろって！　会社帰りのサラリーマンとか普通に歩いてるんだぞ！　僕の方が捕まるだろ！」

僕の言葉が効《き》いたのか、声を荒らげていた藤吉郎がすとんとベンチに腰を下ろした。

「まあ、確かに捕まるな」

「そんなことになったら、北海道に連れ戻されて熊《くま》のエサにされちゃうよ」

「それはまずいよな。死ぬもんな」

「うん、死ぬ」

それきり、しばらく二人とも黙り込んで、何分くらい黙ってただろうか。

藤吉郎がこう言ったんだ。

「その女の人、どこにいた？　詳しい場所、教えろよ」

あっ、こいつバカだ。そう思った。

「お前の代わりにオレが占ってもらうし」

「いや、あれは占いじゃないって」

そんなことを言いながら藤吉郎と二人であの占い師さんがいる場所へ戻ってみたけど、そこにはもう占いの机も女の人の占い師さんの椅子もなくて、もちろん占い師さんもいなかった。

「あの、ここに女の人の占い師さんっていませんでした？」

「ごめんなさい。そんな人は見なかったわね」

一応、近くを歩いていた女の人に訊いてみたけど、知らないとのことだった。

「あーあ、どうして真ばっかりおいしい目に遭《あ》うのかな」

「別においしくはなかったし、ばっかりってこともないだろ」

「いーや、考えてもみろよ。お前、いっつも可愛い女の子に囲まれてさ。オレなんて、林田《はやしだ》か松尾《まつお》さんかお前しかいないんだぜ」

「そこに僕が入ってるの、おかしくない？」

「お前を外したら、いよいよオレが悲しくなるだろうがよ。まあ、真には感謝してるんだぜ。あれだけモテるのに変わらずオレたちと付き合ってくれるし、何だかんだで楽しいもんな」

「モテてるのか？　僕って」

「お前、ぶん殴るぞ」

実を言えば、ちょっとだけ自覚があった。はてなといいディナといい、僕の周りにはいつだって女の子がいる気がする。今朝モリガン先生にキスされた件だって、考えようによっては女の子絡《がら》みのラッキーと言えなくもない。

「まあ、藤吉郎には言うけどさ」

「おう」

「はてな以外の女の子にモテても、あんまり嬉しくないけどね」

何とはなしにそう話した瞬間、藤吉郎の平手がばちんと僕の背中を叩いた。

「いったいなぁ！　なんだよもう！」

「真、お前ってカッコいいな。なかなかそんなこと言えないぜ？」

「藤吉郎だって好きな子、一人くらいいるだろ？」

「あ？　オレは女の子全員にモテたいね。石油王になったら、速攻ハーレムを作るし。あーあ、家の庭から石油出ねえかな。あ、ダメだ。オレんちマンションだった」

「僕はさ、藤吉郎こそカッコいいって思ってるよ。どの子にも分け隔《へだ》てなく接するし、女の子の悪口言ってるの、聞いたことないもの」

「おっ、そうか？　そこをわかってくれるの、嬉しいぜ」

「カッコよくても、絶対にモテないけどね、それ」

「……お、おう、そうだな。オレもわかってんだけどな、それ」

気づけば結構な時間、話し込んでいる。あまり遅くなるのもあれだし、この辺で切り上げようってことになった。

「真、今日のラッキー体験は、思い出っていう胸のアルバムにきちんとしまっておけよ」

「うん、そうしておくよ」

「じゃあ、また明日な！」

藤吉郎が去っていくのを見送って、僕はとぼとぼとお屋敷へ向かって歩き出す。

ラッキーか。うん。ラッキーね。


…………………


そんなわけないだろ！　絶対に僕を狙い撃ちしたに決まってるじゃないか！　いくら僕が鈍《どん》感《かん》だからって、そりゃ気づくよ！　きっと、いや、ほぼアーティファクト絡みに違いない。

だったら心当たりがある。明日から、さっそくあの占い師を捜そう。

モリガン先生の件もあるし、僕の日常がまた騒がしくなってきたみたいだ。

第二幕　特訓☆ギリギリの日常

どうやら昨日は疲れ果てていたらしい。地下から響いていた騒音も気にせず、僕はぐっすりと眠り込んでしまった。

そして目覚めた時には、騒音は止《や》んでいた。

「おはようございます、ジーヴスさん。研究室《ラボ》の解封作業って、終わったんでしょうか?」

「つい先ほど終わったようです。今はお二人とも研究室の前におられますな。お茶かお水でもお持ちするとしましょう。真《まこと》様、手伝っていただけますか?」

「は、はい、もちろん」

お屋敷の地下は物置や普段使わない部屋があって、普段足を踏み入れることはない。薄暗い地下に封印《ふういん》されていた魔女の研究室だなんて、ちょっとドキドキするじゃないか。

もちろんお屋敷の地下にゲームみたいなダンジョンがあるわけでもなく、通路は普通に明るかったし、ものの数分でモリガン先生の研究室へ着くことができた。

「あら、真くんにジーヴス。どうしたの?」

「解封作業が終わったようなので、一息入れてはいかがかと」

一見して他の部屋とは違う両開きの重厚なドアの前で、モリガン先生はにこやかに僕らを出迎えてくれた。

そして先生の作業を手伝っていたマライアさんは――

「……ハーイ。大丈夫まだ生きてるわ」

床にうずくまったマライアさんは、何て言えばいいのか、絞《しぼ》り損《そこ》ねた濡《ぬ》れ雑巾《ぞうきん》のようになっていた。いつもはきれいな金髪も今はぺったりと頬《ほお》に張りついているし、それにどうして水をかぶったみたいに全身びしょ濡れなんだ？

「だ、大丈夫って言われても。あの、立てますか？　マライアさん」

「あー、しばらくこのままでいいわ。もう指一本だって動かしたくないもの」

あ、わかってしまった。水をかぶったんじゃない。よく見れば、マライアさんの全身からホカホカと湯気が上がっている。これ、全部彼女の汗《あせ》なんだ。研究室の封印を解くのにマライアさんの魔力を借りるって言ってたけど、これほどのことだとは思ってなかった。

床にへばりついたまま動けない実の娘を見下ろして、モリガン先生が楽しそうに笑う。

「あなた、ちょっと太ったみたいだったし、ダイエットにちょうどよかったんじゃない？」

「そんなことより、あれちょうだい」

指一本だって動かしたくないと言ったマライアさんが、モリガン先生に向かって手のひらを差し出して、何かを催促《さいそく》するようにひらひらと動かした。

「なんだっけ」

「図書カード。研究室を開けるの手伝ったらくれるって言ったでしょ」

「そんなこと言ったかしら」

「言ったわよ！　何のために死にそうな目に遭《あ》ったと思ってんの？　図書カードくれないなら、今ここで地球破壊爆弾を起動するわ！」

「えっ、それは困るんですけど」

思わずアホみたいなセリフで割り込んでしまった僕の顔を、モリガン先生が覗《のぞ》き込む。あの、なんですか？　笑顔が可愛《かわい》い分、めっちゃ怖いんですけど。

「そうよね、地球が破壊されたら困るわよねー」

僕は大きくはっきりと頷《うなず》いてみせた。大体の人は困ると思います。

「だわよね。真くんを困らせたくないし、仕方ないな、あげるわ。はい」

差し出された白い紙製のカードをひったくるように受け取ると、マライアさんはそれをまじまじと眺《なが》めてから、いよいよ仰向《あおむ》けになってモリガン先生を見上げた。

「ありがとう母さん！　なによう、ちゃんと用意してあったんじゃないの！」

そう言ったマライアさんは、まるでクリスマスプレゼントを受け取った子供みたいに無邪気に微笑《ほほえ》む。そんな彼女をモリガン先生は紅茶を飲みながら優しく見下ろしていた。

「さて、もう朝ね。わたしはシャワーを浴びて朝食をとったら学園に行くけど、マライアはどうするの？」

「おかまいなく。どうせ立てないし、しばらくここで幸せを嚙《か》み締めるわ。ああ、どの本を借りようかな。ガルドラボークにしようかしら、それともグラン・グリモワール？　ボイニッチ写本も読みたいし、迷うわー」

どうやらマライアさんは自分の世界へ入ってしまったようだ。

そしてモリガン先生の言うように、そろそろ学校へ行く準備をしなくてはならない。僕は執《しっ》事服《じ》を脱いで学園の制服に着替えると食堂に向かう（朝食の支度《したく》は、エマさんが手伝わせてくれなかった）。

星里家《ほしさと》では、食事は家族全員そろってというのが決まりだ。とてもいいことだと思う。ただひとつ心配だったのは、それを守ろうとすれば、どうしてもディナとモリガン先生が顔を合わせなければならないということだった。

「事情があるなら決まりを守れなくても、衛師匠《まもるししょう》は何も言わないと思うけど」

「モリガン・レルータがいつまで逗留《とうりゅう》するつもりなのか知らないが、その間ボクにさみしく一人で食事しろっていうのかい？　それにたぶん、彼女はボクのことを知っている」

ディナはそう主張して、いつもと変わらず朝食の席に着いた。

食卓の上で、二人の視線が交差する。

「星里家でお世話になっておるディナ・キャメロットです。お見知りおきを」

「はじめまして。キャメロット家の可愛いエージェントさん。知ってると思うけどモリガン・レルータよ。お手柔らかにお願いするわ」

結果を言えば二人のファーストコンタクトは、そんな言葉と軽い会釈《えしゃく》だけで終わった。僕と果菜《かな》、そしてディナと一緒に学園へ向かっている間もモリガン先生はいつもの調子で、つまり極《きわ》めて陽気だったたし、通りがかった人には仲良し四人組にしか見えなかっただろう。

そして一限目の休み時間、ディナはさっそく僕とはてなを呼び出した。

「実際目の前にして、夢幻の魔女の恐ろしさを知ったよ。次の瞬間、何をするつもりなのかまったく予想ができない」

額《ひたい》に汗を浮かべながら、ディナが落ち着かなげに言う。

「そう？　確かに何を考えてるか全然わからないけど」

「とはいえ、彼女が学園の中にいる限りは公衆の目もある。滅多《めった》なことはしないと思う。それにカナやユメミを巻き込むような騒動は起こさないと思う……思わないか？」

「あたしもそうであってほしいと願ってるわ」

ともあれモリガン先生に関しては、衛師匠やメイヴさんに委《ゆだ》ねるしかないだろう。僕らにできることといえば、師匠たちが帰るまで先生の動向に注意を払うことくらいだ。

「で、衛さんたちはいつ戻るんだ？」

衛師匠は、今日の夜には戻ると言っていた。

もちろん、そんなにスムーズに話が進むはずもなかったんだけど。

＊

「行くわよ、真！」

はてなの一言に頷き、僕たちは星々が瞬《またた》く夜の空へと身を投じた。

「マフくん、翼形態！」

とは言っても、この空中散歩はアーティファクトのマフくんの力によるものだ。大きめのマフラーから金色の翼に姿を変えたマフくんが、主人であるはてなのコマンドに応《こた》えてくれる。

ただ、僕はそのたびに翼を得た可愛い幼馴染《おさなな じ》みの柔らかい身体《からだ》に抱きつくことになってしまう。こればっかりは何度体験したって慣れることはない。

だけど雑念は禁物。なにせ今の僕は、僕たちは怪盗ハテナなんだから。

この世に不用意に出回ってしまったアーティファクトを、そのせいで故《ゆえ》なき悲しみをどこかの誰かが手にしてしまわないよう——盗み出す。

「予告状、ちゃんと読んでくれてたらいいんだけど」

漆黒《しっこく》の闇《やみ》を滑るように飛びながら、はてなが不安げに呟《つぶや》いた。

ちなみに、衛師匠たちはまだ帰ってきていない。台風が近づいているせいで、空港で足止めを食っているそうだ。

「しょうがないよ。急に入ってきた情報な上に、展示されるのは今夜だけなんだもの」

秘蔵のコレクションを一夜限り公開という、美術館としてはサプライズのつもりだったんだろう。それを知った僕らは、やむなく突貫《とっかん》で予告状を送るしかなかったんだ。

アーティファクトを盗み出すのにわざわざ予告状を送るのは、いくつかそうしなければならない理由があるんだけど、一番大きな理由は、衛師匠曰《いわ》く『怪盗としての美学』らしい。

「そうね、しょうがないわ。このまま潜入するわよ。真、ちゃんと掴《つか》まっててね」

美術館は物々しい警備体制が敷かれている。怪盗ハテナの予告状が届いている証拠だ。

もちろん、こっちだって手を打っている。エマさんとジーヴスさんが美術館の構造を調べておいてくれたし、夢未《ゆめみ》ちゃんがセキュリティシステムに侵入してくれているおかげで、目当ての展示物まで誰にも見つからずに進めた。

「あれね。情報通りだわ」

数メートル離れた先にある大きなガラスケースの中に、精緻《せいち》な彫刻が施《ほどこ》された水差しが展示されていた。あれが今夜のターゲットだ。

右手に持っていたスマイルステッキをそっと前に掲《かか》げる。

これが僕のアーティファクト、僕の相棒《あいぼう》だ。

「今よ、真！」

警備員がいなくなるのを確認したはてなが、合図とともに僕の肩を叩《たた》いた。

「スマイルステッキ、物体移動！」

僕のスマイルステッキは、奇術をトリックなしで発動できる。文字通り、タネも仕掛けもないってわけだ。人力では動かせないガラスケースに守られていても、中のものだけ瞬間移動してしまえば盗み出すのはお手の物。ほら、この通り水差しは僕の手に――

「って、あれ？」

瞬間移動するはずだったアーティファクトは、陳列《ちんれつ》ケースの中から動いていない。

「ス、スマイルステッキ！　物体移動！」

慌《あわ》ててステッキの先をアーティファクトに向け、もう一度物体移動を試《こころ》みる。

水差しは、やはり微動だにしなかった。

「な、なんで？」

僕とはてなは困惑《こんわく》してその場に立ち尽くす。

心を乱しながらも、なんとなくステッキに仕込んでいるいつもの奇術をやってみた。

ぽん！　とコミカルな音がして、ステッキの先から造花が開く。こっちは問題ないよね。

「真！　こんな時に何してるの！　いまは怪盗ハテナの時間でしょ」

はてながぷりぷりと怒って、可愛い眉《まゆ》をつり上げた。僕がふざけていると思ったのだろう。

いや、そうじゃないんだよ。とにかくもう一回。

「スマイルステッキ！　物体移動！」

改めてコマンドを出すけれど、やっぱり対象の水差しは微動だにしない。

額に汗が滲《にじ》んできた。こうしてる間にも、警備の人たちが戻ってきてしまう。僕たちの計画は、物体移動で簡単にアーティファクトを回収できるからこそのものだったんだ。

「もうこのガラスを割っちゃおう！」

はてながマフくんを大きな拳《こぶし》の形に変える。いや、さすがにそれはまずい。

「ダメだって、はてな。見つかっちゃうよ！」

「そ、そうだけど、もう時間がないんだもん！」

今にも飛び出しそうなはてなをなんとか押し止《とど》める。

「待って、もう一度やってみるから。——スマイルステッキ、物体移動！」

改めてステッキを思い切り振り抜いた瞬間。

「きゃあ！」

「わわっ！」

思いあまって体が前のめりになる。それは、僕にしがみつくようにしていたはてなにも波及する。バランスを崩《くず》したはてなが僕の背中にしがみついてきた。

「うっ！」

背中に当たる柔らかい感触の正体が何であるかなんて、考えるまでもない。その感触に意識を奪われそうになったけど、何とか持ち堪《こた》えた。とはいえ、僕ははてなの体を支えきれず、そのまま一緒にべしゃりと床に倒れこんでしまった。

「いったあ〜〜〜！」

背中の上から聞こえてくるはてなの声にも、反応できない。

ここに至《いた》って、僕はようやく現実を直視した。

「……なんで」

僕のスマイルステッキは、反応してくれないんだ？

呆然《ぼうぜん》とステッキを見つめていると、先の方からぷすぷすとまるで熾火《おきび》がくすぶるような音が聞こえてきた。な、なにごと？

　そして、スマイルステッキはぼふん！　と小さな爆発音と煙をあげる。

「ええっ!?」

　でも、僕らにはいつまでも呆然としている時間はない。すでにけたたましい警報が鳴り響いている。

「ま、真！」

「はてな、撤退《てったい》しよう！」

「でもアーティファクトを回収しなきゃ！」

　僕だってそうしたい。でも失敗してしまったんだ。はてなの手を取ってその場を走り去ろうとした、その時だった。

　ばきゃん、という大きな音があたりに響いた。

「強化ガラスといっても大したことはないな。手応《てごた》えがなくてつまらん」

　見覚えのあるスーツ――正義のヒーローが、割れたガラスケースの前に立っている。

　そしてもう一人、やっぱり見覚えがある、この状況にまったくそぐわない金髪碧眼《へきがん》の美少女が、水差しを胸に抱いていた。

「ヒーロー、それにアリスさん!?　どうしてここに？」

「話はあと。任務完了ですわ。撤退しましょう」

　ヒーローが頷きながら、目くらましの煙幕花火をあたりにまき散らす。

　事情が全くわからないけど、これ以上ここに留《とど》まる理由もない。僕とはてな、そして正義のヒーローと謎の美少女は、美術館のフロアを満たす煙に紛《まぎ》れて姿を消した。

　星里家に戻ると、怪盗の衣装も脱がずに、僕は二人に事情の説明を求めた。

「二人とも、どうしてあそこにいたんですか？」

　アリスさん──ディナが変装した姿だ──は、リビングのソファにちょこんと腰かけて、エマさんが淹《い》れてくれた紅茶を飲んでいる。

　正義のヒーロー──はてなの幼馴染みで学園の先輩でもある悠《ゆう》さんは、ヘルメットを脱いで汗を拭《ふ》きながら、僕とはてなを振り返った。

「指示されたんだ」

「指示？　それに悠さん、そのスーツって壊れたはずじゃ」

「修理してもらった」

　前回の騒動《そうどう》で破壊されたヒーロースーツは、メイヴさんやマライアさんでも修復できなかったはずだ。それを直せるなんて、思い当たるのは一人しかいなかった。

「わたしの指示よ。差し出がましかったかしら」

　いつの間にかリビングに入ってきていたモリガン先生が、にっこりと微笑みながら僕とはてなの顔を交互に覗き込む。

「そんなことないわ。危ないところを助けてもらったんだもの。でも」

「でも、なに？」

「ううん、なんでもない。ありがとう。おばあちゃまも、悠お兄ちゃんとアリスさんも」

「お礼なんて必要ないわ。別にわたしは、この二人にあなたたちを助けろなんて指示してないもの。行って、アーティファクトを奪ってきなさいと言っただけ」

　僕は悠さんとアリスさんの方を見る。

「それでスーツを直してもらえるなら願ってもないことだ。それでオレは、またヒーローとして戦える。君たちを助けたのは現場の判断だ」

「指示通り、目的は達しました。わたくしたちの判断に問題あったでしょうか、先生？」

「ないわよ。あ、回収したそれは好きになさい」

　モリガン先生はそう言って、テーブルの上に置いてあるアーティファクトを、さも興味なさそうに指さした。

　アリスさんが、先生の言葉を継ぐように話す。

「先生はああ言ってらっしゃるけど、つまり二人を助けてあげなさいっていう指示だったんだと、わたくしはそう解釈しています」

「オレもアリスと同じだ。誰が回収したかなんて、この際どうでもいいことだろう？」

　アリスさんの言う通りだったかもしれないし、悠さんの言葉ももっともだ。

　でも、なんだかすっきりしない。きっとはてなも同じだと思う。

　怪盗ハテナの任務は、はてながメイヴさんから受け継いだ使命だ。今回の仕事も、モリガン先生はおろか、ディィナ（アリスさん）にも悠さんにも話していない。だから――

「無遠慮に、自分たちの領域に踏み込まれたって感じてるんでしょう？　まったくその通りだものね、憮然《ぶぜん》とするのも当然よ。でも、そんなの知ったこっちゃないわ。メイヴも、あのボンクラだって同じことを言うでしょうね」

「はぁ、モリガン先生の言うとおりね。使命のことを考えたら、ナイーヴな感傷に浸《ひた》ってる余裕なんてないもの。今回は結果オーライってとこかぁ」

「そうそう、それでこそわたしの孫娘だわ。おばあちゃまでも親友でも、利用できるものは何でも利用なさい」

モリガン先生の本心はやっぱりわからなかった。けれどはてなもディナも悠さんも、自分の気持ちを呑《の》み込んで使命に立ち向かおうとしている。

僕はどうなんだろう？　などと考えている余裕すら与えられなかったんだ。

＊

「ただいま！　マイプレシャスたち！」

「遅くなってごめんなさい、変わったことは――あったのよね」

時計の針が天辺を過ぎたころ、お仕事で地方に行っていた父様と母様が帰ってきた。

玄関ホールで出迎えたあたしと夢未を抱きしめてから、父様はモリガン先生に向かって恭《うやうや》しく頭を下げた。

「お久しぶりです、義母《かあ》さん。これはまた随分《ずいぶん》と可愛らしいお姿で」

「あんたのそういう歯の浮くような物言いを久しぶりに聞いたけど、やっぱり怖気《おぞけ》が立つわね。それに、あんたに母親呼ばわりされる覚えはないんだけど？」

あたしの後ろに立って腕組みをしながら、モリガン先生はあからさまに不愉快《ふゆかい》そうな表情を浮かべていた。ただ、その姿すら可愛らしくて、どうにも真剣みが薄れてしまう。

「もう一回、義母さんて呼んだらぶっ殺すわ。呼ばなくても殺すわ」

それでも父様は怯《ひる》まない。きっとあたしや夢未が生まれる前から、ずっとこんな調子だったんだろう。ホールの端っこで、マライアさんが面白《おもしろ》そうに二人のやり取りを眺めていた。

「では、えー、モリガン。ようこそ我が家へ。遠慮なくくつろいでください」

「わたしの家だっつうの。言われなくてもくつろいでるわ。おかえりメイヴ。元気そうでなによりね。一息入れたら、そこのアホを殺すのを手伝ってくれる？」

「あのね、お母様」

「まあまあメイヴ、モリガンだって本気で言ってやしないさ。そうでしょう？」

「は？」

モリガン先生の表情がいっそう険《けわ》しくなって、白い腕にバチバチと青白い稲妻《いなずま》が走る。

あたしはめっちゃ焦《あせ》ったんだけど、父様はそれでも動じなかった。

「かわいい孫娘の前で、そんな残酷なことはしないさ。さて、急ぎの旅路で食事をする暇《ひま》がなかったんだ。ジーヴス、軽いものでいい、食事を用意してくれ。積もる話は、その席で」

「かしこまりました。私とエマで支度をしましょう。真様は、お二人のお荷物を自室へと運んでいただけますか？」

「頼めるかい？　真クン。ああ、さすがに一人でボクとメイヴの分は持てないね。ボクも手伝うよ。さあ、行こうか」

そう言ってトランクを持って階段を上って行く父様（と真）の背中を見送りながら、モリガン先生が舌打《したう》ちを漏《も》らしたのを、あたしは聞き逃さなかった。

「ちっ、まーた殺《や》り損ねちゃった」

この二日間、父様と母様が早く帰ってくるようにって願っていたけれど、もしかしたら帰ってきたのは間違いだったかもしれないって、その時そう思った。

＊

それからジーヴスさんとエマさん、僕も手伝って大急ぎで軽食の用意をして、いつもの星里家のように、食堂に全員が集まっていた。

初めは、それでもそれなりに楽しく話していたんだ。

「つまりね、界隈《かいわい》からすれば、この星里家は重要な存在なのよ。レルータの一族が世界進出を目論《もくろ》んで派遣《はけん》した分派なのか、それとも内部分裂して弾《はじ》き出された敵対勢力なのか、どう捉《とら》えるかでまるで対応が違ってくるわけ」

「はあ、なるほど」

　僕とはてな、それからディナは、食事しながらマライアさんから魔術市場の状況についてレクチャーを受けていた。マライアさんはお酒も入って、機嫌がよさそうだ。

「ただ、下手に接触して蜂《はち》の巣はつつきたくない。レルータの一族、ていうか母さんの機嫌を損ねたら、どんな組織だろうが一族だろうが国家だろうが、いいところ根絶やしだもの」

いいところで根絶やしなら、悪くするとどうなるんだろう。

「じゃあ実際どうかっていうと、んー、どうなの？　この状況って」

テーブルの向こうでは、衛師匠とモリガン先生が差し向かいになって、その間でメイヴさんが行ったり来たり、おろおろしている。

「はぁん？　わたしの酌《しゃく》じゃ飲めないっていうの？」

「母様。飲ませすぎだわ。衛さんも無理しなくていいのよ？」

「らいじょうぶ、義母さ……モリガンらって同じ量を飲んれるんらし。それに、ボカぁ嬉《うれ》しいのさ。彼女とこうして再び酒を酌《く》み交《か》わせるなんて思ってなかった」

「そうこなくっちゃ。ほら、もう一杯。そーれ、ボンクラの、ちょっとイイトコ見てみたい、ハイ飲んで飲んで飲んで♪」

モリガン先生の飲んでコールに、衛師匠がふらふらになりながら応えていた。

グラスのお酒を飲み干して、ぐらぐらになっている衛師匠を楽しそうに眺めながら、モリガン先生がメイヴさんに囁《ささや》く。

「ところでメイヴ、アルコールの致死量ってどれくらいだったっけ？　知ってる？」

「もう、母様ったら！」

衛師匠はぐでんぐでんに酔っていて、頭が左右に揺れている。なのに同じ量を飲んでるっていうモリガン先生は少しもそんな様子はなかった。

それから眠いという夢未ちゃんをメイヴさんが部屋に連れて行って、その間もガンガン飲まされ続けた衛師匠は、ついに食卓に突っ伏したまま動かなくなってしまった。

つまらなさそうにお酒を飲み続けているモリガン先生に、戻ってきたメイヴさんが訊《き》いた。

「ねえ、母様。半年前よりもずっと若返ってるみたい。大丈夫なの？」

「心配されたってどうにもならないのは知ってるでしょうに。それに明日どうにかなるってものでもないわ。自分のことは自分で何とかするし。ん？　なぁに、カナ」

「モリガン先生がどうしてそんな姿なのか、あたしも気になってたの。もし聞いてもいいのなら、理由を教えてくれない？」

それは僕も興味がある話だった。

はてなの質問に、モリガン先生がちょっとだけ躊躇《ためら》う。

「んー、カッコいい話じゃないからあんまり話したくなかったんだけど、まあいっか。メイヴが里を出たすぐ後くらいの話よ。ちょっと筋《すじ》がいい弟子《でし》がいて、里で工芸魔術師の修行をさせてたの」

モリガン先生が、ふっと遠い目をした。

「で、その弟子が調子こいて――いえ、わたしの監督が行き届かなかったせいね。禁忌《きんき》だった時間制御《せいぎょ》のアーティファクトに手を出して、案の定、事故ったのよ。その現場にいたわたしは、煽《あお》りを食ってこのザマってわけ。放っておけばどんどん若返って、最後には消滅するわ」

「え、そんなこと」

「そんな顔しないで、カナ。自分の魔力を費《つい》やして若返りの進行を食い止めてるし、すぐに消えるってわけじゃないの。それに悪いことばっかりじゃないわ。だってわたし、めっちゃ可愛くない？　ねえねえ、真くんはどう思う？」

　急に名前を呼ばれて、僕は戸惑《とまど》ってしまった。

「え、あの、そうですね。可愛い、と思います」

「反応うっす。つまんな。真くん、カナに毎日かわいいよって言ってあげてる？　いつも隣にいるからって安心してると、横からかっさらわれるわよ？」

「はぅわっ！　あっ、あたしと真はそんなんじゃ……」

　慌てるはてなを、モリガン先生は悪戯《いたずら》っぽい笑顔で眺めている。

「じゃあ、どんなの？　おばあちゃま興味あるなー」

「それは、えっと、大事な家族の一人で、怪盗ハテナのパートナーだし、それから、うーんと」

　はてなは真っ赤な顔で、しどろもどろになってしまった。

　そんなはてなを見て、モリガン先生がけらけらと笑う。

「ごめんごめん、からかって悪かったわ。夜も更《ふ》けたし、そろそろお開きにしましょうか」

みんなが食堂から出ていく中、モリガン先生は食器を片付ける僕を見ていた。

「で、真くん的にはどうなの？　カナとのこと」

「え、はてなが言った通り、僕は怪盗ハテナのパートナーで」

「ふうん、それで今日の体《てい》たらくか」

その言葉が、ちくりと心に刺さる。

さらにモリガン先生は、僕の左の脇腹《わきばら》——スマイルステッキのある場所だ——を指でつつきながら、こう言ったんだ。

「それ、ちゃんと使えてる？　あなたがそれを持つ意味って何なのかしらね。それが見出《みいだ》せないんだったら、早めに手放した方があなたのためよ」

それだけ言い残して、モリガン先生は自分の部屋に引き上げていった。

そして、あれからずっと、先生のあの言葉が僕に重くのしかかっている。

だって次の日、スマイルステッキを使ってみたら今まで通り普通に使えたんだ。

もちろんあの時だけの不調だったのは良かったって思う。でも、だからこそなおさら、どうしてあのタイミングで、という気持ちになってしまう。

「はあああぁぁ、そんなのないよ」

僕は誰もいない早朝のリビングで、奇術の練習に励《はげ》んでいた。はずなのに、ソファに座り込んで答えの出ないことばかりを考えている。

ため息をつくと幸せが逃げるとか言われたのは、誰からだっけ。飲み込み直したらいいのかな。でも、吐き出した息って回収可能？　気体だよ。さすがに無理じゃないかな。

「って、現実逃避してる場合じゃなかった」

天井を仰《あお》いで、むむむっと自分に気合いを入れる。

なんで、どうして、何が起こって、と、頭の中でぐるぐると答えを求めていると、ふいにモリガン先生の言葉が、頭の中に浮かぶ。

「スマイルステッキを持つ意味、か……」

あの日から、僕は答えの出ない問いを、悶々《もんもん》と考えてしまうのだった。

「はぁ」

ため息をつくだけついて、もう吐き出せるものは何もなくなってしまった。とにかく身体《からだ》を起こそう。こんなカッコ悪いところ、はてなに見せたくない。

男の矜持《きょうじ》を振り絞って、なんとか持ち直した振りをする。

こんな時はとにかく練習だ。雑念すら頭から押しやるほどに練習あるのみ。

「レディス・アンド・ジェントルメン！　イッツショータイム！」

始まりの台詞《せりふ》を唱《とな》えて、気合いを入れる。

いつものようにステッキを取り出そうとして、わずかに躊躇《ちゅうちょ》する。失敗はあの日だけのことなのに、スマイルステッキを手にすると、ほんの一瞬、出すのが遅れてしまう。

「駄目だ、駄目だ。よし！　やるぞ！」

ステッキを握り直して、前を向く。

目の前には誰もいないけど、僕の頭の中では観客が揃《そろ》ってこちらを見ている。みんなを楽しませるためのショーを披露《ひろう》するんだ。

「はい！」

ステッキの動きに視線を集める間に、片方の袖《そで》から仕込んでいた奇術のタネを取り出す。大きな花が手の中に現れ、観客がいてくれたら驚きの声が上がったはず。

うん、大丈夫だ。

「こちらの花にご注目ください」

観客の視線を今度は花に誘導する。この隙《すき》にステッキを折りたたんで、あっと言う間に消えたように見せかける。

「あっ！」

はずだったのに。

カラン、と乾いた音が響く。相棒のスマイルステッキは僕の手の中から滑り落ちて、床に転がっていた。

「うぅ、こんな初歩的な奇術をミスるなんて」

こんなのステッキを扱い慣れた僕には、基礎中の基礎みたいな奇術なのに。

ほんのわずかな手の動きのミスで、あっという間に失敗という結果になってしまった。

上手《うま》くいかない。スマイルステッキを拾い上げた僕は、手の中の重みに大きく息を吐いた。

＊

「奇術の練習をするのはいいけど、合間合間にいちいちため息つくの、やめてくれない？　こっちまで息が詰まるわ」

「あ、マライアさん。いたんですか」

マコトが、今さら気づいたかのように私を振り返る。というより、本当に今気づいたんだろう。

「すみません、でも練習しないと」

「別に気にしないわ。ただ、ため息はやめて。別にそんなに落ち込むことじゃないでしょう。あなたは奇術もアーティファクトも、新米のド素人《しろうと》なんだし」

「でも、今までできたことをミスっちゃうのって、気になりませんか？」

真面目《まじめ》ね。それは彼の美徳でもあるのだけれど。

「エマが言ってたでしょ。本来、一人前にアーティファクトを使いこなそうと思ったら、それこそ血反吐《ちへど》を吐くような修行が必要なのよ。あなたはよくやってる方だと思う」

「でも、十分じゃありません」

「母さんに何を言われたか、だいたい想像がつくわ。自分のミスにイラつくのはわかるけど、それじゃどうなれば十分なの？　手に余るくらいなら手放したって誰も何も言わないわよ」

「僕がスマイルステッキを手放す？　それってどういう」

「そんな顔しないでよ。別に深い意味はないわ、言葉通りよ。奇術の練習、がんばってね」

私はそれだけ言うと、いたたまれなくなって逃げるようにリビングを出た。

「はあ、向いてないなあ、私」

今度は私がため息をつく番だ。

慰《なぐさ》めて、できれば元気づけようと思ったんだけど、ホント、こういうの苦手。

姉さんの想いも、母さんの思惑《おもわく》も理解できる。でもそれは大人のエゴだ。

いずれ彼は選択を迫られる。その時、彼がどんな結論を出したとしても、私が文句を言う筋合いじゃない。せめて私だけは、彼の意思を肯定してあげよう。

それはそれとして、私も身の振り方を考えておかなくちゃ。

＊

あの夜以来、僕の奇術の失敗は少しずつだけど増えていった。

マライアさんに言われるまでもなく、僕はまだまだひよっこだ。成功しない奇術だってたくさんあるけれど、今までできていた奇術を失敗するのは、どうにも心もとない。

もちろん、どれだけ練習を積んだって完璧《かんぺき》はあり得ない。だからミスった時のリカバリーまで含めて奇術師の腕前だ。例《たと》えば一輪の花を出すのに失敗したら、何食わぬ顔で別のネタを使って花束を出してみせるとかね。

奇術のステージでの話なら、それでもいい。

でも、怪盗ハテナの時に失敗したら？　まさに、あの時みたいに。

いや奇術のステージでだってよくはないだろう。

「結局、練習あるのみ、なんだよなあ」

そんなことを考えながら、今もエマさんに頼まれた郵便局での用事を済ませて屋敷に戻るところだった。少しだけ重い足取りで慣れた道を歩く。

そしてとある公園に足を踏み入れた。そういえば、ここでは怪盗ハテナとヒーローの対決をしたっけ。ぬるぬるで大変だったよね。なんてことを思いながら、近道になる公園を突っ切ろうとしていたんだけど。

「え……」

思いも寄らないものを見つけたとき、人は動きを止めてしまう。今の僕もそうだ。

僕の視線の先には、先日出会った怪《あや》しい占い師のお姉さんがいた。

今日はあの机こそないけれど、『占い』の文字が浮かぶテーブルランプが地面に置いてある。地面に置いてるからテーブルランプじゃなくて、地面ランプって言うのが正しいのかな。それはどうでもいいか。思いも寄らなかったのは、それを含めた全体的な風景だった。

「あのですね。公園で勝手にテントを張ってキャンプしたら駄目だと思うんですけど」

「同感。芝生《しばふ》で直火《じかび》やる馬鹿《ばか》とかあたしも許せない。ちゃんと焚《た》き火台を使うべきよね」

確かに直火は植物が焦《こ》げるし、土壌の微生物が死んじゃうんだっけ？　それに炭は自然に戻らないからよくない……とか、そういう問題じゃなくて。

「この公園は、キャンプ禁止だったと思います」

「大丈夫だよ、少年。これはキャンプじゃなくて占いの館《やかた》だから」

館じゃなくて、テントだけど。

「その疑いの目。傷つくなあ。言っておくけど、新品だから！」

そういうことでもないです。

「最近、ちょっとブームでしょ。ゆるい感じのキャンプ」

ゆるいってそういう意味じゃないし、もうキャンプって言ってますけど。

どう言葉を返したものか、そもそも突っ込むべきか迷っていると、占い師さんはもそもそとテントから這《は》い出してきて、がっちりと僕の肩に手を回した。

「そういうことなんで、占おっか」

「え、いや、ちょっと」

断る暇《いとま》もなく、僕はテントの中へと引っ張り込まれてしまった。

テントの中には、あの時と同じテーブルと椅子《いす》が置いてあって、座らされた僕は否応《いやおう》なく占い師さんと向かい合う。テーブルの上には、外にあるのと同じランプが置いてあった。

「まずはここにコーヒーがあります」

「はぁ」

「そして、飲む」

テントの中に連れ込まれた僕は、占い師さんのコーヒーブレイクを見守っていた。

僕が飲むんじゃないんだ。いや、そういう話でもない。

「飲み干すと、コーヒーカップの底にコーヒーの粉が残るのね。その模様の形で占うよ。日本では馴染みがないかもしれないけど、トルコあたりじゃ当たり前の占い。あっ、日本でもちょっと近いものがあったっけ。カメの甲羅《こうら》のひび割れで占う亀甲《きっこう》占いってヤツ。これは、まあそういう感じで占うアレよ」

長々と説明した割には、最後がうやむやだ。

そして、飲み干されたあとに見せられたコーヒーカップの中には、何もなかった。粉とかは見当たらない。この飲み残しの跡で占うのかな？

「あっ、しまった。インスタントコーヒーじゃダメだった。豆をミルから挽《ひ》いたやつじゃないと模様は出ないのか」

失敗失敗と呟いて、占い師さんはコーヒーカップを背後にしまった。

「じゃ、次は何占いにしよっか」

「僕に訊くんですか、それ。僕、占い詳《くわ》しくないいんで」

ていうか、コーヒー占いって今ので終わり？　また胸相とかチン相とか尻相とか言い出す前に、さっさと帰りたい。

「勉強不足だなあ、キミは。占われる立場なんだから、自発的に調べておくべきだと思わない？」

え、これ僕が悪いの？　そうなの？

「やっぱり悩みとか知りたいことを聞く前に、占いの結果だけ出ちゃうんですか？　僕が言うのも何ですけど、いわゆる占いってそういうのじゃないと思うんですけど」

　前回からずっと思っていたことをそっと告げる。

　占い師さんは、驚愕《きょうがく》の表情を浮かべてゆっくりと僕を振り返った。それから両手でぎゅっと顔を押さえて真面目な表情を取り繕《つくろ》うと、もっともらしい声色《こわいろ》で話し始めた。

「さあ、少年はどんなことが知りたいのかな」

「聞きたいことは何でもいいんですか？」

「いいよ。ただ相談内容を聞いたら占いに付き合ってもらうからね」

「それはもちろんです。僕の方から相談するんですし」

　さて、こんな茶番にここまで付き合ったのは僕がお人好しだからじゃない。

　僕は、占い師さんに一番訊きたかったことを口にした。

「あなたは博士ですか？」

　占い師さんは答えない。テントの中に沈黙の時間が流れる。

「悠さんのヒーロースーツを作った博士って人ですよね？　藤吉郎《とうきちろう》の眼鏡《めがね》を作ったのもあなただ。工芸魔術師なんですか？　だったら、どこでそんな技術を？　どうしてアーティファクトを町中にばらまこうだなんて――」

　心に積もっていた疑問が、流れるように口から出ていく。僕には確信があった。

　占い師さんは黙ったままズレてもいないメガネを指先で直して、それから僕に向かって微笑んだんだ。

「正解！　よくわかったね」

「え、そんなに簡単に白状しちゃうんですか？」

ちょっと拍子抜《ひょうしぬ》けだ。推理小説の探偵みたいに、これからひとつずつ質問を重ねて、彼女を自白まで追い詰めていく予定だったのに。カッコいいセリフだって考えてたんだけどな。

「だって、それを君に知られたところで大して困らないもの。秋の七草の最後が女郎花《おみなえし》だって知っても、キミ、結局は女郎花がどんな花か知らないでしょう？」

「へ？　それってどういう意味ですか？」

「ついでに大サービスしちゃおうかな。あたしの名前も教えてあげる。占い師さんとか、博士じゃ盛り上がらないもんね。まあ聞きたくないってのなら言わないけど、どうする？」

「……名前、教えてください」

「オハラ・リサ。忘れないでね。バイバイ少年」

占い師さん――オハラ・リサがそう言ったとたん、ランプの明かりが消えた。テントの中が真っ暗になる。僕はとっさにスマイルステッキを取り出して、その先端に明かりを灯《とも》した。

そこには、もう誰もいなかった。

僕は急いでテントから這い出して、公園の隅々《すみずみ》まで注意深く見回す。人影はない。

どうやら絶好の機会を逃してしまったみたいだ。

オハラ・リサという名前を胸に刻《きざ》み込む。町中にアーティファクトをばらまき、悠さんにスーツを与えて、ゴーレムを僕らに差し向けた人物。忘れろったって忘れるもんか。

そうやって立ち尽くす僕の肩を、誰かが叩いた。

もしかしてオハラ・リサが戻ってきたのかと思って勢いよく振り向くと、そこには見知った交番のおまわりさんが怪訝《けげん》そうな顔で立っていた。

「なんだ、真くんか。あのな、この公園はキャンプ禁止なんだよ」

「はあ、知ってます」

「知ってるんなら、これ、ちゃんと片付けておいてくれよ」

「えっ、僕が?」

「じゃあ誰がこんな立派《りっぱ》なテントを張ったっていうんだい。誰もいないじゃないか」

僕はもう一度公園をぐるりと見渡した。やっぱり人影はない。やられた！　僕はおまわりさんに頭を下げて、テントを片付けた。地面に深々と突き刺さったペグを引っこ抜きながら（やたら本格的なテントだった）、次こそオハラ・リサを捕まえて、全部聞き出してやる、と。固い決意とともにオハラ・リサの顔を思い出そうとして、あれ？　どんな顔してたっけ？まったく思い出せない自分に気づく。

認識阻害《そがい》のアーティファクトだ。自分も使っているのに、どうして思い当たらなかったんだろう。というか一度会っているのに、顔を思い出せないという事実すら忘れていた。藤吉郎も悠さんも、顔を思い出せないと言っていたっけ。

そもそも相手がアーティファクトを使うと踏んでいたならもっと警戒《けいかい》すべきだった。僕は、まんまと彼女の手のひらの上で踊らされていたってことか。

撤収《てっしゅう》したテント一式を担《かつ》いでお屋敷へ戻ると、僕はそのままモリガン先生の部屋を訪ねた。

「モリガン先生。お願いがあります」

「んー？　なに？　キャンプのお誘い？」

「僕はちゃんとアーティファクトを使いこなしたいって思っています。そのためにモリガン先生から教えを受けたいんです」

スマイルステッキを、今以上に使いこなさなければならない。そのために教えを乞《こ》うのであれば、モリガン先生しかいないと思った。

きっと断られるだろう。でも。

決意の固さを自分で再確認するように、ぎゅっと拳を握りしめた。

「いいわよ」

「はい、でもまたお願いに、え？」

あれ？　いま『いい』って言われたような。

「何を呆《ほう》けてるのよ。いいって言ってるじゃない」

え、うそ。本当に？　驚いたのは一瞬で、僕はすぐに我に返った。

「その代わり、わたしの言うことに疑問を持たず、一心不乱に励むこと。できる？」

「はい、よろしくお願いします!!」

気まぐれでも何でもいい、この機会を逃したら駄目だ！

そして、僕はモリガン先生から特訓を受けられることになったのだけど。

「この布をこう折って、こういう感じに縫《ぬ》い付けるんですね。ふむふむ」

アーティファクト使いの修行は、それこそ血のにじむような過酷なものだと聞いている。なんだかイメージとちょっと違うんだけど、手先の細かい動きの訓練にはなるのかな。あっ、それとも魔法の護符《ごふ》とか、そういうのが出来上がるのかな？

「雑巾だけど」

ぞうきん。

「この屋敷は広いから、雑巾はいくらあっても困らないでしょう」

先生の言う通りだけど。あのでも、ぞうきん？

「これがどんな特訓になるんでしょうか」

「それを訊いてどうするの？　特訓したりしなかったりするの？」

にっこりと笑う姿は美人なお姉さんそのものなんだけど、その腕に抱えられた使い古しのタオルの山がものすごい圧《あつ》を放っている。

「わたしの言うことが信じられないなら、やめてもいいけどぉ？」

「やります！」

間髪《かんはつ》をおかず応える。そうだった。今の僕は、藁《わら》にもすがる思いなんだ。そう思ったらタオルにすがるのも大して違わない。

そして、よくわからない特訓が始まった。

誰もが知ってる、なみ縫い。そして、返し縫い、本返し縫い、まつり縫い、かがり縫い。運《うん》針《しん》だけでも、こんなに種類があるなんて知らなかった。

「ほ〜ら、針で指をついたら減点よー」

「減点されるとどうなるんですか」

「別に何もないけど、減点され続けるって精神的にキツくない？　ほら手が止まってる。減点1ね。ミシンと同じスピードくらい出せないかな。先生そういうの見たいなー」

ミシンって使ったことないけど、無茶を言われてるのはわかる。

本当にこれが特訓になるのかな。でもその疑問を口にすることは許されていない。

「できた！」

大量のタオルを切って、たたんで、まち針を打って、そして縫い続けること4時間。目の前には大量の雑巾が出来上がっていた。最後は刺繍《ししゅう》までさせられたけど、我ながらなかなかの出来だと思う。でも華麗《かれい》な花模様の雑巾って、使うのに躊躇しそうだな。

「奥様、そろそろ真様を執事の仕事に戻させていただいても……おや」

部屋を覗いたジーヴスさんが僕とモリガン先生の間に積みあがった雑巾を見て、目を丸くする。向こう1年以上は困らない量だもんね。

「ジーヴス。この雑巾、掃除に使っちゃってもいいわよ」

「奥様、というか真様の手前、大変申し上げにくいのですが」

「どうしたの。最初のは出来も悪いけど、腹が立つことに最後の方は縫い目も整ってるわ」

「このお屋敷には私がおりますし、普段、床掃除にはモップを使っているのです」

「あっ、そう言えばそうだった」

昔ながらの布拭《ぬのふ》き掃除もするけれど、これだけ広いお屋敷を少人数で回すために、文明の利器が日々威力《いりょく》を発揮している。

「まあ、あって困るものでもないでしょ」

モリガン先生が悪びれずに言う。

「普通の雑巾を使わない主義というわけではありませんので、こちらは使用させていただきますが、もう充分です。できれば雑巾作成はここで止《や》めていただけるとありがたいですな」

「そういうことなら、しかたないわね」

どうやら縫い物はここで終了らしい。ほっと胸を撫《な》で下ろす。このままだと謎の新妻スキルが上がる一方だったからね。これで一件落着かな。

「あ～～～！　あたしのお気に入りのタオルが～っ」

と思ったと同時に、部屋の入り口から可愛らしい悲鳴が上がった。

振り返ると柳眉《りゅうび》をつり上げたはてなが、雑巾の山を指さしながらこちらにやってきている。

その後ろからは、ガウガウを抱えた夢未ちゃんもついてきた。

「あのタオルってはてなのだったの？　ごめん！」

どうしようと、隣に目を向けると、そこにいたはずのモリガン先生の姿がない。いや、一瞬で部屋の入り口まで走って身を隠したのか。ドアの陰《かげ》から僕に向かって手を合わせ、口パクで何かを言っている。

『カ・ナ・に・き・ら・わ・れ・た・く・な・い・！』

あ～、ここでそのタオルを持ってきたのがモリガン先生だとバレたら、はてなとの関係がぶち壊しになるかも。

しかたないなぁ、と……いや待った。はてなに嫌われたくないのなんて僕だって同じなんですよ、モリガン先生！

慌てて首を振ろうとしたところで、すでにモリガン先生は姿を消していた。ひどい、逃げた！

「もうっ、真！」

「は、はいっ！」

モリガン先生に渡されたとはいえ、はてなのお気に入りのタオルを切っちゃったのは僕だ。

「本当にごめん、買って返すよ。今度の日曜日に一緒に買い物に行って、はてなの好きなのを選んでもらってもいい？」

「日曜日に、真とお買いもの？」

「姉様、それってデート」

「夢未、し――っ！」

聞こえちゃった。えっとこれってデートになるのかな？

「な、なに笑ってるのよ！　これは真からのお詫《わ》びだもん。デートじゃないんだからねっ」

頬を赤く染めたはてなは、そのまま走って出て行ってしまった。

デートだったら嬉しかったんだけどな。なんて心の声が漏れそうになったけど、目の前の雑巾の山を見て現実を思い出す。

今は浮かれてる場合じゃない。スマイルステッキを、アーティファクトをきちんと使いこなすことが、今は最重要事項なんだ。そのための特訓がなにより大事だ。

「真様。こちらの雑巾は納戸《なんど》にしまっておいていただけますか」

「はい、わかりました」

特訓って言っても、やったのは雑巾縫いだけど。

これ、本当にアーティファクトのための特訓、だよね？

それからもモリガン先生の謎の特訓は続いた。学校の勉強に、部活、そして執事の仕事に、奇術の練習、そして怪盗ハテナとしてアーティファクトを何の不安もなく自在に操《あやつ》れるようになるための特訓。僕の日常はなかなかハードかもしれない。

だけど、ここでへこたれるわけにはいかないんだ。

本日の特訓メニューは、庭の草むしりだ。

雑草の根っこを残さないように、しっかりとむしらなければならない。なぜか一抜きごとに立ち上がるように言われているので、足と腰の筋肉痛が生半可《なまはんか》じゃない。

「特訓ついでに何か役に立った方が得でしょ？」

それはそうだけど。でなきゃ、本当にただの雑用だし。

「でも手が遅いわね。あと30分でこの庭の雑草全部いっときましょうか」

「えっ」

「執事の仕事もサボりたくない、奇術の勉強も手を抜きたくない、学校の勉強もしないといけない。その上に、アーティファクトの特訓がしたいだなんて言ったのは誰だったかしら～？」

「ぼ、僕です」

「だったらここで何時間もかけてる余裕はないでしょ？」

まったくもってモリガン先生の言う通りだった。

「今日のところはやめておく？　そしたら、ついでに明日の特訓もやめにしておこっか」

「いえ、やります！」

「じゃあ、あと25分だからね～」

「え？」

驚く僕を置いて、モリガン先生はお屋敷の中へ戻っていってしまった。

「や、やばい、急がなきゃ！」

まだ半分以上残っている庭を見回して、僕は慌てて雑草抜きを再開させる。ひいこら呻《うめ》きながら雑草を抜き続けて、なんとかラスト一本の雑草をやっつけた。

「つ、疲れた……」

そのまま庭に大の字になって寝転ぶ。ああ、風が気持ちがいい。

こうしていて何が改善されてるのかはわからない。でも、立ち止まってるよりはマシだと思う。

「早く前みたいに、ちゃんとスマイルステッキを扱えるようになって、はてなのパートナーとして胸を張れるようにならなくちゃ」

とにかく今は、当代随一《ずいいち》のアーティファクターであるモリガン先生を信じて特訓あるのみ！

「これまでよりもっとがんばれそうな、そんな気がする」

でも今はちょっと一休み。

目を閉じて太陽の光だけを感じていると、ふいにその明るさが陰った。

雲でも出たのかな、と目を開ける。

「最近、真の姿が見えないと思ったら、おばあちゃまの特訓だったんだ」

「はてな!?」

ものすごく驚いた。

今にもキスできそうなくらいの近さで、はてなが僕を覗き込んでいた。

可愛らしく頬を膨《ふく》らませているその後ろから、夢未ちゃんも僕を覗き込んでいる。

「え、ど、どうしたの二人とも」

「どうしたもこうしたもないでしょ。真が一人でバタバタしてるから、我慢《がまん》しきれなくなってきたの。一人だけ抜け駆けで特訓なんてズルいわ」

いや、僕ははてなのために特訓を、とは言い出せない雰囲気《ふんいき》だ。

「あたしと真の二人で怪盗ハテナなのよ。がんばるなら、やっぱりあたしも一緒じゃなきゃ納得できないわ」

拗《す》ねて怒ったような口調だけど、はてなから感じるのは寂《さび》しさだった。

特訓のことを相談もしてなかったって、今さらながらに気がついた。

「だけどスマイルステッキを使えなかったのは僕だし」

「も～～～！　そんなの知らない！　とにかく真はあたしのパートナーなのよ！　だったら一緒に特訓するのが当然なの！」

地団駄《じだんだ》を踏むはてなを見ていると、なんだかちょっと元気になってきた。自分でなんとかしなきゃと思ってたけど、僕は間違ってたのかもしれない。

「うん、そうだね。僕の特訓に付き合ってくれる？　はてな」

「だからそう言ってるでしょ」

ぷんすかと怒るはてなの後ろから、ちょっとだけ唇《くちびる》を尖《とが》らせた夢未ちゃんが身を乗り出してくる。

「二人のサポートはわたしの役目。わたしをのけものにするのは駄目」

そうだね、夢未ちゃんにも助けてもらおうかな。

そんなことを考えながら、身を起こすのとモリガン先生の声が降ってくるのは同時だった。

「こらーっ、人が目を離した隙になにをイチャついてるの！　孫娘にまで悪い虫が付くのは絶対にゆるさないからねーっ！」

それから、僕の特訓ははてなと、そして夢未ちゃんも一緒のものとなった。

特訓が次の段階に進んだのか、それともはてなが加わったからなのか、変な特訓は鳴りをひそめて、そのかわりに腕立て腹筋などの地道なトレーニングが増えていた。

そして、増えたのはそんな体力トレーニングだけじゃない。

鋭い光の刃《やいば》が連続して飛んでくる。とっさにスマイルステッキを掲げて対応した。

「スマイルステッキ！　物体移動！」

一つ目の光の矢が消えるはず――なのに消えない。またかと思いつつも、身をよじって避《よ》ける。でも、次の矢は目前に迫っている。身をかわすべきなんだろうけど、そうしたい気持ちをねじ伏せて、もう一度ステッキを振る。

「スマイルステッキ！　物体移動だってば!!」

目の前で光の矢が消えて、全く違う場所に刺さっている。

「やった、真！」

はてなの声に思わず笑い返しそうになって、視界の端にさらなる光の矢が見えた。

「わわっ！」

スマイルステッキを振る余裕もなく、身をよじった。直撃は免《まぬが》れたものの矢は僕の背中を掠《かす》める。光の矢が触れた瞬間、感電したような痛みが走った。そこで体のバランスを崩した僕は、次の矢を避けきれない。

「いたっ！　いたたっ！　いたたた～っ！」

ビリ！　ビリリ！　ビリリッ!!　という勢いで、増し増しの電撃に襲《おそ》われた。

「きゃあっ、真！　大丈夫？」

はてなが僕に駆け寄ってくる。あっ、駄目だ。

「甘いわね、カナ」

モリガン先生の冷静な声と共に、新たな光の矢が放たれた。

しかし、はてなはそれに気づいていて、冷静にマフくんを操ってみせた。

「マフくん！　蔦《つた》形態よ！」

ぐにゃりと形を変えて蔦のように伸びたマフくんは、飛んでくる光の矢を叩き落としていく。

「カナはギリギリ及第点《きゅうだいてん》かしら。真くんはまだまだね」

冷静に下された採点に、思わずため息が漏れそうになった。

「実地訓練はこれくらいかしら。じゃあ、次は腹筋でもしましょうか。百回を三十セット」

「いたたた……。わかりました」

「おば……モリガン先生！　そんなことしたら真は休めないじゃない。休憩《きゅうけい》ぐらいちゃんとさせてあげてよ」

「もちろんカナは休んでいいのよ」

「あたしだけっ？　真は？」

「カナはきちんとフィンダウィルを扱えてるでしょ。真くんには、真くんに必要な特訓ってものがあるわ。今のを見ても、彼の方を厳しく鍛《きた》えるのは当然じゃない」

「……でもっ」

まだ言い募《つの》ろうとしているはてなを、僕は宥《なだ》める。

「はてな。今はモリガン先生が僕に厳しいのはしかたないよ。それに僕は大丈夫だから」

「う――――」

納得できない様子のはてなは、モリガン先生を睨《にら》みつける。

「おばあちゃまの意地悪！」

「えっ、カナ？　おばあちゃまのことをそんな風に思ってるの!?　孫娘に嫌われたのっ？」

「知らない！」

「カナ？　ねぇ、カナったら～！」

慌てだしたモリガン先生に背を向けたはてなを見て、僕は苦笑いを浮かべた。

はてながモリガン先生を嫌ってるはずがないんだけどね。

「はい、そこまでにしてください」

祖母と孫娘の不毛な争いに終止符を打ったのは、飲み物のグラスをお盆で運ぶディィナだった。

エマさんは、モリガン先生を嫌っているようで、こんな風に飲み物などは用意してくれるものの、決して自分では近づいてこようとしないんだ。

さっきまで練習場の隅にいた夢未ちゃんが、ディナのお手伝いをしてグラスを渡してくれた。

「ありがとう、夢未ちゃん」

「水分補給は大事。がんばって、兄様」

もらった飲み物を一気に飲み干す。汗をかく前提だからか、レモンの酸味と塩味と甘味が感じられるものだった。

「そこから見てたけれど、モリガン先生の特訓はなかなかだな。グレゴリー先生が不在の今、どうしても自主的な訓練しかできないからボクも参加したいくらいだ」

「えっと、ディナ。これって奇術の特訓じゃないんだ。これは」

「もちろんわかってる。でもグレゴリー式奇術に通じるものを感じるんだ」

なぜかディナの目がキラキラと輝いている。

僕はふと思い出した。グレゴリー式奇術の力強さを。アリスの時のディナが、ヒーローだった悠さんをピコピコハンマーで一撃で伸《の》したのを。

「その気持ちはオレもわかるな。モリガン先生の特訓は非常にためになる」

会話に入ってきたのは悠さんだ。ヒーロースーツのメンテナンスを先生に頼むことが決まってから、ちょくちょくやってきては、僕らの特訓を見学するようになっていた。

「ええっと……」

「さっきの光の矢が君を狙《ねら》うときの正確性は素晴らしかった。真くんが避ける動きを予測しているから、あんな風に時間差で急所を狙えるんだろう。正直に言えばオレも特訓に参加したい。一撃必殺はヒーローの基本だからな」

「これまでにキミが一度だって一撃で必殺したことがあったか？」

「ん？」

さらっとアリスの視点で発言したディナに、まだ何も知らない悠さんが軽く困惑している。

「しかし、目の付けどころはいい。実はボクも参加できるならしたいと思ってるんだ」

「君もか。モリガン先生の指導は素晴らしいものな」

「同感だ」

ここでなぜか、ディナと悠さんが意気投合し始めてしまった。ヒーローとアリスの時は、仲が悪かったのになんで？

そんな二人をじと目で睨《にら》むはてなのそばに、夢未ちゃんが飲み物の入ったグラスを持っていく。はてなも、大好きな妹からの差し入れで気が落ち着いたみたいだ。

みんなが休憩する中、僕はモリガン先生に言われたとおり腹筋を始める。さっきの矢が当ったところがまだ軽くしびれてるけど、いまはそれを根性で無視する。

「いーち、にー、さーん」

「あっ、真！　あたしが足を持ってあげる！」

僕の動きに気づいたはてなが駆け寄って、足首のところにちょこんと腰かけた。

いやそこは……座るんじゃなくて、足首を手で固定してくれたらよかったんだけど。まぁ、いいか。

「ありがとう、はてな」

そんな様子を彼女がじっと見ていることに僕は気づかなかった。

今日の特訓時間は終わり、みんな練習室から出て行く。とはいえ僕の日課はまだ終わらない。これからは執事の時間だ。着替えに行こうとした僕の背中に、先生の声がかかった。

「これまでの特訓を見ていて、真くん、アーティファクト使いとして、とても筋がいいわ」

「本当ですか？　ありがとうございます！」

先生の言葉が、まるでお日様の光みたいに僕の心を照らし出す。

けれど、そんな言葉とは裏腹《うらはら》に、モリガン先生は胸の前で腕を組み、静かに僕を見つめていた。

え、あれ？　褒《ほ》められたと思ったのは気のせいだったのかな。

「褒めたわよ」

「あ、よかった。って、あれ？　僕、いま口に出して言ってました？」

モリガン先生の表情は変わらない。先生が手を伸ばして、僕の手からスマイルステッキを取り上げた。先生はステッキを何度か振って、耳に当てて音を聞こうとしたりしている。

「あのー、僕のステッキがどうかしましたか？」

ステッキを振りかざしながら、先生は僕を見上げてこう言ったんだ。

「でね、こないだも言ったけど、これ、まだ手放す気はない？」

僕は答えることができなかった。まだ足りないってことなんだろうか。

「ま、いいわ。考えておいてね」

モリガン先生はスマイルステッキを返すと、僕ひとり残して部屋を出て行った。

＊

特訓の後、お使いを言い渡された僕は、謎の香辛料『スターアニス』を買うために、ちょっと遠くの高級スーパーへと向かっていた。

バルサミコ酢といい、星里家では僕の知らない調味料が普段からよく使われている。

その道すがら偶然出会った悠さんと並んで歩いているのは、そういうわけだ。

ちょうどよかった。悠さんと二人きりで話したいことがあったんだ。

「博士に会いました」

「そうか。オレのこと、何か言ってたかい？」

「……なにも」

「真くんにだけ話すけど、博士に対しては、今も気持ちの折り合いがついてないんだ。オレが憎《にく》んでいるアーティファクトをばらまいているのも彼女なら、それを破壊するためのスーツを与えてくれたのも彼女だ。オレは博士に見捨てられたんだろうか？　オレにはわからない。なあ真くん、これって恋かな？」

「恋ではないと思います」

僕やはてなからすれば厄介《やっかい》なだけの存在でも、悠さんには悠さんの思い入れがあるのは当然だ。僕が会ったオハラ・リサは、彼女の持つ一面に過ぎないんだろう。

だから僕は、悠さんにこう言った。

「それは悠さんが会って、彼女に直接確かめるべきじゃないですか」

「そうだな、もっともだ。でも実際に会って恋だって確信したら、オレはどうすればいい？」

「なんでそんなに恋にこだわるんですか」

「恋に恋するお年頃だから、かな」

なにそのセリフ。僕が言ったら桔梗院《ききょういん》さんあたりに張り倒されそうだけど、悠さんみたいなイケメンが言うと、それっぽいというか絵になるっていうか、世の中は不公平だなって思う。

まあ、悠さんも普通の男子高校生ってことだ。

「モリガン先生についてもそうだ。オレはあの人がすべての元凶、悪そのものだと思っていた。なにしろアーティファクトを世界中にばらまいた張本人だからな」

「ああ、それは僕も同じです。あの人、よくわかりませんよね。言ってることもやってることもめちゃくちゃだけど、少なくとも悪い人には思えなくて」

「オレは先生から話を聞いて、考えを改めた。自分の器《うつわ》の小ささを思い知らされたよ」

そういえば、モリガン先生がどんな理由でアーティファクトを流出させたのか、僕は知らない。悠さんに聞こうと思ったけど、それこそ先生に直接聞くべきだろう。

「そういえば、悠さんはどうしてアーティファクトを憎むようになったんですか？」

僕がそう尋《たず》ねると、悠さんはぴたりと足を止めた。

「それ、話さなくちゃならないか？　いや、君とは拳を交えた間柄《あいだがら》だ。話さなくちゃならないんだろうな。うん、話すべきだ。聞いてくれるかい？」

「いえ、言いたくないなら別に」

「ちょっと前まで、オレが親父の仕事で海外に住んでいたのは真くんも知ってるだろ。あれはベルギーに住んでいた頃だ」

　相変わらず人の話を聞かないなあ。こういうところは、あのオハラ・リサとちょっと似てる。ともあれ尋ねたのは僕だし、悠さんの話を聞こう。

「言葉もつたなかったし友達ができなくてね。でも一人だけ親友ができたんだ。三つ年上だったけど、いつも一緒だった。ちょっとした悪さもしたもんさ。あいつとつるんでる内に、いつの間にか友達も増えたよ。あいつとは、何でも話し合えると思ってた」

「いい話ですね。青春って感じで」

「そこまでならね。ある日あいつは、夢を叶《かな》えるために旅に出るってオレに言った。手に入れたいものがあるって。それがあれば一度は諦めた夢が叶うかもしれないと。オレは応援したよ。寂しいけど行ってこいって、あいつを送り出した」

　そこまで話して、悠さんが奥歯を嚙み締める。よほど辛《つら》い思い出なんだろう。

「お察しの通り、あいつが探してたのはアーティファクトだ。一年経《た》ったくらいかな。それを手に入れたあいつと、オレは再会した」

　悠さんの話は続いた。うーん、まだ辛い思い出って感じじゃないな。

「再会したあいつは、女になってた」

「えっ」

　思わず声が出た。なんだって？

「永遠の親友だと思ってた男が、アーティファクトの力で女になって帰ってきたんだ。それも兄貴の彼女としてだぜ。先月、兄貴とあいつは結婚式を挙げた。オレはもう見ていられなくって日本に逃げ帰ってきたってわけだ」

言葉が出ない。もちろんウソじゃないんだろう。でも、ええー？

悠さんが、固めた拳をブロック塀《べい》に叩きつける。気持ちはわからなくはない。けど。

「で、でも性別が変わっても、親友さんであることには変わりないわけですよね」

「だからキツいんだ。めっちゃ可愛いんだぞ？　おっぱいとか大きいし。それがオレの目の前で実の兄貴とイチャついてるんだ。彼のためにクッキー焼いたんだけど悠くんもついでにどうぞ、なんて言われて耐えられるか？　オレは耐えられなかった」

ディティールはともかく、悠さんにとってその人がどれほど大切な存在だったかっていう話だ。そう考えれば辛さも理解できる。

「ま、まあオレの話はいいんだ。あいつのことは、そういう話だったって受け入れた。受け入れられたと、思う。でもアーティファクトさえなければ、あんな思いをすることもなかったって、あの時のオレは思ってしまったんだ」

それで他の人が同じ辛さを抱えなくて済むように、アーティファクトを破壊して回っていたのか。優しい人なんだなあ。

「オレは自分のことばかり考えてたけれど、あいつが幸せになれたのはアーティファクトのおかげだ。カナや真くんたちと出会って、そう思えるようになったんだ。感謝してる」

「そんな、僕は何も」

悠さんが僕の胸を、どんと叩いた。

「謙遜《けんそん》するなよ。胸を張れ。オレは再び生きる意味を取り戻した。もちろんモリガン先生がスーツを直してくれたって意味だけど、オレが間違いに気づいて今もスーツをまとっていられるのは、間違いなく真くんのおかげだ。いや、真くんのせいだ」

「僕のせい、ですか」

「そうさ。カナの手前、踏ん張ってる君を尻目《しりめ》に逃げ出したりできるもんか。オレは君をライバルだって認めてるんだぜ」

悠さんは、そんな風に僕のことを思っていてくれたのか。

「それでモリガン先生との特訓はどうだい？　カナからは苦戦してるって聞いてるけど」

僕は正直に話した。謙遜でも弱音でもなく、ありのままを。

「どうなんだろう。手応《てごた》えはあります。でも先生は、スマイルステッキを手放せって」

「ふむ、先生はどういうつもりなんだろうな。でもひとつ言えるのは、先生がその気になれば力ずくで君からステッキを取り上げることだってできる。でもそうしてないってことだ」

「それって、どういうことなんでしょう」

悠さんは降参《こうさん》するかのように肩をすくめてみせた。

「そこまではわからないよ。でも君がステッキを手放すっていうのなら、オレは大歓迎だ。だってそれってカナの隣の席が空《あ》くってことだろう？」

「そうはなりたくないです、絶対」

「オレもそう望んでる。アドバイスはできても、決めるのは真くん、君自身だからな」

「さっきは僕が脱落するのは大歓迎だって言ったくせに」

「どっちも本心さ。おっと、オレの家はこっちの道だ。じゃあな」

悠さんはそう言って笑うと、手を上げて去って行った。

なんとなく、沈み込んでいた気分は前向きに変わっている。

「そうだよね。今ここで僕が諦めるわけにはいかないや」

アーティファクトのことも、あのオハラ・リサのことも、諦めなければきっとどうするべきかわかる時が来るはずだ。

買い物を終えて、スターアニス（本当に八つの角がある、星みたいな香辛料だった）を手に屋敷へ戻った僕は、玄関先が騒がしいのに気づいた。また富野沢《とみのざわ》さんでも来てるのかな？　そんなことを考えながら、屋敷の扉を開けると、そこには予想外の来客の姿があったんだ。

「こんにちは、少年」

「はい、こんにちは……えっ？　オハラ・リサ、さん？」

いくら認識阻害《そがい》されていたとはいえ、こんな短期間に二度も会えば思い出せる。そこには（なぜかメイド服らしきものを着た）謎の占い師さんこと、博士こと、オハラ・リサが、星里家の玄関に立っていて、満面の笑みを浮かべながらこっちに向かって手を振っていた。

「ねえ、この人って真の知り合いなの？」

「知り合いって言うか、確かに知ってるけど」

僕ははてなに頷いてから、小声で耳打ちする。

「この人、例の博士だよ」

目の前の人物の正体を知って、はてなの目の色が変わった。それも仕方ない。つまりはあのゴーレムを差し向けて僕らを殺そうとした張本人ってことなんだから。マフくんの端がふわりと浮き上がって臨戦態勢に入ろうとするのを、僕は手で制した。

今は戦うべきじゃない。僕はこの人から話を聞きたいんだ。

とはいえ、どうすべきか迷っていると、夢未ちゃんが僕の袖を引っ張った。

「真兄様。この人、メイドとして雇《やと》ってほしいって」

「ええ？　そんな求人してたっけ？」

「しておりません。あいにくですが当家ではメイドは間に合っております」

こちらは正真正銘《しょうしんしょうめい》のメイド服を身にまとったエマさんが慇懃《いんぎん》に断る。

ただ、相手はあのオハラ・リサ、さんだ。一筋縄《ひとすじなわ》でいくはずもない。うーん、どうも本人を目の前にすると呼び捨てしにくいな。

目の前に立ちはだかるはてなとエマさんの頭越しに、リサさんがお屋敷の奥を覗き込む。そのリサさんの視線の先から現れたのは、モリガン先生だった。

「話は聞こえてたわ。うちで働きたいって？」

「はい、そうです。奥様。あたしはお役に立ちますよー」

モリガン先生に向かって、リサさんは臆《おく》することなく応える。

誰もが、先生がいつもの調子で「死ねば？」とか言って、彼女を追い返すと思っていた。

先生は十秒ほど、まじまじとリサさんの顔を見つめて、それから言ったんだ。

「じゃあ、雇っちゃおうかな」

「おばあちゃま!?　正気なの？　この人はあたしたちを――」

「だいたい知ってるわ」

僕の後ろにいた夢未《の》ちゃんも、はてなの様子を見て何かを察したのだろう。ガウガウを抱きしめたまま息を呑んでいる。

「母様！」

衛師匠とともに駆け足でやってきたメイヴさんが、慌てた声を上げる。しかし、モリガン先生はどこ吹く風だ。

「メイヴ。この屋敷の主人は誰だったかしら？」

そう言われてしまったら、メイヴさんも衛師匠も黙るしかなかった。

そんな星里家の人たちのやりとりの横で、リサさんはニコニコと笑顔をキープしている。そして、話が一段落ついたと見なしたのか、モリガン先生へと向き直った。

「では奥様、契約成立ってことでいいですか？」

「いいわよ」

「おばあちゃま～～っ!?」

はてなの悲鳴が玄関ホールいっぱいに響き渡った。

第三幕 就活☆新人メイド？ それとも助手？

就職希望のオハラ・リサさんは、そこに集まっていた面々の顔を一人ずつゆっくり眺《なが》めると、最後に僕の方を向いて顔の動きを止めた。

「名前、憶《おぼ》えててくれたのね。リサでも博士でも占い師さんでも新人メイドでも消防署の方から来た人でも、好きに呼んでくれればいいよ」

リサさんは僕に向かって眼鏡《めがね》越しのウインクを送る。いろいろ提案してもらったけど、普通にリサさんでいいだろう。って最後のは、僕は知らないぞ？ この人、他にもいろいろやってるのか。いちいち胡散臭《うさんくさ》いなあ。

「ついでに他のことも教えておこうか。年齢は二十歳《はたち》、血液型はＲｈ＋のＯ型で、誕生日は、もっと仲良くなったら教えてあげる。秘密は残しておかなきゃね」

僕の隣でリサさんの自己紹介を聞いていたはてなが、きゅっと唇《くちびる》を尖《とが》らせている。

「うう〜っ。ハタチとかお姉さん過ぎる！ ただでさえお姉さんタイプはエマさんとか、マライアさんとかいるのに、さらに増えちゃってどうしろっていうのよーっ」

「むっ、若さをアピールしたつもりだったのに、相手が中学生なの忘れてたっ！ むしろおばさんアピールしちゃった!?」

はてなの嘆《なげ》きのポイントがよくわからないんだけど、リサさんが悔《くや》しがってる理由もよくわからない。ハタチはハタチだよね？

「その顔。全然わかってないでしょ、真《まこと》くん」

「モリガン先生？」

「はあ～、まだまだ女心がわかってないか。でも、むしろそれくらいどんくさい方がいいわ。どこかの誰かみたいに大事な娘を盗んでいったりしないでしょうからぁ!!」

モリガン先生の話は、途中から衛師匠《まもるししょう》に向けられた。師匠への当たりがきついのは、いつものことだ。突然被弾した衛師匠も慣れたもので、モリガン先生に手を合わせて謝り倒している。

と、話していた相手を思い出したのか、モリガン先生がリサさんへ向き直る。

「おばさんアピールにしても中途半端よ。わたしなんて、当年とって――あれ？　わたしっていくつだっけ？　真くん、知ってる？」

僕は首を横に振った。

先生の本当の年齢なんて知らないし、知っててもリサさんの前で言えるわけがない。

「80歳くらいで誕生日のケーキに蠟燭《ろうそく》が載《の》せきれなくなって、しょうがないからケーキのほうを大きくしていったんだけど、今度は焼いたケーキがドアを通らなくなったのよね。それでいちいち歳《とし》を数えるのやめちゃったんだよね」

止めるのが遅かった。先生の話はたぶん全部本当のことで、そしてそれを聞いたリサさんは、ただニコニコ笑っていた。

「驚かないのね。今の話、ウソだと思った？」

「まさか。あのモリガン・レルータが話すんだから、全部本当のことなんだろうなって」

あのモリガン・レルータって、リサさんは言った。

それはリサさんがアーティファクトの関係者であるというのと同時に、モリガン先生がそっち方面でいかに有名かってことを証明していた。

いや待てよ？　今、先生がレルータの里を出ていることはごく一部の人間しか知らない上に、姿が若返ってることだって——

「キミが『モリガン先生』って呼んだんじゃないか」

「わあ！　僕の心を勝手に読まないでくださいよ！」

一気に心拍数が跳《は》ね上がる。なんなんだよ、この人。前から思ってはいたけど、すごくやりにくい。リサさんが申し訳なさそうに、僕の頭をぽんぽんと叩《たた》いた。

「気にしないでよ。キミが言わなくたって、いずれこの人が誰かってわかったと思うし」

「でしょうね。うふふ」

腕組みをしたまま、モリガン先生が笑った。その先生の視線をまっすぐ受け止めながら、リサさんが微笑《ほほえ》む。そんな二人の様子を星里《ほしさと》家のみんなが神妙《しんみょう》な表情で見守っていた。

こうして混沌《こんとん》とした場は収まりのつかないまま、有耶無耶《うやむや》のうちにリサさんの星里家就職は決まってしまったのだった。

「モリガン先生。先生はどういうつもりでリサさんを——あれ？」

　僕が理由を聞こうと思った時には、もうモリガン先生の姿はなかった。

「母さんが決めたんじゃどうしようもないわね。メイドの仕事のことは、そこのエマに教わればいいわ」

「えっ、私ですか？　事情が全然呑《の》み込めていないんですが」

　マライアさんの言葉に、エマさんが驚いたように聞き返した。

「事情がわからないのは、みんな同じでしょう。とにかくメイドとして雇《やと》ったっていうんだから、そういうことだわ。わたしは面倒《めんどう》くさいのはゴメンだから。じゃ、あとよろしく」

　エマさんは自分の顔を指さしながら、きょろきょろと辺《あた》りを見回す。メイヴさんがため息をついて、衛師匠が苦虫を噛《か》み潰《つぶ》したような顔で頷《うなず》くのを見て諦《あきら》めがついたらしい。

「わかりました。ではこれより当家の使用人として扱いますので、リサさん、でしたっけ？　私についてきてください」

「はいはい、よろしくね、エマくん」

　リサさんのいかにも馴《な》れ馴《な》れしい返事を聞いて、エマさんが一瞬けわしい表情を浮かべたのを見逃さなかった。

　わあ、これは大変なことになったぞ。

＊

さて、どうしましょうか。

何がなんだかわからないまま、随分《ずいぶん》とずうずうしい後輩を押しつけられてしまいました。そもそも、私以外のメイドなんて必要ないし、募集もしていなかったのに。モリガン様は、一体なにを考えて彼女——リサさんを雇ったのか。

「ここは何の部屋なの？」

「住み込みというお話なので、ここがあなたの私室になります。ベッドなどの家具は一通りありますが、他に必要なものがあったら言ってください」

「そうね。インテリアは趣味じゃないけど、特に必要なものはないかな」

彼女——リサさんは物珍《ものめずら》しげに部屋を見回しながら言った。

考えてみれば後輩のメイドというのは初めてで（真様はメイドではなく執事《しつじ》見習いだったので）、しかもそれが年上となると、どう接したらいいものやら。

ともあれ星里家の使用人として働くというのなら、いくつか改善してもらわなければ。

「まず、その変なメイド服もどきは却下です」

オリジナルの制服持参の押しかけメイドなんて聞いたことがありません。

「とりいそぎ、こちらでメイド服を用意しました。こちらを着用してください」

「えー、やだ」

……この程度で怒ってはいけません。先ほどからの様子を見ても、そして着ているメイド服もどきを見ても、彼女が常識に欠ける人間というのはわかります。

私はもう一度念を押しながら、彼女に用意したメイド服を突きつける。

「星里家の品位に関《かか》わります。こちらを、着て、ください」

「だって、こんなひらっひらした服。どっかに引っかけそう」

そう言いながら、リサさんは差し出したメイド服のエプロンを指で摘《つ》まんで持ち上げた。

それから生地《きじ》の具合を確かめるようにエプロンを指でなぞってから、ようやく両手でそれを取り上げる。やっと着る気になってくれましたか。

と思いきや。

「機能性で考えると、この肩のヒラヒラってまずいらないと思うんだよね。必要なのは前身ごろを体の前面にセットして、不意の汚れに備えるってことでしょ。となると、ボディとの密着性が大事なんであって、これは単なる装飾としてしか用途はない」

「……なんですって？」

「裾《すそ》のフリルも同様。こっちも必要性を感じない。そもそもこのエプロンは収納性が低いよ。あたしのメイド服と比べたら天と地の差があるかな。あと……」

「つべこべ言わず、着てください！」

思わず大きな声を出してしまいました。

リサさんの後ろに立っている真様が、心配そうな表情をこちらに向けていて、ああ、しまった。

この程度で取り乱すとはみっともない。大丈夫です真様。ここは先輩メイドとして、冷静かつしっかりと対応しますから。

「これは当家の使用人の制服です。これを着ないのなら雇うことはできません」

きっぱりと言うと、リサさんは渋々《しぶしぶ》と差し出したメイド服を手に取った。

「エマくん、可愛《かわい》いのに怒るとめっさ怖いね。わかったよ、着るってば」

「一言余計ですが、わかってもらえて何よりです。ではさっさと着替えてください」

リサさんは私が手渡したメイド服を胸に抱いたまま、上目遣《うわめづか》いでこっちを見るばかりで着替えようとしません。まだゴネるつもりでしょうか。

「まだ気に入らないことでも？」

「えーっと、そんなにじーっと見つめられてたら脱ぐの、恥《は》ずかしいんだけど。それとも星里家では雇うメイドの裸《はだか》も確認するのかな？」

そんな制度はありません、と私が言う前に真様が先に声を上げました。

「僕の時は路上で全部脱がそうとしたくせに」

えっ？　なんですか、その話は。

「じゃあ真くんはあたしの着替え、見ててもいいよ。それでおあいこってことで」

「きっ、着替えを見たいだなんて言ってないでしょう！」

「いいよぉ、無理しなくて。そーゆーの、興味ある年頃でしょ？　別に減るもんじゃなし、見せたげる。あっ、写真とか動画は撮ってもいいけど、他の人に見せないでね」

なんですかなんですか、この展開は。

年上のお姉さんの着替えを見せつけられる真様、ですか。どんな顔をするのか、ちょっと見てみたい気もしますが。

「撮らないですよ！　じゃなくて着替えも見ないし！　エマさんもリサさんも、僕をなんだと思ってるんですか！」

「「それはちょっと残念」」

あら、リサさんと同じセリフを呟《つぶや》いてしまいました。

この場は、真っ赤な顔で否定する真様に免じて助けてあげましょうか。

「着替えが終わるまで部屋から出てますから、終わったら呼んでくださいね。はい、真様も廊下に出ましょう」

そう言って、私は真様の背中を押して部屋から出たのです。

*

部屋から出て廊下にもたれかかる僕の顔を、エマさんが興味津々《しんしん》な顔で覗《のぞ》き込んだ。

「あの人、真様とどういう関係なんです？　場合によっては私の次回作の執筆が捗《はかど》ることになりますが」

「エマさんが期待してるような関係じゃありませんってば」

同人誌に僕っぽいキャラを出すの、やめてくれませんか。という言葉の代わりに、僕はエマさんにリサさんのことを話した。

一通りの話を聞いて、エマさんは顎《あご》に指を当てて天井を仰《あお》いだ。

「工芸魔術師ですか？　彼女が？　本当に？　いえ真様のお話を疑っているわけではないのですが、レルータの一族のほかにもアーティファクトを作れる人が存在するというのが、ちょっと信じられなくて」

「でも先生が、弟子《でし》がいたって言ってましたよね」

「ああ、そうでした。だとすれば、メイドになりたくてこのお屋敷に押しかけてきたというわけではなさそうですね。じゃあ目的はアーティファクトでしょうか？」

「もしかして、メイヴの紋章《もんしょう》？」

メイヴの紋章というのは、簡単に言うとアーティファクトを作るためのアーティファクトだ。かつてはモリガン先生が所有していて、今はメイヴさんのものになっている。それ自体がとても希少《きしょう》で強力なアーティファクトだって聞いている。

「彼女が工芸魔術師であるのなら、可能性は十分ありますね。それでなくとも星里家には貴重なアーティファクトが、それこそ山のようにあります。それらを盗み出してアーティファクト作成の参考にするつもりなのかも」

エマさんの説を聞いて、僕は自分の左脇《わき》を執事服の上から押さえる。スマイルステッキが確かにそこにあるのを感じて、ほっと息を吐き出した。

「真様、くれぐれもリサさんの前でアーティファクトの真名《まな》を口になさらないよう」

僕はエマさんに向かって頷く。

アーティファクトには作成されたときに名付けられた名前があって、それを真名と呼ぶ。真名はそのアーティファクトと契約するのに必要で、契約したら新しい仮の名を授けるんだ。僕のスマイルステッキも仮の名で、真名をアガートラームという。

「逆に真名さえ知られなければアーティファクトを盗まれても、ちゃんと使うことはできません。その点は、星里家の方々は大丈夫でしょうけれど」

「え、どうしてですか？」

「私もそうですが、アーティファクト使いは滅多《めった》なことでは自分のアーティファクトの真名を口にしません。幼《おさな》い頃からそう教えられているというか、慣習のようなものでしょうか」

へえ、そういうものなのか。

「真様もお気をつけください。秘密を守るためだけではありません。真名を口にすれば、とてもとても悪いことが起きるのです。そして真名を口にして良いのは、唯一《ゆいいつ》、起きてしまった悪いことに始末《しまつ》をつけるためだけ」

「覚えておきます。ところで」

「なんです？」

「リサさんの着替え、ずいぶんと時間がかかってませんか？」

僕とエマさんが部屋の外に出てから、十五分くらい経《た》っている。いくらなんだって着替え終わっているだろう。用心しながら部屋のドアをノックして、声をかけてみる。

「はいはーい、どうぞ。ちょうど着替え終わったところだから」

そんなリサさんの返事が聞こえたので、そっとドアのノブを捻《ひね》った。

そしてメイド服に着替えたリサさんを見て、エマさんは開口一番《かいこういちばん》こう言ったんだ。

「……リサさん、どういうことですか？」

「え？　使い勝手が悪かったから、手を入れただけだけど？」

リサさんの頭にあるはずのカチューシャは、どう言えばいいんだろう。手元で精密な作業をするときにかける拡大鏡みたいなものになっている。

そしてエプロンもエマさんのものとは違っていた。大きなポケットが縫《ぬ》い付けられていて、ドライバーや何に使うのかよくわからない工具が差し込まれている。

手には、分厚い革《かわ》手袋が握られていた。

そしてトドメに、足元のごついエンジニアブーツが、メイド服という可憐《かれん》なイメージからの乖離《かいり》を加速させている。

そのそれぞれがかなり使い込まれていて、それ以上によく手入れされていた。例《たと》えばドライバー一本にしても、木製の柄《え》が磨《みが》き込まれて鈍《にぶ》く輝いている。

「星里家では、安全靴を履《は》かなければいけないような、危険区域はありませんが」

「エマくん。それは見識が浅いよ。人間万事塞翁《にんげんばんじさいおう》が馬《うま》。一寸先《いっすんさき》は闇《やみ》。おまえを殺して俺も死ぬって言うじゃない？」

「た、確かにリサさんの言う通りですが……」

エマさんがたじろぎながら頷いた。

なんだか僕よりもエマさんとの方が会話が噛み合ってる気がするけど、噛み合えば噛み合うほどリサさんのペースになっていくのが彼女の怖いところだ。

それでも丸め込まれないように抗《あらが》おうとするエマさんの肩を、誰かがぽんと叩いた。

「いいじゃない、服くらい好きにさせてあげなさいな」

「ありがとうございます、奥様！」

不意に現れたモリガン先生の顔を見て、エマさんが小さく飛び上がる。そんなエマさんに向かってリサさんが追い打ちをかけた。

「だってさ、エマくん」

リサさんが先生の真似《まね》をするようにエマさんの肩をぽんと叩いて、エマさんは僕にまで音が聞こえるくらい強く奥歯を噛み締めた。

モリガン先生はなぜか、初対面の時からリサさんを気に入っているみたいなんだ。なんでだろう？　僕は思わずリサさんの方を仰ぎ見た。

「ん？　どうしたの、真くん。あたしのメイドスタイルに見惚《みと》れちゃった？」

「いや、そういうわけじゃないです。全然ないです」

「ちぇ、キミもエマくんもセンスないなあ。機能美ってものがわかっちゃいない」

こうしてリサさんの星里家でのメイド生活は幕を開けた……のだが。

「ああ――――っ！」

お屋敷の奥からはてなの叫び声が聞こえた。なにがあったの!?

調理場で片付けをしていた僕は慌《あわ》てて声のした方へと走った。

「……うわっ」

その場に着いて、悲鳴の理由はすぐに理解できた。

「廊下がびちゃびちゃじゃないか」

「真？　こ、これ何？　どこかで水道でも壊れちゃったのっ？」

あれ？　はてなのせいじゃないのかな？

「それは聞いてないよ。って、あっ、ちょっと待って。今、動いたら足が濡《ぬ》れちゃうよ！」

水浸《みずびた》しの廊下で、はてなは周りを囲まれてしまっている。必死の表情でつま先立ちながらなんとかこちらに移動しようとしていた。

「このままここにいても濡れちゃいそうだもん。あ、そうだ。マフくん、翼――」

「あ～、ごめーん」

はてなの後ろから聞こえた声に、二人してびくっと体を揺らす。声の主はリサさんだ。

真名はもちろん、リサさんの前ではなるべくアーティファクトを使わないようにしようって話になっていた。ギリギリセーフ。だらりと両手を下げたマフくんは、ただのマフラーにしか見えない。

山ほどの雑巾《ぞうきん》を抱えたリサさんが、困惑《こんわく》顔でこちらにやってくる。

あ、その雑巾は僕がこないだの特訓で縫ったヤツだ。

「廊下の拭《ふ》き掃除をしようとしたら、なんかすごいことになっちゃって」

「この廊下の水浸しの犯人って、リサさんなの？　どうやったらこんなことになるのよ」

「バケツ1杯分の水を零《こぼ》しても、まだ足りないよね？」

見渡す限り水浸し。浴槽《よくそう》一つ分、零したと言っても過言じゃない。

「星里家の人たちが一度の失敗で怒るような人たちじゃなくて、ホント良かったたぁ」

それはその通りだけど。

「とりあえず、これでなんとなるでしょ」

そう言って、リサさんは両手いっぱいに抱えた雑巾を、水浸しの廊下にばらまく。僕とはてなは、見る見る内に乾いた雑巾が水を吸い込んでいく様を眺めているしかなかった。

「大丈夫、同じミスは二度と犯さないよ」

「……はあ」

「あっ、信用ないなぁ。二度犯すにしても、次には見つからないように失敗するから心配しないで。ほら、証拠の隠滅《いんめつ》の仕方もバッチリよ」

めちゃくちゃなことを言うな、この人。

実を言えば朝から何もかもがこの調子で、エマさんも僕もほとほと困り果てていた。なにしろリサさんにメイドの仕事を任せると必ず失敗するんだ。

それも盛大に。今みたいに何をどうすればこうなるのって感じで。

そして彼女の言う通り、同じ失敗を繰り返してはいないのも確かで、だから声を荒らげて怒るわけにもいかなかったし、何よりも与えられた仕事に対してちゃんと真面目《まじめ》に向き合っているように見えたから。

「カナ、そろそろ出ないと遅刻するわよー」

廊下の向こう側から、モリガン先生の声が聞こえた。

「はぅわっ！　もうそんな時間？　真、急いで支度《したく》しなきゃ！　エマさんも！」

はてなが床の雑巾をぴょんと飛び越えて、自分の部屋へと駆けていった。

うーん、どうしたものか。廊下に敷き詰められた雑巾を見下ろす僕に、ジーヴスさんが優しく言ってくれた。

「真様たちが学園へ行っている間は、私にお任せください。エマも急ぎなさい。生徒会の副会長が遅刻では面目《めんぼく》が立たないでしょう」

廊下の向こう側を、リュックを肩にかけながら歩いていくモリガン先生の姿が見えた。

リサさんが気になるとはいえ、モリガン先生を放っておくわけにもいかない。今となってはどっちも疑っているわけじゃないけど、ないをするかわからないという点では目が離せない。

「ジーヴスさん、あとはお願いします。寄り道せずになるべく早く帰りますから！」

僕はジーヴスさんに向かって深々と頭を下げると、急いで学園へ行く支度を整えて、猛ダッシュでモリガン先生の後を追った。

＊

モリガン先生ことおばあちゃまと、謎の工芸魔術師オハラ・リサさん。

それだけでもいっぱいいっぱいだったのに、あたしたちを悩ませる事態がもう一つ増えた。

ただ、それはとっても嬉《うれ》しい悩みだったの。

昼休み、心美《ここみ》はサンドイッチを片手に来月行われる聖ティルナ学園の文化祭について、話を切り出した。

「というわけで、私が文化祭の実行委員会と交渉して——っていうか私も実行委員だから、つまり私の企画《きかく》なんだけど、要は体育館にステージを作って飛び込みでパフォーマンスを披露《ひろう》できる催《もよお》しをやることになったのね」

パフォーマンスは、漫才《まんざい》でも、バンドの演奏でも、論文の発表でも、誰でも何でもアリよ、と心美はつけ足した。

「へえ、面白《おもしろ》そうだね。文化祭の当日、僕も見に行こうかな」

あたしの隣で話を聞いていた真の言葉に、心美が心外そうな表情を浮かべる。

「何のんきなこと言ってるのよ。誰のためにこんな企画を通したと思ってんの?」

それから心美は、あたしの方を向いた。

「はてな、あんたはわかるわよね?」

「誰のためって、うーん、心当たりないけど」

あたしが正直にそう答えると、心美は両手を机について、これ以上ないってくらいワザとらしく長いため息をついた。

「不知火《しらぬい》くんとはてな、あんたたちのためでしょーが！」

「あたしたちのため？　どういうこと？」

「パフォーマンスは何でもありって言ったでしょ。あのね、これ実質、文化祭で奇術同好会のステージをやるための企画なわけ。そこで盛り上がれば部員も増えて、あっという間に正式な部活として認めてもらえると思うわ」

がたんっ。

真が勢いよく立ち上がって、それから両手で心美の手をぎゅっと握った。

「え、なに？　不知火くん？　あの、この手はなに？」

「ありがとう、桔梗院《ききょういん》さん！」

「う、うん。お礼はいいんだけど、この手、放してくれない？　ていうか熱いし、なんだかぬるぬるしてきたんだけど。って不知火くん、顔まっか！」

心美は慌《あわ》てたけど、あたしには真の気持ちがわかってしまった。

奇術の練習をしながら、キッチンでお皿を洗いながら、一緒に宿題をしながら、学園からの帰り道、何度も何度も訊《き》かれたもの。

「僕も師匠みたいになれるかな」

そして毎回、あたしが答える前に、真は言ったの。

「絶対になってみせるよ」

真はあの時と同じ目をしていた。学園の文化祭とはいえ、奇術師として初めてのステージ。嬉しくないわけがない。

「出し物は一組あたり五分って規定にしたけど、あんたたち奇術同好会だけは、不知火くんとはてな、ディナと松尾《まつお》さんの四人分で二十分、時間をあげるわ」

「そんなに？　すごいや！　ありがとう、桔梗院さん！」

「う、うん。お礼はわかったから、手を放してもらえる？」

ずっと心美の手を握り締めていたことに気づいたのか、真が慌てて手を離した。

真があんな様子だから、あたしは冷静に受け止めることができたけど、そっか、奇術同好会のステージなんだ。そう思うとドキドキしてきたかも。

それから昼休みが終わって、午後の授業はあたしも真も上《うわ》の空だった。

終礼のチャイムが鳴って、教壇では教育実習生のモリガン先生が、担任の先生に代わって帰りのホームルームをしている。美人で可愛いお姉さん先生は他のクラスの生徒にも大人気で、そう思うとあの人があたしのおばあちゃまで、しかもその気になれば世界を滅ぼしかねない力を持つ恐ろしい魔女だってことは言い出せなかった。

「カナは、今日はまっすぐ帰るの？」

生徒の姿もまばらになった教室で、その問題のおばあちゃまがあたしに話しかける。もう何度も繰り返してるので、クラスメイトたちもその流れに慣れてしまった。

「んーん。今日は奇術同好会の練習があるから」

「おばあちゃまも、あとで見学に行っていい？」

「ダメ」

モリガン先生が、この世の終わりみたいな顔でこっちを見ている。

「なぁんでー？　カナが練習してるところ見たいのに」

さっきのは学園ではおばあちゃまって言っちゃダメって意味だったんだけど、どうやら練習を見に来ちゃダメって捉《とら》えたらしく、先生は唇を尖らせて不満を漏《も》らしている。

「僕はいいと思うな。練習するにしても誰かに見てもらった方が気合いが入るし、第三者の意見は大切だよ」

「ほら、真くんが見学してもいいって！　見に行ってもいいでしょお？　ねえカナ～」

「じゃあ、みんなの邪魔にならないようにしてね」

それから、みんなの前ではおばあちゃまってこと、絶対にナイショだから。

あたしが小さな声でそう言うと、先生はこれ以上ないってくらい嬉しそうな笑顔で、何度も首を縦《たて》に振った。こういうところを見せられると、この人が厄災《やくさい》の魔女だってことが、あたしですら信じられなくなってくる。

「じゃあじゃあ職員会議が終わったらすぐ行くから！」

モリガン先生はそう言うと、出席簿を引っ摑《つか》んで光の速さで教室を出て行った。

それと入れ違いにやってきたのは、坂上《さかがみ》くんと林田《はやしだ》くん。

「それっ逃がすな、林田！」

林田くんが素早く真を羽交《はが》い絞《じ》めにすると、坂上くんが松葉杖《まつばづえ》を差し出す。あれ、インタビユアーのマイクのつもりっぽい。

「さぁ、真。今日こそはモリガン先生との関係をゲロってもらうぞ」

モリガン先生が赴任してから毎日、坂上くんは同じことを真に訊く。

「だから、はてなのお婆さんの知り合いだって何度も言っただろ？」

「そうそう。それだけよ」

あたしがそう言っても、坂上くんは断じて信じなかった。とにかくモリガン先生と真が親しそうな理由が気になるみたい。

「くぅ！　美人なお姉さんと僕！　ジャンルで言えば、おねショタじゃねぇか！」

「おねショタってどういう意味？」

そう訊いたら、林田くんにぴしゃりと言われてしまった。

「そのような破廉恥《はれんち》な言葉を、星里さんのような美少女の口から聞きたくありません。もしくは一万回言ってほしいとも思うのですが、星里さんとしてはどちらがよろしいですか？」

「え、だって破廉恥な言葉……なんでしょ？」

坂上くんと林田くんが、同時に頷いた。

「だったら言わないっ！　意味もわかんなくていいもん！」

そんな坂上くんの言った意味が、真にはわかったらしい。

「藤吉郎《とうきちろう》、はてなに変な言葉を教えるなよな。それと僕の命と尊厳に関わるから、モリガン先生と僕のおねショタ展開だなんて危険な妄想《もうそう》はやめてくれ」

「妄想されたくなかったら真実を教えろよ。モリガン先生とどこで知り合ったんだ？　どこまで進んでる？　やっぱ年上はいいよなー。どうして真ばっかりモテるのか、やっぱり秘密があるんだろ？　今日こそ吐いてもらうぜ」

真がじりじりと教室の隅《すみ》に追い詰められていく。うーん、助けようにもバカバカしすぎてその気すら起きないのが、坂上くんの恐ろしいところだわ。

そこに、クラスメイトで奇術同好会の仲間でもある松尾さんが割って入った。

「自分の夢にまっすぐ向き合ってるオトコノコが、いつまでもバカなこと言ってるアホよりモテるのは当たり前でしょ」

たちまち坂上くんが泣きそうな表情になる。

「そんなぐうの音《ね》も出ない正論を言わないでくれよ松尾さん。じゃれてただけだろ」

坂上くんは、そう言って真に突きつけた松葉杖を引っ込めた。

「真は夢に向かってがんばれ。オレは、例の占い師のお姉さんを捜しに街へ出る」

「あ、それなんだけど、たぶん無駄足になる。やめた方がいいんじゃないかな」

「うるせえ。１％でも可能性があればオレはそれに賭《か》ける」

「一応言ったよ」

「別にお姉さんに会えなくても真のせいにしやしねぇよ。じゃあな」

真の忠告も聞かず、坂上くんはそう言い残して教室を去っていった。ちなみに林田くんも、推《お》している地下アイドルのライブがあるって理由で帰っていった。

「恐ろしいほどブレないわね、あの二人。じゃ、同好会の練習に行きましょ」

そういうわけで、あたしと真、松尾さんは奇術同好会として集まって、先に待っていたディナに文化祭のステージのことを話したの。

「それはいい。じゃあボクとマツオの二人で前座を務めよう」

ディナの提案を聞いた松尾さんは驚いて、それから急にもじもじし始めちゃった。

「へっ？　わ、わたしも舞台に上がるの？　でもでも、まだ全然初心者なのに」

「奇術同好会の全員でステージに上がらなくちゃ意味がない。マツオはそう思わないかい？」

「それはそうだけど、でも……」

「あたしもディナの言う通りだと思うわ。松尾さんも一緒にやろうよ」

それでも決心がつかない松尾さんの手を、ディナが取った。

「二人で五分くらいのステージならどうだい？　観客に挨拶《あいさつ》をして、ボクとマツオがひとつかふたつ奇術を披露する。五分なんて、そんなものだ」

「うーん……そのくらいなら何とかなるかも」

ディナがパンと手を叩いた。

「よし決まった。それじゃふたグループに分かれよう。ボクとマツオは自分たちのステージの構成を考える。マコトは、自分たちのステージの構成を考えたまえ。小手先のテクニックだけが奇術じゃない。構成や演出まで含めて、奇術師の修行だと思えよ」

「うん、わかった。やってみるよ」

真はやる気満々みたいで、あたしもアシスタントをがんばろうって思う。

ディナが松尾さんを視聴覚室の端へ連れて行こうとして、思い出したようにあたしたちの方を振り返った。

「わかってると思うけど、マコトとカナのステージは十五分だぞ」

「えっ、十五分？　あっ、そうか。そういう計算になるよね」

心美は、奇術部のために二十分の出番を確保したって言ってた。ディナと松尾さんの前座が五分なら、あたしたちのステージは十五分ってことになる。

「十五分あれば、工夫次第《しだい》でそこそこ本格的な奇術ができるんじゃないか。マコト、修行の成果の見せどころだ」

真は何も言わず、ぎゅっと拳《こぶし》を握り締めていた。

それからモリガン先生が練習の見学に来て、文化祭の話をしたら、まるで自分のことのように喜んでくれたの。

「でも、おばあ——モリガン先生って、奇術がキライなんじゃなかったっけ？」

「そんなこと言ったっけ？　キライなのは奇術師ぶったあの宿六《やどろく》だけよ」

うわ、ヤブヘビだった。あたしとしては、父様とも仲良くしてほしいんだけどな。

モリガン先生は、珍しく物憂《ものう》げな雰囲気《ふんいき》で話を続けた。

「でもそうね。思い出したわ。奇術師を目指すって理由でグレゴリーがわたしの前から去った時は悲しかったし、あの頃は奇術のことがキライだったかも。でも結局、レルータもキャメロットも捨てきれなくて戻ってきちゃったんだから、あの子もバカよね」

それはあたしの知らない、グレゴリーおじさまとモリガン先生のお話だった。

「まあ、そんな話はいいのよ。それより、ほらこれ。生徒の父兄からドーナツもらったの。いっぱいあるから、みんなで食べましょ」

自分の歳《とし》を忘れちゃうくらい長い間、レルータの長《おさ》として歩んできたおばあちゃまが何を考えてるかなんて、あたしにはわかりっこない。いつか近い内、おばあちゃまも里に帰ってしまうんだろう。それでも、いま目の前でドーナツを頰張《ほおば》っている可愛らしい魔女がどんな想いを抱えているのか、少しでも知りたいって思った。

そうしてお喋《しゃべ》りしてたら、楽しい時間はあっという間に過ぎていく。

帰りの道を歩きながら、振り返ると真がいて、ディナがいて、おばあちゃまがいて（松尾さんの家は駅の反対側だから、随分前に別れた）。家に帰れば、父様も母様も、マライアさんもリサさんもいる。夢未《ゆめみ》がいて、エマさんがいて、ジーヴスがいて――

みんなが仲良くできる方法ってないのかな。そんなことを考えてみたけど、いいアイディアを思いつく前に家に着いてしまった。

＊

夕食のあとで、マコトの執事見習いの仕事が落ち着いたのを見計らって、ボクはマコトを自室へと呼び出した。

「えっと、何の用事？　モリガン先生のこと？　あっグレゴリー師匠と連絡がついたとか！」

「どれもハズレ。文化祭のステージの話だよ。どうするつもりだい？」

マコトは自信なさげに頭をかいて、上目遣いでこっちを見る。思った通りだ。

ボクが黙っていると、マコトは続けてふにゃふにゃと言い訳を始めた。

「だって僕たちのステージだし、はてなは奇術のこと、そんなに詳しくないからさ。構成は僕ひとりで組もうと思ってて、でもどうしよう」

「あのな、それがキミの悪いところだ。使えるものは何でも使え。グレゴリー先生だって新しい舞台の構成についてボクに意見を求めるし、奇術の特訓にも付き合わせる」

「そ、そうなんだ」

「構成や演出を誰が考えたかなんて、観客からは見えないんだぞ。成功したら全部自分の手柄《てがら》にすればいい。演じるのはキミなんだから。失敗したら、ボクのせいにしろ」

「それじゃあんまり悪いよ」

真面目なのはいいんだけどな。人に気を遣《つか》いすぎるせいで、自分の気持ちを小さく押し込めてしまって、それが視野を狭くする。奇術だけの話じゃないし、奇術の話でもある。そんなことでは舞台の上で誰かを驚かせる奇跡なんて起こせるわけがない。

「ミスター衛を見てみろよ、あの人は奇術すらやってないんだぞ」

世界に名立たるイリュージョニスト・星里衛の奇術は、すべてアーティファクトによるものだ。つまり本物の奇跡を、あの人は世界中に振りまいている。どうせ奇術のタネを見せないなら、本物の奇跡も作り物の奇跡も変わりないじゃないか。

「そのくらいの気持ちでいろってことさ。それにミスター衛のすごいところは、奇術そのものじゃない。もちろんそれも凄《すご》いけど、見るべきは彼の舞台構成や演出だよ」

ボクがそう話して、マコトはやっと得心《とくしん》したらしい。

「そう、そうなんだよね。似たような奇術ができる人は他にもたくさんいるのに、衛師匠のステージは見る人を感動させるし、すごく楽しいんだ」

「そういうこと。奇術はキミとカナが頑張れ。でも構成は、みんなで考えよう。マコトが一人で考えるよりも、ずっといい舞台になるはずだ」

「ありがとう、ディナ。お願いするよ」

マコトがようやく姉弟子であるボクを頼る気になったのを見て、少し安心した。何のためにボクがキャメロット本家をたばかってまで日本に滞在していると思うんだ。キミの手助けをするためだぞ？　マコト。

「今、マコトの手持ちの奇術はいくつある？　タネが同じでもバリエーションが違うならふたつと数えよう」

タネと言うのは、いわゆる奇術の仕掛け、トリックのことだ。ひとつのタネで複数の奇術を賄《まかな》うこともできる。バリエーションが増えれば舞台上でのアドリブも利《き》かせやすい。

言われたマコトが指を折りながら、憶えている奇術を挙げていった。

物体移動、人体浮遊、ふむ、吹雪《ふぶき》を巻き起こす奇術だって？　それは悪くないけど、文化祭の舞台でどう効果的に使ったものか。ともあれ、大方《おおかた》はボクの予想通りだ。

「マコト、キミの奇術はすべて目の前に立っている相手向けで、ステージに立って一度に大勢の客に見せるような、わかりやすい派手《はで》さがない」

「はっ、言われてみればそうかも……今まで気にしたことがなかった」

「キミは幼い頃から独学で奇術を学んできた。いつだって観客は手の届く距離にいたんだろう。ステージを想定してなかったのは当然だ」

マコトの奇術はクローズアップに特化されている。正確で素早い指運びは、間近《まぢか》で見られてもそうそうトリックを見破られることはないはずだ。けれど、今求められている奇術は性質が違う。たくさんの観客を相手に、派手で見栄《みば》えのする、そんな奇術がひとつ欲しい。

「ど、どうしよう、ディナ」

ようやく自分の弱点に気づいたマコトが、自信なさそうな顔で（これはいつもだが）ボクを仰ぎ見る。そうだ、頼れるのはボクだけなんだぞ。

「幸いステージまで一カ月ある。それまでに新しいタネをひとつ仕込もう」

「新しいタネ？　そんな、初めての舞台でいきなりなんてムリだよ」

「じゃあ何か、キミは広いステージの上で、ポケットからコインを出したり消したりして、それで観客が喜ぶと思うのか？」

ボクがそう言って迫ると、マコトはコインを一枚取り出そうとして、床に落とした。

なんだ？　そんな初歩中の初歩の奇術を失敗するなんて。

床に落ちたコインを拾ったマコトが顔を上げた。

「……最近、憶えた奇術も失敗しちゃうんだ。新しいタネなんてムリだよ」

そこには、今にも泣き出しそうな、情けないマコトの顔があった。

正直に告白する。そんな表情のマコトを見た時、ボクはちょっとだけ嬉しかったんだ。奇術の悩みを通してボクにだけ見せた表情。それは彼が陥《おちい》っている窮状《きゅうじょう》を救えるのは、ボクだけだということを示している。んだと思う。そうに違いない。

「思ったより深刻みたいだな。話を聞こうか」

マコトは椅子《いす》を引いて深く腰かけると、これは誰にも話してないんだけど、と前置きして、とつとつと話し始めた。

＊

翌日、学園の授業を終えて星里家のお屋敷に帰ると、一足早く帰宅していたらしいエマさんの声が聞こえてきた。慌てたような声音《こわね》に、はてなと顔を見合わせる。やっぱり今日もか。

慌ててそちらに向かう。

「リサさん。これはどういうことですか」

「スーパーの配送だけど」

エマさんの手の中にあるのは、スーパーの袋らしい小さめのビニール袋だ。

その中には、お豆腐が三丁。

「ギリギリ注文が間に合ってよかった〜」

「どうして豆腐三丁のために、配送なんか頼んでるんですか」

エマさんのセリフで、なんとなく状況が読めちゃったよ。

「ネットスーパーの配送料なんてたったの400円でしょ。そんなに目くじら立てなくてもいいじゃない」

「豆腐三丁567円に対して、配送料400円を払ってるんです！　おかしいでしょう」

「でもさぁ、子供に買い物を頼んだら、お駄賃《だちん》をあげるよね。配送料なんてそれにくらべたら微々《びび》たるものじゃない？」

お小遣《こづか》いだとしても、400円は十分な気がするけどなぁ。

そんな僕の心の声は、その場にいた（リサさんを除く）全員の意見と一致したみたいだ。

そんな空気を感じたのか、リサさんが笑顔で方向転換を図った。

「一人暮らしで風邪を引いて、友達に買い出しを頼んだって考えようか。あとでお礼にランチを奢《おご》るとしたら、自分の分を含めて2、3000円の出費になるよね。ほら、それに比べたらたかが400円！　400円ぽっちで重い荷物を運んでくれるなんて便利なネット配送、利用しなくてどうするの？」

「リサさん、本気で言ってます？」

「本気なわけないでしょ。買い出しのお礼にランチを奢るなら380円の牛丼で十分」

「そういう話ではないんですが」

「ちなみに最近は、その牛丼もネット配送で出前を頼めるんだって」

「リサさん、あなた話を逸《そ》らそうとしてますね？」

「エマくんは賢《かしこ》いね。なかなか騙《だま》されてくれない」

「逃がしませんよ」

対峙《たいじ》するリサさんとエマさんは、まるで西部劇のガンマンのように睨《にら》み合っている。エマさんが1センチ近づくと、リサさんが1センチ逃げようとして、しかしリサさんの背後は廊下の突き当たりで、いよいよ逃げ場がない。

「良いですなあ。この屋敷も随分と賑《にぎ》やかになりました」

僕の隣で、ジーヴスさんがしみじみと呟いた。僕と同じ光景を見ているはずなのに、そんな感想になるんですね。確かに賑やかだけど、よくはないと思うんですが。

どうなることかと思われた世紀のメイド対決は、あっけなく結着を迎えた。

「リサ。ちょっと作業を手伝いなさい」

モリガン先生がやってきて、研究室《ラボ》にリサさんを連れて行ってしまった。先生の研究室は、今や誰も干渉《かんしょう》できないアンタッチャブル領域になっていて、つまりリサさんは今回のピンチを切り抜けたってことだ。さらにモリガン先生は言った。

「真くんも来てくれる？　手が足りなくて」

「僕ですか？　先生の作業を手伝うなんてムリですよ」

「拒否権がないっての、忘れた？」

そうだった。モリガン先生にアーティファクトの特訓をしてもらう代わりに、先生の指示は疑わずに受け入れるって約束したんだった。

「こちらの仕事は、奥様の手伝いの後で構いません」

ジーヴスさんがそう言ってくれたので、僕はリサさんと一緒に、お屋敷の地下にあるモリガン先生の研究室へと向かった。

「ここが奥様の部屋ですか。なんて機能的なの？　素晴らしい、無駄なものが一切ないわ」

「感激するのは作業の後にしなさい。こっちへ」

この研究室に入るのは、モリガン先生が部屋の封印《ふういん》を解いた時以来だ。壁に作りつけられた棚にはびっしりと古い本が詰められていて、何に使うのか想像もつかない不思議な道具が置かれている。

「リサ、理解できる？」

作業台の上の大きな紙には設計図のようなものが描かれていて、それが何を示すものかまるで理解できなかった。図に書き込まれている文字は何語なんだろう。それから曲がりくねった細い真鍮《しんちゅう》のパイプが詰め込まれた、小さな正方形の木箱がいくつか置かれている。よく見るとパイプの隙間《すきま》からキラキラした光が漏れ出していて、カタカタと小さく振動していた。

それとつぼみをつけた小さな花が一輪、ビーカーに挿《さ》して置かれている。ビーカーにはコードみたいなものが繋《つな》がれていて、だったら単なる飾りじゃなくて実験装置の一部なのだろうか。

いよいよこれが何なのか、皆目《かいもく》見当がつかない。

でも、リサさんには理解できたらしい。

「ターナーの論理エンジン？　それも回路が再帰してる。これって……」

「あなたのアーティファクトを参考にしたんだけど、どうかな」

「あの、でもこれじゃ魔術式が破綻《はたん》してます。あれ？　でも陰素《いんそ》がこう流れて、んん？　なんだ、これ？　式は成立してるの？　でも物理的に不可能なはず、でもこれは」

リサさんは設計図を指でなぞって、それから頭の拡大鏡を下ろして木箱を見つめ、また設計図に視線を戻して、最後に大きく首をひねった。

「こんな騙し絵みたいな回路で、あたしを試そうとしてます？」

「試すのはリサ、あなたじゃなくてその論理エンジンよ。真くん、わたしが合図したら、そこにあるバルブの右の方を開けて。そうそれ。で、横に青いゲージがあるでしょう？　その数値を読み上げてほしいの。で、もう一度合図したら最初に開けた右のバルブを閉じて、同時に左のバルブを開けるの。できる？」

バルブがふたつに、青いゲージ。僕は指示された装置を見ながら手順を反芻《はんすう》する。

「バルブに電流が走ったりしないなら、できると思います」

「そんなわけないでしょ」

そう言ってモリガン先生が笑う。ほっ、よかった。

「あ、でもゲージの色が赤に変わったら、バルブを両方閉じて、ゲージから目を離すこと。見続けると失明するから」

モリガン先生が、もう一度笑った。

いや笑いごとじゃないよ！　やっぱり危ないこと、この上ない。確認しておいてよかった。

「リサはそっちのテスターを。プローブは再帰させた魔力の分離器――うん、そこでいいわ。生成した魔術式が意味消失しなければ、とりあえず実験は成功ってことで」

「こんなの、絵に描いた餅《もち》ですってば。動くわけがない。アスラーの魔素の反理作用って知ってます？　魔術理論の基礎中の基礎よ」

リサさんは納得できないみたいだけど、僕には何を話してるのかちんぷんかんぷんだ。

「それこそ釈迦《しゃか》に説法《せっぽう》ってやつだわ。それをアスラーに教えたのはわたしだもの。いいから助手は黙って助手に徹しなさい。真くん、準備はいい？」

「あ、はい」

僕は目の前の右側のバルブに手をかける。

「では実験を始めるわ。真くん、ゆっくりバルブを、全開まで」

言われたとおりに操作する。

リサさんは、計測器（たぶん）のメーターを凝視《ぎょうし》していた。

二人の工芸魔術師が話す内容はこれっぽっちも理解できなかったし、僕は先生の指示通りに装置のバルブを捻《ひね》って、その結果。

「わ、すごい……」

ビーカーの花のつぼみがゆっくりと開いて、花が咲いていく。と思ったら、キラキラ輝く光の粒を振りまきながら、あっという間に散ってしまった。

「はい、お疲れさま。実験はこれで終わりよ」

「これって成功、したんですか？」

そう訊いた僕に向かって、先生はリサさんの方を見ろって促《うなが》した。

リサさんは、散ってしまった花の前で肩を震わせていた。

「納得できない！　こんなのありえない！　どうしてこの回路が成立するの？」

リサさんの様子を見るに、実験は成功したってことなんだろう。そしてリサさんは、それがどうしても納得できないようだ。

そんなリサさんに向かって、モリガン先生は言ったんだ。

「では、ここでそれを学びなさい。わたしの助手として」

「は？　あたしを助手にするって、本気で言ってます？　奥様」

「わたしは生まれてこの方、冗談なんて言ったことないわ。リサ、あなたの目的がアーティファクトを世界中にばらまくことだってことは知ってるし、この屋敷に『メイヴの紋章』を盗みに来たこともわかってる」

えっ、先生はやっぱり知ってたんだ。

「それでも、あたしに助手になれって？」

「そう言ってるでしょ」

リサさんは黙ったまま立ち尽くしている。迷っているみたいだ。

「奥様の知識を与える代わりに、あたしの目的を諦めろって、そう言うのね」

そう絞《しぼ》り出すように呟いたリサさんに向かって、先生はあっけらかんと言った。

「え、そんなこと言ってないけど」

「だって」

「あなたに才能があって、わたしの研究に役立ちそうだから助手にならないかって誘っただけで、他のことはどうでもいいし。助手をしながら、チャンスがあったらメイヴの紋章でも何でも盗めばいいでしょう。だいたい、あれはもうわたしのものじゃないもの」

モリガン先生は、さっきの木箱を取り上げて眺めている。

「あなただって得でしょ。わたしの下《もと》で、工芸魔術を学べるんだから」

「そうなったら、あたしは世界中にアーティファクトを普及させますよ？　あれは一部の人間が独占していいものじゃない。誰もが平等に手にできてこそ意味がある」

「そうすればいいじゃないの」

リサさんが僕を振り返る。なんでこっちを見るんですか。

「言ってる意味、わかる？　この人、正気なの？」

僕は首を横に振った。それこそ、魔術の理論以上にわからない。

「で、助手、やるの？　やらないの？　３秒以内に決めなさい。３……」

「やります！」

リサさんが力強く答えるのを見て、先生が満足げに頷く。

「じゃあ、これからはわたしのことを奥様じゃなくて先生と呼びなさい」

「はい、先生」

「助手の仕事がないときは、これまで通り適当にメイドをやったり、この屋敷にあるアーティファクトを盗もうとしたり、わたしを殺そうとしていいわよ」

……最後、何て言った？　リサさんが先生を殺そうとしてる？　それはさすがに話が飛躍しすぎてる。でも、リサさんは先生の言葉を否定しなかった。

「先生は、それでいいの？」

「くどいわねぇ。そういうところ、お母さんにそっくりだわ」

お母さん。

その単語を聞いて、リサさんの顔色が変わった。

「お母さんのこと、憶《さ》えてるんですか？」

リサさんは胸に提げたペンダントを握り締めながら、震える声で訊いた。

モリガン先生も、自分のペンダントを摘まみ上げてリサさんに見せる。

「一秒だって忘れたことはないわ。それに忘れてたって、あなたの顔を見れば思い出したでしょうね。本当にそっくり。最初に会った時、ちょっとビビったくらい」

「……他人事《ひとごと》みたいに言わないで。お母さんは、先生が殺したのよ」

「その通りね」

話についていけない。二人は何のことを言ってるんだ？　リサさんのお母さんを、モリガン先生が殺した？　だからリサさんは先生を殺そうとしてる？　辻褄《つじつま》は合う。けれど。

モリガン先生が、ふうっと息を吐く。

「じゃ、この契約書に、リサあなた印鑑《いんかん》持ってる？　サインでいっか。ところでわたし、自分の印鑑って作ってみたいんだけど、ほら封筒にロウを垂《た》らして自分の紋章で封印するでしょ？　映画とかで見たことない？　あれを日本の印鑑でやったらクールだと思って」

モリガン先生は、もういつものモリガン先生に戻っていた。

リサさんが助手の契約書にサインをして、今日はそれで先生の用事は終わったみたいだ。

ただ研究室を出るとき、先生が思い出したように言った。

「真くんが持ってるアーティファクトね。それ、メイヴが作ったものの中でも、傑作中の傑作よ。分解したら、あなたの勉強にとっても役立つんじゃないかなー」

リサさんがピタリと立ち止まって、隣に立つ僕を凝視する。手にはドライバーとハンマーが握られていた。

「真くん、ちょっとでいいの。キミのアーティファクトを分解させてくれない？」

「だ、ダメですよ！　これは僕の大切な相棒《あいぼう》なんですから！」

「いくら払えば分解させてくれる？　あたしとエッチなことしよっか？　だからさあ」

「ダメダメ！　絶対にダメです！　先生も何とか言ってくださいよ」

僕の要望通り、先生は続けてこう言った。

「真くんから、それを盗んでみせなさい。真くんは、それを何としても防ぐこと。方法は何でも許可します。ねえ、我ながら面白い修行だと思うんだけど、どうかしら？」

「思いません！」

僕が思わなくたって、先生もリサさんも聞き入れないだろう。

「スマイルステッキ！　人体消失！」

僕は取り出したスマイルステッキを振って、その場から姿を消した。

それから自分の部屋のドアに鍵《かぎ》をかけて、ベッドに倒れ込む。

お屋敷に帰って数時間の間に、いろんなことが起きすぎている。リサさんのことも気になるし、先生が彼女の目的を許可したばかりか、スマイルステッキまで狙《ねら》われるハメになった。

どうしよう。大変なことになったぞ。

＊

時計の針が両方とも真上を指す頃、いつものようにドアからノックの音が響いた。

「どうぞ」

来客が誰かはわかっていた。マコトだ。このところ、深夜に二人きりで話すことが多い。話す内容はもちろん文化祭のための新しい奇術と、彼が陥っているスランプについてだ。

「スランプのことは、あまり気にしない方がいい。ボクにもあった」

「ディナがスランプ？　信じられない」

自分の格好《かっこう》悪い話を披露するのを一瞬ためらったけれど、これも姉弟子としての役目だ。

「目は手より速い、というのはグレゴリー先生の教えだ。覚えてるだろう？」

「う、うん」

この言葉にはいろんな意味が含まれている。人間が行動するとき、つまり『こうしよう』と思った時、手や足よりも最初に視線が動く。僕ら奇術師はこれを利用して、視線だけで観客の注意を誘導したりする。また視線を動かさずに――つまり考えなくとも奇術ができるまで体に動作を馴染《なじ》ませろという教えでもあった。

「マコトは前に、自分が奇術を実行したのか、それともスマイルステッキの能力の結果なのか、時々わからないって言ったことがあるだろう？」

「あ、うん。そうだね。それも今は時々失敗しちゃうんだけど」

「つまり目より早く手を動かした結果、そうなるわけだ」

ボクは指先にハートのエースのカードを出現させた。

それをマコトに見せてからテーブルに伏せて置く。

ボク自身、それを懐《ふところ》に隠してあったカードを取り出したという自覚はない。もちろんタネはある。事前に懐の隠しポケットにカードを入れておいた。ただカードを出現させようと思ったら、無意識にそれが実行される。

「この無意識というのが実に厄介《やっかい》だ」

「厄介？　どういうこと？　だって無意識にできるように練習したのに」

「意識せずに奇術をしていると、今度は具体的なイメージが薄れていく」

ボクはテーブルに伏せたカードを開いた。そこにはあるはずのハートの絵柄もAの文字もなく、ただ真っ白な面があるだけだった。

「厄介なんだよ。頭の中に具体的なイメージを思い浮かべて、それをなぞる。それが最初の訓練だ。次に頭の中の具体的なイメージを消して、動作だけを体に叩き込む。そうして今度は具体的なイメージがないから、細かい動作を見失う。注意することも調整することもできない。無意識なんだから。後戻りは難しい」

マコトがゆっくりと、口の中で「いち、に、さん」と呟きながら、緩慢《かんまん》な動作でスマイルステッキを出して、もう一度消すことを繰り返す。次第にカウントをだんだん速めていって、ある時点でマコトがあっと声を上げた。

「本当だ。途中までは基本通りに段階を踏みながらやってたのに、動作を速くしていったら急に自分でどうやったかわからなくなった。すごく不思議な感じだ」

何度もステッキを出し入れして、マコトはその感覚を味わっている。

「でもさ、意識して修正はできないんだろ？　どうしようもないじゃないか。ディナはどうやってこれを乗り越えたの？」

テーブルに置かれた真っ白なカードに手をかざして、スライドさせる。真っ白なカードはするりと数を増やして、その中に一枚だけハートのエースがあった。

「反復練習あるのみだ。成功しようが失敗しようが、何度でも続ける」

「うっそ。僕は失敗するたびに心が折れそうになるんだけど」

「キミの心は問題じゃない。キミの無意識に成功イメージを染《し》み込ませろ」

カードをまとめて取り上げてシャッフルする。もう一度テーブルの上に広げた時、今度はハートのエースが3枚に増えていた。

「何度も繰り返せば、ハートのエースは増えていく。奇術の修行っていうのは、こういうものだ。コツだの楽な方法なんてあるもんか。イヤならやめろ」

マコトは、スマイルステッキをぎゅっと握り締める。

「ディナは、そうやってスランプを乗り越えたんだよね」

「そうだとも」

「だったらやらない理由はない。ありがとう、ディナ」

マコトはそう言ってから、握った手の中からキャンディを取り出してボクに手渡した。

「安い報酬《ほうしゅう》だな」

その場で反復練習を始めたマコトを眺めながら、ボクはキャンディを口に放り込む。

「新しい奇術の方はどうする？　早く決めないと、その分、練習時間が減ってしまうぞ」

「それも考えなくちゃね。衛師匠にも相談したいし、道具が必要ならグレゴリー師匠から借りなくちゃならないかも。あ、でもグレゴリー師匠は今連絡つかないのか」

そんな話を続けながらも、マコトは反復練習の手を止めない。この分なら、時間とマコトの生真面目《きまじめ》さが解決してくれるだろう。

と、ちょっと待て。

気づけば、キャンディがピラミッドみたいに山積みになっている。もうテーブルに乗り切らなくなってぽろぽろと床にこぼれた。

「だ、だってディナが報酬が安いって言うから」

「キャンディを何百個もらったって嬉しくない！　ちょっとは考えろバカ！」

「ゴメン！　おやすみ、また明日！　ありがとね！」

マコトは逃げるようにして部屋を出て行った。やれやれだ。

＊

最近、わたしの家はちょっとバタバタしている。

ガウガウを抱きしめたまま、わたしはベッドに寝転んだ。まだ姉様も、真兄様も学校から帰ってくる時間じゃないので、寝間着《ねまき》でゴロゴロしていても誰も何も言わない。

バタバタの一つは、遠く離れたレルータの里にいるはずのおばあちゃまが、突然やってきて一緒に住みだしたこと。これはまぁいいかな、って思ってる。

構いたがりだけど、わたしや姉様を好きだからってことわかってるから。でも、父様と一緒でちょっとうざい。一度それを言ったら、おばあちゃまはたちまちしょんぼりしちゃった。おばあちゃまは、可愛いと思う。

ちょっとうざいけど、おばあちゃまだけならよかった。

でももう一つの嵐が我が家にやってきてしまった。

『わわっ、何これ！　シャツが真っ赤だね。うーん、どこでこんな流血の惨劇《さんげき》が……』

ランドリールームの方から聞こえてきた声は、最近この家に住み込みで働き始めたメイドのリサのもの。

「…………」

わたしはガウガウをきゅっと抱きしめる。

知らない人が家の中にいるのは、落ち着かない。それを言えば、真兄様だって、ディナだって、元は知らない人だったけど。

でもリサさんは違う。

嫌い、とまでは言わないけど、あの人はなんだかちょっと怖い。

メイドの仕事が苦手みたいで失敗続きみたいだけど、別にそういうところが気になってるわけじゃない。いつもにこにこ笑っていて、家の中で会えば明るく挨拶してくれる。だけど、なんだかほんの少し身構えてしまう。

「……よくわからない」

嫌いとまでは言えないけど、違和感の残る変な人。

わたしにとって、新しい同居人はそんな相手だった。

──コンコン。

誰かがわたしの部屋のドアをノックしている。誰だろう？

「ん……？」

ガウガウを抱えたまま、部屋の扉へと向かう。

そしてそっと扉を開けてみると、そこには問題のリサが立っていた。

「おはよう、夢未くん」

「おはようはおかしいと思う。もう夕方だよ」

「あたしはさっき起きたから、おはようで正しいんだよ。あっ、お昼寝してたことはジーヴスさんやエマくんには内緒《ないしょ》ね。それより、ちょっとお部屋にお邪魔していい？　夢未くんに相談があって」

「あっ」

わたしが入っていいよって言うより早くリサは勝手に部屋に入ってきて、お気に入りのクッションをお尻《しり》に敷いて座り込んだ。

一刻も早く追い出そう。できれば、二度とこの部屋に入ろうだなんて思わないように。

わたしがその方法を思いつく前に、リサが話し始める。

「夢未くんがお風呂に入らなくていい方法を考えたいんだけど、何かいいアイディアある？」

わたしは、リサを部屋から追い出すのを中断した。

そんなことを言う人は、初めてだったから。

わたしはお風呂があんまり好きじゃない。ずっと入らないのはよくないけど、毎日熱いお湯に浸《つ》かって、頭からつま先までゴシゴシ洗う必要もないと思う。

今まで会った人はみんな、母様も父様も、ジーヴスもエマも、真兄様やおばあちゃまでさえも、お風呂には入った方がいいって言った。

「夢未くん、お風呂キライなのよね？」

お風呂に入らなくて済む方法を考えようだなんて、初めて言われた。

「どうして、そんなこと言うの？」

「メイドとして、夢未くんをお風呂に入れるって任務を仰《おお》せつかったのね。でも、これが大変困難なミッションだって、真くんにも果菜《かな》くんにも聞かされたわけ。だったら夢未くんがお風呂に入らなくて済む、みんなが納得できる合理的な理由を考えた方がよくない？」

そういう論理展開にはならないでしょ、普通。

わたしだって、お風呂には入った方がいいってわかってる。この人の言ってることは、ちょっとおかしい。でも、お風呂が苦手なのも本当。

だから少しだけ話を聞いてもいいって思った。

「こういうわっかを作ってね、体を通すと汚れとか老廃物を取り除くようなアーティファクトができないかな。夢未くんは工芸魔術師のタマゴだって聞いたから、これはもう本人に相談した方が早いと思って」

「素敵《すてき》だと思う」

「夢未くんとは気が合うね。コンセプトに問題がなければ基礎設計を始めよう。今すぐは無理でも近年中になんとか形にできればいいね」

「リサ。わたしも協力できることはするから」

「夢未くん！」

わたしはリサと、固い握手を交わした。

と、その時、突然部屋のドアが開いた。

そこには姉様と、真兄様が立っていた。

「ちょっとリサさん！　夢未のお風呂嫌いを直すのに頑張ってる最中なんだから、あんまり変なこと言わないで！」

わたしとリサの間に、駆け寄った姉様が体をねじ込んだ。

「変なこと？　あたしは変なことなんて言った覚えないけど」

「だ、だってユメミをお風呂に入れてって言ったのに、これじゃ全然逆じゃないの」

「逆じゃないよ。発想の転換だよ」

「こればっかりは、リサさんの屁理屈《へりくつ》に丸め込まれたりしないんだから」

言い争う二人の間で、真兄様が困ってる。

そろそろ面倒になってきちゃった。ねえ、ガウガウ、わたしはどうしたらいいのかな。

「ガウ」

腕の中で、ガウガウが短く言った。そうだよね。うん、ガウガウの言う通りにしよう。

わたしは姉様のスカートを引っ張って、思っていることを言った。

「発想の転換だから」

「はぅわっ！　ゆ、夢未、リサさんの味方するの？」

「どっちの味方する気もないけど、でもリサの話はちょっと面白いって思う」

ガウガウは、わたしの思ったことを素直に言えばいいって、そう言ってくれた。

姉様はわたしの言葉にショックを受けたみたい。

でも、これはわたしの問題だから、わたしの思うようにしたい。ううん、しなくちゃ。

「お風呂に入らなくて済むアーティファクトはすぐにはできないみたいだから、今日はお風呂に入るけど」

「え、夢未、お風呂入るの？」

「ごはんのあとで入る」

「姉様と一緒に？」

「それはイヤ」

お風呂に入らなくて済むアーティファクト（名前を考えなきゃ）ができたとしても、一生お風呂に入らないってわけにもいかないと思うし、だったらわたしはそろそろ一人でシャンプーできるようにならなくちゃいけない。

「じゃあ夢未くん、また相談に来るよ。今後ともよろしくね」

「よろしく」

リサさんが部屋を出て行って、なんだか元気がなくなった姉様の肩を抱いて真兄様も出て行った。いつも通りガウガウと二人きりになって、わたしは思う。

リサって、すごく変だ。

でも、そんなに嫌いじゃないかも。

＊

今日も一日、一生懸命勉強して、特訓して、働いて、頑張ったと思う。

夢未ちゃんの件は、彼女がお風呂に入ると宣言した以上、リサさんの任務達成だ。この結果にはエマさんもメイヴさんも驚いていた。

僕ができることといえば、一緒にお風呂に入ることを拒否されたはてなを慰《なぐさ》めることくらいで、これもなかなか困難な任務だったけど、それができることが僕は嬉しい。

一日の疲れをお風呂で流してから軽く掃除をして（この日は僕が最後だった）、自室へと戻ると、やっと今日という日が終わる。

パジャマ代わりにしているスウェットに着替えて、布団《ふとん》に潜り込む。それから目を閉じる前にスマイルステッキを取り出して、枕の下にしまった。

今では隠したスマイルステッキがどこにあるのか自分でもわからないけれど、昔、これがアーティファクトだということを知らなかった頃からの習慣だ。懐に入れたままじゃ痛くて眠れないからね。

それじゃ、おやすみなさい。

その夜、正確には明け方近く、僕はひどい悪夢にうなされていた。なんだかよくわからない怪物に捕まって、どこから僕を食べようかって、全身をくまなく検分されるんだ。

う、う〜ん、うう〜ん……

「ここかな？　それともこっち？　服が邪魔ね。脱がせちゃお」

や、やめてよう、僕を食べても美味《おい》しくないので、あとでおにぎりあげるので。

「おにぎりだけ？　他にも隠し持ってるんじゃないの？　そっちが欲しいなあ」

怪物は味見をするように、僕のおなかを指先でつつーっとなぞった。あっ、くすぐったい。やめてください。おにぎりしかないんです。

「うそうそ。あるでしょ。細くて長い、素敵なステッキが」

——細くて——長い——素敵なステッキ？

「ってダジャレじゃないか！」

「わあ、びっくりした！　いきなり起きないでよ！」

気づけば僕はベッドの中にいて、何故か上からリサさんにのしかかられていた。なんだ？　このシチュエーションは。えーとえーと。

「おはよう、真くん」

「おはようございます、リサさん」

「ごめんね。起きたばっかりで悪いけど、強制的に眠ってもらうよ」

リサさんがすらりと注射器を取り出した。

「スマイルステッキ！　物体移動!!」

僕はベッドから抜け出すと同時にスマイルステッキをリサさんに向けた。

リサさんの手から注射器が消えた。

「お、出したね？　いい子だからお姉さんにそれを──あら？　あらら？」

リサさんはスマイルステッキに手を伸ばそうとベッドから身を乗り出して、そのまま上半身から床に滑り落ちた。リサさんのお尻に注射器が刺さっている。

「注射器をゴミ箱に移動させたつもりだったのに、まだ精度が怪《あや》しいな」

床の上で寝息を立てているリサさんに毛布をかけて、それにしても何を注射しようとしたのか知らないけど、人に注射しようとしたものを自分にされたところで文句は言わないだろう。

執事服に着替えて、僕は部屋を出た。

問題は山積みだけど、何とかなるんじゃないかって気がする。今回もそうだったし、今までもそうだった。僕にはまだやれることがある。諦めるのはまだ先だ。

奇術のステージに上がるのが、小さな頃からの夢だったじゃないか。

文化祭まで一カ月、立ち止まる理由も、振り返る余裕もどこにもなかった。

第四幕　迷走☆本当に大切なもの

ワイングラスを傾けて、その向こうの明かりをぼんやりと見つめる。ほのかなオレンジの光は部屋に適度な暗がりを残していて、心のさざめきを落ち着かせてくれる。

母さんはいったいどこまで先を見ていて、今回は何の目的で来たんだろう。推測《すいそく》できる材料はたくさんある。そのどれだったとしても、正直私にできることなんてないだろう。

だが心がさざめくいちばんの要因は、きっと私の推測のどれもがまったくもって外れているだろうということだ。想像の斜《なな》め上だとそちらを見上げた私を、次元の狭間《はざま》から見つめているに違いない。そういう人なのだ、母さんは。

ノックの音が聞こえたけれど、どうせ勝手に入ってくるだろうから何も答えなかった。足運び、ドアを叩《たた》く音の柔らかさ、そしてジーヴスがいつもと違ってもう一つワイングラスを用意していった、ということは、つまりそういうことなのだろう。

「入るわね、マライア」

ぐいと飲み干《ほ》して空《から》にしたワイングラスを振って挨拶《あいさつ》の代わりにすると、メイヴ姉さんは私の前のソファに腰かけた。

「来たんならちょっと付き合ってよ」

もう一つのグラスにワインを注ぎ、姉さんに渡した。そして互いにしばしワインを堪能《たんのう》する。

「で、何の用?」

「顔を見に来ただけっていうのは、変かしら?」

「その言い方はズルいわ。いつも来ないくせに」

心配事があるなら言いなさい、だなんて子どもたちに言うようなこと、メイヴ姉さんは私に言ったりしない。色々とゴチャゴチャ考えてる頭の整理に付き合ってくれるって示しているのだ、姉さんは。

目の前でニコニコとしている姉さんを見て、私は頭をがしがしと掻《か》く。

「ああもう、わかったわよ。ありがたく相手になってもらうわ。母さんがレルータを出たってことは、一大事ってことでしょ? っていうかレルータの長《おさ》が里から出たなんて世界に知られたら、相当マズイじゃない」

その気で動けば確実に世界に多大な影響を与えられるレルータの長は、里にいることで世界の均衡《きんこう》を保っていると言っていい。

「バレたりしないでしょう。その辺《あた》りは信頼の置ける影武者さんが頑張ってるもの」

「いくらアーティファクトがあるとはいえ、グレゴリーおじさまが母さんに成り代わるって、どっかでボロが出ない?」

グレゴリーおじさまがレルータの里に向かうのとすれ違うように母さんが里を出たのは、偶然ではない。意図的に同じタイミングで入れ替わったのだ。母さんはおじさまに、認識を変えるアーティファクトを渡している。見た目はもちろん、何を喋《しゃべ》ってもすべてモリガン・レルータの声と言葉に聞こえるようになっている、らしい。

「おじさまね、シェイクスピアの舞台に立ったこともあるんですって」

へえ、初耳。おじさまが演じるハムレットなんて、素手《すで》でレアティーズを引きちぎりそう。何ならオフィーリアも死なないんじゃないかしら。

「そっか、なら母さんが外の世界に出てるってバレることはなさそうね。で、母さんの目的はなに？　姉さんは見当ついてるんでしょ？」

「孫と、そのパートナーに会いに来ただけよ」

「本当に信じてる？　何か隠してない？」

姉さんは答える代わりに、少し困ったような顔で私を見た。

たぶん、自分の口から言うわけにはいかないけれど、すでにヒントは十分揃《そろ》っている。だから自分で答えを導き出せ、という意味だ。

頭の中で様々な要素を、様々な方向から繋《つな》げ、打ち消し、積み重ねる。

さて。ならば。あるいは。しかし。さらに。そもそも。さもなければ。逆に？　だから。

そして、ともあれ。

「あーもー、ホント面倒《めんどう》なのよ」

「いつもあの子たちのこと考えてくれてありがとう、マライア」

「それ他の場所で言ったら姉さんでも怒るからね？」

「ふふ、気をつけるわ」

微笑《ほほえ》むメイヴ姉さん。

ほんと、毒気抜いてくれちゃうんだから。

＊

「さあそれではご注目！　美少女の身体《からだ》がなんと、真っ二つに――」

ガシャコ、と手持ちの薄いアルミ製ギロチンを箱に差し込む。

「ちょっと真《まこと》、遅いって～～！」

「ごご、ごめんはてな！」

放課後、奇術同好会の練習場に、はてなの「もー！」という声が響く。

文化祭でのショーが決まってからというもの、僕たちはそれはもう熱心に練習に取り組んでいる。たかが中学生の奇術だなんて言わせない。いやプロにも負けないくらいの、誰もがみんな息を呑《の》んで、驚いて、笑ってくれる――そんな舞台にしてみせるんだ。

その結果、僕は新しく習得する奇術として『人体切断』を選んだ。きっと誰でも一度は見たことがあると思う。アシスタントを箱に入れて、ギロチンで箱ごとばっさり切断した後、上半身と下半身を切り離して見せて、最後にはまた元通りというやつだ。腕だけ、足だけを切り離したり、ギロチンじゃなくて剣で刺したりするのもある。

　奇術としては古典的なもので、仕掛けも単純だ。だからこそ見せ方が大事になってくる。勢い込んで練習を始めたはいいものの、これがなかなか難しかった。

「マコト、箱の回転がわざとらしい。あとカナの言うとおり、ギロチンが遅すぎて彼女が移動するタイミングを失ってしまっている」

「う、うん」

　脇《わき》で見てくれていたディナが、姉弟子《でし》として的確なダメ出しをくれる。

「マツオ、キミはどう思った？」

「わたしは技術はわかんないけども、あれよ。男は度胸《どきょう》よ。もっと見栄《みえ》を張りなさいな」

　松尾《まつお》さんが小さいガッツポーズのように両拳《こぶし》を短く前に出してくれた。

「マツオの言うとおりだ。大仰《おおぎょう》な動きのすべてに意味がある。タネが見破られるかもだなんて、微塵《みじん》も考えるな、マコト」

　観客に期待させるためだったり、目を引きつけておくためだったり、奇術師の動きはすべてに意味がある。それはわかっているんだけど、正直これまでほとんど一人でやってきたから、まだ連携《れんけい》のコツが上手《うま》く摑《つか》めないんだ。

　横からジャグリングの道具を投げ入れてもらうとかはあったけど、二人以上で作り上げる大がかりなものは初めて。まさかこんなに難しかったなんて。

「真、もう一回やるわよ！」

箱の外に出たはてなは、すごい勢いでセットを元に戻していった。

すごい、瞳《ひとみ》の中がめっちゃメラメラしてるのがわかる。

「もちろん！　ディナ、松尾さん、悪いんだけどもう一回見てて！」

はてなにやる気をもらった僕は、すぐに人体切断マジックを最初からやり直す。

だけど、何度やっても同じ箇所で失敗してしまうのだった。

「何で連携が上手く取れないんだろう」

休憩《きゅうけい》を取りながら、僕は人体切断マジックのセットを見つめる。立ち位置、振る舞い、口上《こうじょう》、すべてまだまだと言われればそれまでだけど、一番の問題ははてなとの息が合わないことだ。はてなは、僕の合図でちゃんと動いてくれているので、何も悪くない。問題があるのは僕の方だ。

「もうちょっとだと思うんだけどなぁ」

離れたところでは、はてなと松尾さんがカードマジックの練習をしていた。二人とも真剣で、そして楽しそうだ。

「マコト」

「ディナごめん、付き合わせちゃって。自分の練習時間なくなっちゃうってのに」

「弟弟子に気にされるほど腕を鈍《にぶ》らせてなどいないさ。これは奇術同好会の問題だ。みんなで解決すべきだろう？」

「そう言ってくれるのは嬉《うれ》しいけどさ。でも最終的には僕の動きの問題だから、まずは僕が一人で何とかしないと」

スポーツドリンクをグイッと飲み干し立ち上がる僕に、ディナが言う。

「焦《あせ》りすぎじゃないか？」

「そうかなあ。いや、そうなのかも。文化祭まで時間があまりないからね」

「焦ってもいいことはない。少し息抜きや気晴らしをした方がいい」

「息抜きかぁ。うーん」

ぱっと思いつかなかったし、どうも気が進まない。

「例の押しかけメイドが問題なら、ボクが何とかしてもいいが」

ディナが拳を固めて、ボキリと骨を鳴らしながら言った。どういう方向で何とかしようとしているのか、言葉で聞かなくても音でわかってしまった。

「そ、それはやめてよ。もっと面倒《めんどう》なことになりそう」

ディナが心配そうに僕を見つめてくる。

「いざ息抜きって言われると何していいのか出てこないなって思って」

改めて考えてみると、僕にとって奇術が息抜きであり気晴らしだったたんだ。その奇術に行き詰まって息抜きをしようと思ったら、いったい何をしたらいいんだ？

誰かと遊んだりするのがいいのかな。けど子どもの頃と違って公園で遊ぶって柄《がら》でもないし、どうしよう。

「はぁ、キミはいつも学業と奇術と屋敷の仕事ばかりだもんな」

ディナが露骨《ろこつ》にため息をつく。

おっしゃるとおりすぎて、何も言えない。

「まあ、そこがマコトのいいところなんだが」

と、仕方ないといった様子で微笑みながら、ディナが後ろで結んでいた髪を解いた。それから奇術で使うビロードの布をショールのように肩にかけて、にこっと微笑む。

そこにはさっきまでのディナではなく、アリスさんが立っていた。

「じゃあ、わたくしとデートでもしますか？」

変身する一部始終を見ていたのに、いや髪を下ろして肩に布をかけただけなのに、どうしても同一人物とは思えない。

「ちょちょっ、アリスさん、じゃなかったディナ、それはっ」

背後から僕の肩に顎《あご》を乗せて、アリスさんが囁《ささや》く。

「いいじゃないですかマコトさん。わたくしと一緒にデートしたって。アリス式休息術をお見舞いして差し上げます」

腕を取ってぐいぐいと迫るアリスさん、いやディナの胸の感触に思わずドキッとして顔を背《そむ》けてしまう。だって、振り返ったら色々とその、近いし。

「アリスとデート!?　ならあたしも行く！」

と、今の会話を聞きつけたはてながこちらに飛んでくる。

「あら、大丈夫ですよはてなさん。マコトさんの息抜きはわたくし一人でしかとやり遂《と》げてみせます」

「っていうかアリスじゃなくてディナでしょ！　姉弟子でしょ！　公私混同でしょ！」

「ディナとか、ちょっと何を言ってるのかわかりません」

「もー！　そういうの学校でしちゃダメだってばー！」

「はてな、髪を下ろしたらきっとディナじゃなくてアリスっていうことなんだよきっと」

「真は黙ってて！」

「ご、ごめんはてな」

「わたくしには何でも話してくださいね、マコトさん」

「ずるいっ！　アリスずるっ!!」

僕を挟《はさ》んではてなとアリスさんが揉《も》め始めた。間に挟んだ僕のことは完全に忘れているんじゃないかと思うくらい、グイグイ左右から身体を押しつけてくる。

と、顔を上げると松尾さんと目が合った。

彼はものすっごいジト目でこちらを見つめて、一言呟《つぶや》くのだった。

「しっかりしなさいよ、あなた」

＊

諸君、まーた真が美味《おい》しい目に遭《あ》ってると思ったか？　ひとりハーレム状態なんてメチャゆるせんよなあ？　いや諸君が許しても、この坂上藤吉郎《さかがみとうきちろう》がそんな不正は見逃さない。

「動くな、モテ警察だ！　女の子に囲まれて甘いものを食べようとした罪の現行犯で逮捕したあと、即射殺する！」

街で評判のケーキ屋の前に並び、今まさに重大犯罪を犯そうとしていた一行がゆっくりとこっちへ顔を向けた。

「と、藤吉郎。それに林田《はやしだ》くんも。偶然だね」

「偶然じゃねえ。お前らがここでキャッキャウフフしてるのを知って踏み込んだんだ。証拠は押さえたか？　林田」

「バッチリですぞ、藤吉郎どの。一連の犯行現場をフルＨＤの動画に収めました」

真を中心に、はてなちゃん、桔梗院《ききょういん》、あれは誰だ？　めっちゃ可愛《かわい》い外国人らしき女の子──真のヤツ、またオレの知らない女の子に囲まれてやがる。なんてことだ。

「坂上、あんた今、ナチュラルにわたしを無視したでしょう？」

「お？　松尾さんもいたのか。だからって、真のひとりハーレム罪が、ふたりハーレム罪になるわけじゃないからな？」

松尾さんはカウント外だ。むしろ女の子側にカウントしてもいい。いずれにしても真の罪は軽くなるどころか重くなるばかりだ。

「なんだよ、ひとりハーレム罪って。だいたい、なんでここに藤吉郎が」

「だいたい、なんでオレに声をかけなかった？」

「だって藤吉郎、骨折がまだ治ってないんだろ？　それなのに連れ回すのは悪いと思って」

「オレはな、お前が親友のオレに内緒《ないしょ》で、こんなうらやましい状況にいるのを見て、悲しみで全身の骨が砕《くだ》け散った直後、怒りで全部繋《つな》がったんだぞ」

「そんなめちゃくちゃな」

「めちゃくちゃなのはお前だ、真！　悪いと思ったら、そこの可愛いコをオレに紹介しろ。そしたら情状酌量《じょうじょうしゃくりょう》の余地がないこともなくはないかもしれないような気がする」

「別に僕、藤吉郎に悪いことしたなんて思ってないけど」

「紹介してくださいお願いします」

　春の日差しのような笑顔で挨拶してくれたのは、アリスちゃんというらしい。細かいプロフィールは忘れたが、どうでもいいや。アリスさんは松葉杖《まつばづえ》を片手に突っ立っていたオレのために、店員さんに頼んで椅子《いす》を用意してくれた。

「坂上さん、座ってくださいな。まだ並びそうですし、あまり無理をするとお怪我《けが》によくありませんよ」

　おいおい天使かよ。つまり、これは運命の出会いということだな？

　では孤高《ここう》のモテ捜査官として、思う存分《ぞんぶん》キャッキャウフフを堪能させてもらおうか。

＊

結構長い時間並んで、ようやく僕らの順番が来た。

「いい店だな。実にいい」

用意された席に着いた藤吉郎が、キョロキョロと店内を見渡す。

僕には甘い香りと洗練されたオシャレな空間が場違いな感じがして、緊張しちゃうっていうのに、こういう物怖《ものお》じしないところはさすがだ。

ただ藤吉郎の言う『いいところ』というのが、女子高生や素敵《すてき》な大人の女性たちを指しているんだろうことは残念でならない。

「とりあえず注文しましょ」

「ケーキはショーケースを見ながら注文できるんですって」

はてなとアリスさんに引っ張られて、僕はショーケースの前に立った。僕でも知ってるオーソドックスなケーキから、聞いたことのない名前のケーキまで様々な種類が綺麗《きれい》に並べられている。どれもデコレーションが繊細《せんさい》で、芸術品のようだ。これは味の方も絶対に期待できるに違いない。

瞳を輝かせてショーケースに貼《は》り付くはてなの横顔が、可愛らしい。

そんなことを思っていると、不意にアリスさんに腕を引っ張られた。

「マコトさんはどんなケーキがお好きなんですか？」

「ショートケーキが好きかな。ケーキと言えばアレってイメージがあってさ」

「そうですか。ではわたくしもマコトさんと同じケーキにしますね」

「はぅあっ！　その手があった！」

それを聞いたはてなが頭を抱えて叫ぶ。僕が何を選ぶかなんて気にせず、はてなが好きなケーキを選べばいいと思うんだけど。

「ぽかんと見てるだけだと痛い目に遭うわよ、真くん」

松尾さんがボソッと僕のそばで呟く。

「それって、どういう……？」

という僕の言葉は、桔梗院さんの言葉によって遮《さえぎ》られた。

「はいはい、はてなはショートケーキ以外を選べばいいでしょ。違う方が楽しみも二倍って考えもあるんだから」

「その手があったっ！」

「はっ、策士《さくし》ですね、ココミさん」

今度はガッツポーズをするはてなと、目に見えて落ち込むアリスさん。

「じゃあ、あたしはチョコレートのにする！」

はてなが元気よく店員さんに注文したのを皮切りに、みんなも思い思いのケーキを注文してテーブルへと向かった。

「藤吉郎はケーキ、頼まないの？　足が辛《つら》いようなら僕が代わりに注文してこようか」

「ケーキはいいや。オレはアリスちゃんを見ながら紅茶を飲むから」

「キモッ」

まだショーケースの前でケーキを選んでいる桔梗院さんの声が聞こえた。

林田くんも負けてはいない。

「こんな綺麗な方がこの世界に存在するとは。アリス嬢のデータ作成を急がねばなりませんな」

「まあ、褒《ほ》めるのがお上手ですね」

アリスさんは二人に対しとても柔らかな反応を見せた。それだけで瞬時に二人ともときめいてしまったようだった。

「それじゃあアリスちゃん、この後オレと一緒に——」

「マコトさん！　わたくしのケーキもよかったら食べませんか？」

「やっぱそうなるんだよなぁ」

藤吉郎が、はいはい知ってましたって感じでうなだれる。ごめん、藤吉郎。

「真！　あたしのチョコレートケーキ食べてみない？」

アリスさんのケーキを阻止《そし》するように、はてなも自分のケーキを差し出してくる。どっちも嬉しいけど、どっちを選ぶのも怖い気がする。

これはまた二人の謎の戦いが、と思ったところで松尾さんが助けてくれた。

「はいはい、二人とも揉めないの」

「あ、あたしは別にアリスさんと揉めてなんか……」

「わたくしも決して揉めたいわけでは……隙《すき》アリッ!!」

「もごっ!?」

はてながフォークを退《ひ》いた瞬間に、アリスさんが僕の口にケーキを突っ込んでくる。

「あーっ、ずるいっ!!　真、こっちも食べなさいよ！」

「もががが っ!?」

喉《のど》の奥に押し込まれたショートケーキに続いて、はてなのチョコレートケーキが押し込まれる。これ、絶対に窒息《ちっそく》するやつ!!

「ほら飲みなさいな」

そんな中、圧倒的な女子力を発揮《はっき》して松尾さんが紅茶を差し出してくれた。僕はそれをグイッと一気に流し込んで、なんとか気道を確保することに成功した。

「あ、ありがとう松尾さん」

「頭上げない方がいいわよ真くん。今あなたの頭上でアリスちゃんとはてなちゃんがフォークで鍔《つば》迫《ぜ》り合いしてるから」

「二人ともやめて!?」

ただケーキを食べに来ただけなのに、やっぱり騒ぎになってしまった。

それから僕と桔梗院さんと松尾さんの三人で何とかはてなとアリスさんを落ち着かせ、ようやく普通にケーキ屋に来た学生って感じの時間になった。

「だからさ、ナンパにしたって、自分がその子を好きかどうか心配しながらナンパする奴《やつ》なんていないわけ。オレは彼女のことが好き。彼女もオレのことが好き。それがスタート地点だ」

ティースプーンをマイクみたいに握り締めながら、藤吉郎が弁舌を振るう。

「何の話よ」

「真って、自分に自信なさすぎなんじゃねえの？　って話。そういうのって相手に伝わるんだぜ？　相手のことを好きか悩みながら口説《くど》いて、誰が相手にしてくれるっつうんだよ」

「ええー、僕は逆に、藤吉郎の自信の根拠が知りたいよ」

「根拠なんてねーよ。じゃあお前は、このケーキは甘いのかな、僕の奇術は上手《うま》くいくかな、明日お日さまは昇るんだろうか？　つって、いちいち心配するのかよ」

「そんなの、全部横並びにして言われても……」

「いいや同じだね。ケーキは甘いに決まってるし、カレーはいつだってうまいし、お前が奇術師なら奇術はうまくいくの。世の中、そうやってできてんだ」

そうなんだろうか？

僕は藤吉郎の次の言葉を待つ。でもそれは期待していた言葉じゃなかった。

「つうか、アリスちゃんのスリーサイズの話ししようぜ！」

「あら、じゃあ当ててみてください」

組んだ腕の上で、アリスさんの胸が揺れる。話題の切り替わりが急すぎる。頭がついていかない僕の肩を、藤吉郎が揺すった。

「しょうがないから、真から答える権利をやるよ」

「え？　はい？　急にそんなこと言われても困るよ！」

「急に言われても、とかカッコつけんなって。常日頃《つねひごろ》から考えてるだろうが」

「えっ？　真ってば、常日頃からそんなこと考えてたの？　サイテー！」

「ふむふむ、今までに収集した画像データから解析すると、ですな……」

それから残りのチョコレートケーキをどこから食べるかで真剣に悩むはてな。ショートケーキのイチゴを食べるタイミングを窺《うかが》うアリスさん。チーズケーキを食べながら昨今のスウィーツ談義に花を咲かせる桔梗院さんと松尾さん。無言で紅茶をすすりながらアリスさんを見つめる藤吉郎。ケーキそっちのけでノートPCを広げる林田くん。

七人もの大所帯だと、ほんとに賑《にぎ》やかで楽しい。

みんなとここに来られてよかった。

笑い合って、一緒に美味しいもの食べて。ずっと張り詰めていた緊張や焦りが少しほぐれたのは確かだ。

うん、明日からまた頑張ろう。

＊

休日の昼下がり。

星里《ほしさと》家の庭に、轟音《ごうおん》が鳴り響く。

舞い上がる土埃《つちぼこり》の中から、僕とはてなが別々の方向へ飛び出した。

「いきますっ！」

「お願いっ、マフくんっ！」

そして相手に対し二方向から攻め入る。低い体勢から僕が蹴《け》りを放ち、本命のはてながマフくんパンチを繰り出す。僕の蹴りなんてたいした威力《いりょく》はないけど、左手一本でも使わせれば御《おん》の字だ。

しかし轟音を響かせた張本人――若返ったジーヴスさんは、僕たちの連携に眉《まゆ》一つ動かさず、まず僕の蹴りを軽く上げた左足で防ぎ、そのままの流れでその左足を大きく振り上げ、マフくんを絡《から》め取るようにいなした。

最小限の動きであっさりと僕たちの攻撃を捌《さば》いたジーヴスさんが、下がった眼鏡《めがね》をくいっと戻す。

その泰然《たいぜん》としたその振る舞いに、僕もはてなも次の攻め手に迷い、動きを止めてしまう。

「そこで止まってはチャンスを失い、自《みずか》らをさらに窮地に追い込むだけですよ」

相変わらずの厳しいコメントに、僕もはてなも闘志を燃やす。けど安易に攻め込むことができないのは確かだ。

ジーヴスさんには今、怪盗ハテナとしての戦闘訓練に付き合ってもらっている。やっぱり普段自分たちで行う訓練では限界があるから、こうして定期的にお願いしているんだけど、いつもの好々爺《こうこうや》はどこにいったと思うくらいに容赦《ようしゃ》のなさがパワーアップしているので、こっちも問答無用で必死にならざるを得ない。

その必死さゆえの、硬直だ。こっちから攻め込んでどうにかなるビジョンがまるで見えない。さっきのだってジーヴスさんから攻撃してくれたから動かざるを得なかった、その結果の流れでしかない。

「怪盗にとって時間は最も危惧《きぐ》すべき敵。目標の奪取のためにも、最小の動きで最大の効果を上げなければいけません。怪盗メイヴならもう任務を終えているでしょう」

「やっぱり母様たちってすごいんだ……」

メイヴさんたちとの歴然とした差を告げられたはてなが、素直な感想を漏《も》らす。でもその顔は諦《あきら》めなんかじゃない。いつかそうなってやるんだっていう憧《あこが》れと決意だ。はてなの意思は前より一層強くなっている。

だから僕もその隣に並べるように、もっと強くならなくちゃいけない。

そしてそのための戦闘訓練。必死に、貪欲《どんよく》に取り組まなきゃ。

「はてな、アレをやってみたいんだ」

「この前のやつ？　うん、わかった。真のタイミングに合わせるね」

実は僕は『人体切断』とは別に、もう一つマジックを練習していたんだ。そっちは一人でできるものではあるけど、これもまた大変で、最近ようやく形になってきたところだったりする。だからそれが上手くハマるか、ちょうどいい機会だから試してみたいんだ。

「わかってるとは思いますが、作戦を敵の目の前で話すなど言語道断《ごんごどうだん》ですよ」

もろに聞こえたジーヴスさんが、念のためと忠告をくれる。

もちろん僕だってそのくらいはわかっている。これは訓練だし、バレていてもジーヴスさんなら正面から受け止めてくれるだろうと考えてのことだ。

「それに僕は見習いとはいえ奇術師です。言動のすべては、見る者を欺《あざむ》くためにある……いや、何でもないですすみません」

「真、カッコつけるなら最後までカッコつけなさいよ」

「いや、ジーヴスさん相手に何を偉《えら》そうなこと言ってるんだって思ったら、恥《は》ずかしくなってきちゃって」

「いいのよ、こういうのは思いっきり言い切った方がカッコいいんだから！」

はてなの言葉に、ジーヴスさんがほんの少し柔らかな微笑みを見せた。

そうだよね、怪盗ハテナとしての心意気を見せなきゃだよね。

でも見得《みえ》は切り損《そこ》ねたけれど、やる気は充分だ。よし、やってやるんだ。

はてなに目配せして、呼吸を整える。

ジーヴスさんに隙はない。これはだからこそ適していると言える技《わざ》だと思う。

「いくよはてなっ！」

再び二人でジーヴスさんへと突っ込んでいく。

「マフくんっ、連打っ!!」

はてながマフくんの両端をいつもより小さめの拳状にして、スピード重視で攻めていく。さすがに片足で捌かれることはないものの、ジーヴスさんは一歩も動かずにはてなの猛攻を両手で軽々といなしていく。

僕はそんなジーヴスさんの側面から回り込みながら、さっと五指の間に出現させたボールを投擲《とうてき》する。けれどジーヴスさんはこちらを見ることもなく、はてなの攻撃を捌く時の力を一度だけ強めにして、風圧だけでボールを叩き落とした。

でもそれでいい。こんなものが通じるなんて思っちゃいない。

次は僕自身が特攻する。けど簡単に吹き飛ばされてしまう。

どんな時だって奇術師の動きは観客を驚かすためにある。僕の動きがジーヴスさんの気を少しでも引ければいいんだ。

「とりゃああっ！」

両側から嚙《か》み合わせるようにマフくんの拳を繰り出すはてな。それを上半身をずらすだけでかわすジーヴスさん。

「スマイルステッキ、人体消失！」

僕ははてなをジーヴスさんの真上に移動させる。

「ジーヴスさん、覚悟ぉっ！」

中空のはてなが巨大化させたマフくんの両拳を合わせ、思いっきり振りかぶる。いわゆるハンマーナックルだ。

普通の相手だったら、突然違う場所に現れたはてなの攻撃を避《よ》けることはできないだろう。けどジーヴスさんからしたら、今のはてなは間違いなく隙だらけ。もちろんそれはわかってる。

だから――

「スマイルステッキ、ピジョンカーニバル！」

叫んだ瞬間、僕のステッキからたくさんの白い鳩《はと》が一斉《いっせい》に飛び出し、ジーヴスさんの視界を埋め尽くす。

けたたましいほどの羽音と共に無数の白い羽が舞い散り、幻想的な光景が広がる中、ジーヴスさんはただ白の世界の向こうから迫るはてなに意識を集中していた。

けど鳩たちが飛び去った後、そこにはてなの姿はなかった。

「マフくん、いっけええっ！」

いつの間にかジーヴスさんの背後に降り立っていたはてなが、渾身《こんしん》の力でもってマフくんを振り抜く。

それはジーヴスさんのガラ空《あ》きの背中に叩き込まれる――はずだった。

「惜《お》しかったですね、果菜《かな》お嬢様」

振り返ったジーヴスさんが、右手の人差し指一本でマフくんをいとも簡単に止めていた。

「そんなぁ～～～」

「今のはいけると思ったのに～」

全力の連携をあっさりと潰《つぶ》され、僕とはてなは思いっきりうなだれた。

「お二人とも、そんなに気落ちしないでください。これまでで最も素晴らしい動きでした」

「そんなこと言われても、こうもあっさり止められたんじゃ気落ちもするわ」

と呟くはてなに、ジーヴスさんは再び片手で眼鏡を直しながら、

「いえ、この私、今回はこの場から一歩も動くつもりはありませんでした。ですがお二人はそのコンビネーションによって、見事私の目論見《もくろみ》を砕かれました」

思い返してみればその通りだ。そしてジーヴスさんは確かに、最後のはてなの攻撃の時に一度だけ身をひるがえした。

「動かないと決めた私を動かしただけでも大したものです」

褒められたんだろうけど、あまりの実力差に、僕は言葉も出ない。

「最後の果菜お嬢様の背後への移動は、マフくんの拳をご自身に打ち込んだのでしょう？」

「う、うんそうだけど」

「いい使い方です。その調子で発想を広げていかれると良いでしょう」

ジーヴスさんに褒められ、はてなが照《て》れてうつむいた。

「そして真様もまた素晴らしかったです。果菜お嬢様との連携はもちろん、途中の新しい技《わざ》が何より良かった」

予想外の高評価に、僕は何も言えずにジーヴスさんを見つめる。

「あの鳩での目眩《めくら》ましで、戦略の幅が格段と広がったことでしょう。それに何より、鳩を出せるということは他のものも出せるはず。無限の汎用性《はんようせい》を持つその技は、きっと怪盗ハテナにとってかけがえのない財産になるでしょう」

「そ、そんなに褒められることじゃ……」

「いえ、真様は鳩の奇術を苦手としてらっしゃいました。ですがそれを克服し、さらには無数の鳩を出すまでに至《いた》るには、相当修練を積んだものとお見受けします。顔を上げて誇っていいことですよ」

ジーヴスさんによる突然の褒め言葉の連発に、僕は勢いよくお辞儀《じぎ》をした。努力したことをちゃんと認められたのが、とても嬉しい。

「では、今日はここまでにしましょう。しっかりとストレッチしてから身体を休めてください」

すたすたと屋敷へ戻っていくジーヴスさんの背中を見送り、僕ははてなと顔を見合わせた。

そしてここまで二人とも褒めてもらったことを喜び合おうとした、その時。

「ふーん」

いつの間にかそばにしゃがんでいたモリガン先生が、つまらなそうな顔でそう呟いた。

「モリガン先生!?」

「い、いつの間に……」

「えー、最初からいたけど？」

僕とはてなにそんな返事をしながら、立ち上がるモリガン先生。最初っからって、そこはジーヴスさんと戦ってた場所なんですけど。

「それで、僕たちに何か用ですか？」

「ううん、何でもなーい。ま、よかったじゃないの。ジーヴスに褒めてもらえて」

モリガン先生が僕の肩を軽く叩く。

その瞬間、僕の喜びがすべて霧散《むさん》した。

モリガン先生の口から出た言葉は、言い方こそ違うけどジーヴスさんと同じだった。

それは『悪くないけど、まだまだ』という評価に過ぎない。

今僕は、ジーヴスさんやモリガン先生に失望されてるんじゃないだろうか。

そんな不安の雲が、たちまち心に広がっていく。

「あ、あの先生！」

僕は去ろうとするモリガン先生を呼び止めた。

＊

訓練が終わってようやく一息つくことができた。

「果菜お嬢様、あまり無理をなさいませんよう」

ドリンクを差し出しながら、ジーヴスが心配そうに言った。

「そう思うなら、もうちょっと訓練の手を抜いてくれたらいいのに」

「それとこれとは話が別です」

あたしはまだ余裕がある。心配なのは真だった。文化祭のステージを前に奇術のことで悩んでるみたいだし、お屋敷の中でさえリサさんにつけ狙《ねら》われている。そして真はモリガン先生のことを気にしすぎだし、モリガン先生も真を構いすぎなんじゃないかなあ。

二人は今も庭の片隅《かたすみ》で話している。何とはなしに聞き耳を立てていたら、モリガン先生の口から聞き捨てならないセリフが飛び出した。

「それ、スマイルステッキだっけ？　それは君の手に余るから手放しなさいって――」

え？　え？　スマイルステッキを手放す？　どういうこと？

先生は半分笑いながら、そして半分呆《あき》れたような表情を浮かべている。

「正義のため？　夢のため？　そういうのは鍵《かぎ》付きの日記帳に書きつけてから机の奥にしまって、誰にも見せないことよ」

そのセリフを聞いて、だいたい話の内容が推測できた。

「お、お嬢様。どうか落ち着いてください」

これが落ち着いていられるもんですか。

あたしは飲んでいたドリンクのグラスを投げるようにジーヴスに手渡すと、真の隣に立つ。

「アーティファクトの回収は、母様から受け継いだものだわ」

やっぱり先生は、あたしたちが――ううん、怪盗メイヴの頃から、アーティファクトを回収してるのが気に食わなかったんだ。

でも、どんな理由をつけてやめろって言われても、怪盗ハテナをやめる気なんてない。

真もきっと同じ気持ちって信じてる。

先生はちょっと考え込んでから、さも楽しそうに言った。

「いいわ、試してあげる。それで満足するんでしょう？」

聞きたかった答えではなかったけれど、そういうことなら手っ取り早い。

先生が庭の反対側へと歩いて、あたしたちと距離を取った。

あたしは真と視線を合わせて頷《うなず》き合う。

「いくわよ、フィンダウィル！」

あたしはマフくんに真名《まな》で語りかける。

先手必勝。とにかく最速で全力の一撃を叩き込む！

「いつでもどうぞ♪」

先生がそう言ったのは、あたしとマフくんが走り出したあとだった。

＊

モリガン先生との模擬《もぎ》試合で負った怪我《けが》は、思いのほか軽かった。

いや、強制的に軽かったことにされた。僕はあのあと気絶したまま先生の研究室《ラボ》に担《かつ》ぎ込まれて、とても治療には見えない（はてな談）治療処置を施《ほどこ》された。

目が覚めた時には何とか立てるようになっていた。僕はベッドを這《は》うように出ると、そのまま先生の研究室へ直行した。

もちろん、アーティファクトの修行の続きをお願いするためだ。

僕はもっと強くならなくちゃいけない。

正義のためじゃない。

夢のためでもない。

変な言い方だけど、こんなんじゃ諦めようにも諦めきれなかった。ダメならダメで、後悔のしようもないくらいまでやってからじゃなきゃ。諦めるのはそれからでいいし、できるなら諦めたくなかった。

先生は言った。

「アーティファクトには心があります」

マフくんやガウガウのように明確な意思を持つアーティファクトでなくても、自分の意思を伝えることで契約の結びつきはより強いものになる、ということらしい。

「簡単よ、心を沿わせればいいの」

そのための特訓だと言われて、今僕は座禅《ざぜん》を組んでいる。

「星里家にこんな場所あったっけ？」

周りを見渡しながら、僕は首をひねった。

そこはお寺のお堂のような板張りの部屋で、いかにも精神修行をしますって感じの部屋だった。これもモリガン先生かメイヴさんがアーティファクトで作り上げたんだろうか。

「ほら、他のことは考えない！」

「あたっ!?」

後ろからモリガン先生が僕の肩に木の棒を三発ほど叩きつけてきた。座禅と言えばあの棒だ。

確か本当の名前は警策《きょうさく》っていうんだっけ。

　モリガン先生は楽しそうに僕の後ろを何度も往復している。

　今この部屋には、僕の他にはてなと夢未《ゆめみ》ちゃん、それにガウガウもいる。みんな僕に付き合って一緒に修行しようと言ってくれたのだ。けどモリガン先生は、はてなや夢未ちゃんが動いても叩いたりはしない。

「孫に手を上げられる祖母なんて、宇宙の開闢《かいびゃく》以来ひとりだって存在しないわ」

　まあ、うん。そうなのかもしれない。でも僕のこと叩きすぎじゃないかなって思うんだ。もう肩がヒリヒリしてしょうがない。

　ちなみに部屋の隅っこの方では、荒縄《あらなわ》で縛《しば》られた衛師匠《まもるししょう》が重そうな石を膝《ひざ》の上に載《の》せられて、放置されている。

　つまりモリガン先生は僕を叩くためだけにあの木の棒を持っているってことだ。

「ほらほら真くん、ちゃんと心を落ち着けて気持ち通わせられるようにならないと、どんどん威力が強くなってくわよー」

　そうなりたくなければ、この特訓をモノにしてみせるしかない。

　だというのに。

「あ～足が痺《しび》れたよぉぉぉぉぉ」

　速攻で音《ね》をあげたのははてなだった。ごろんと板張りの床に倒れた音が聞こえる。ありがとうはてな、付き合ってくれただけでも僕は嬉しいよ。たださあ。

「まあ果菜ったらパンツが丸見えじゃないの」

はてなの分まで頑張ろうとした僕の耳に、モリガン先生から聞き捨てならない言葉が届いた。

いや、見ないよ？　見ないけどさ。

でもたまたま目が開いてしまったら見えちゃうってことはあるよね？

――じゃなかった、バカか僕は。

「ちっ、目を開けないわね」

「何で舌打《したう》ちなんですか、褒めてくださいよ！」

「無駄口禁止っ！」

「あたっ⁉」

思わず突っ込んでしまった僕の肩に、モリガン先生が嬉々《きき》として棒を叩きこんでくる。

くっ、もう惑《まど》わされたりするもんか。

「ふわぁ……すぅ……すぴー」

「あらまあ、夢未ったらなんて可愛らしい寝顔なのかしら。ほら、真くんも天使の寝顔を見てご覧《らん》なさい」

「え、いいんですか？」

「いいわけないでしょう！」

「いったぁっ⁉」

こんな調子で、精神統一どころじゃない。

「はっはっは真クン、まだまだだね」

衛師匠が笑う。師匠のそれは特訓というよりもはや刑罰で、あの状態で笑っていられるのは確かにすごいけど、そもそもあの状態にはなりたくないな。

「まあガウガウ暴れちゃダメよ。真くん、避《よ》けなさい」

モリガン先生がまたも呟く。

今度こそ騙《だま》されるもんか。

「あだっ!?」

目を開かなかったのに、衝撃を食らう僕。思わず見ると、確かにガウガウが僕にタックルしてきていた。

「だから避けろって言ったのにー」

モリガン先生が心底《しんそこ》楽しそうに言う。ガウガウの申し訳なさそうな顔を見る限り、モリガン先生に僕にちょっかい出せと命令されたに違いない。

でももう、今度こそ絶対に、特訓に集中するぞ。

「さあどこまで耐えられるかしらね」

次は何をする気だと身構えていると、突然耳元に吐息《といき》が吹きかけられた。思わずぞわっとして身体が震えそうになるのを何とかこらえ、呼吸を整える。こう見えても僕は我慢《がまん》強い方なんだ。そのくらいじゃ乱されたりはしない。

効果がないとわかって、モリガン先生が吐息攻撃を止める。もう僕には何も通じない、そう思った矢先だった。

僕の身体に柔らかい感触が伝わってきた。

おっぱいだ。

これは間違いなく、モリガン先生の胸が僕の腕に押しつけられている！

モリガン先生は僕の膝の上に乗って、腕に抱きついている。目を開けなくても、その様子が鮮明に脳内に描き出された。

「なかなか頑張るじゃない」

と、モリガン先生はそのまま少し背伸びするようにして、僕の耳を舐《な》めてきたのだった。

ひぃっ——と漏れそうな声を、僕は歯を食いしばって耐えた。

「わたしのテクが通用しないなんて……！」

孫の前でなんてテクニックを披露《ひろう》してるんだ、この人は。

そんな特訓が何日か続いた。

結局、アーティファクトと心を通わせるというのがどういうことなのか、僕には少しも理解できないでいた。

「ほらあ、この離婚届にハンコ押しなさいよぉ」

「死んでも押しません！　いいかげん認めてくれたっていいでしょう義母《かあ》さ、じゃなかったモリガン！　ボクはメイヴのことを一生愛し続け……あーッ!!」

「強情な上に頑丈《がんじょう》ね。きっと構造が単純なんだわ」

モリガン先生は、衛師匠を責め立てるのに夢中だ。

師匠を助けるためにも、何とか早い段階で特訓をクリアしたい。

僕は再び目の前に置いたスマイルステッキに集中する。

これまで、どんな時でも一緒だった。辛いときも悲しいときも、スマイルステッキを振れば、小さな奇跡を起こしてくれた。絶体絶命のピンチに陥《おちい》った時に救ってくれたのもスマイルステッキだった。

僕はこれまで、そのことに疑問を持ったことがなかった。真名を知り契約を交わせば使うことができる。スイッチを入れれば電灯が光るように、アーティファクトならそれが当たり前だとばかり思っていた。

でも、スマイルステッキに心があるとしたら。

スマイルステッキは、僕のことをどう思ってるのかな。僕はどうして君をうまく扱えなくなっちゃったんだろう？　そんな僕を不甲斐《ふがい》ないと思ってるだろうか。半人前のくせにモリガン先生に挑《いど》んで、これ以上はないってくらいみじめな負け方をした。もしかしたら愛想《あいそ》をつかされたのかも。だったらごめんよ。

ねえ、スマイルステッキ。僕は君の声が聴きたい。

気づくと僕の周りから、音が、景色が消えていた。

それは遙《はる》か雲の上にいるような、深い水の底にいるような、しんしんと雪の降る雪原の只中《ただなか》にいるような感覚だった。僕しかいない、でも不思議と一人だとは思えない、そんな世界。

僕は静かに目を開ける。

そこは上も下もない場所だった。そして至るところに大小のシャボン玉のようなものが浮かんでいて、中には何かが詰まっている。

「これは……昔の、僕？」

近づいて泡《あわ》の中を覗《のぞ》いてみると、そこには河原《かわら》で一人、スマイルステッキで練習を繰り返す幼《おさな》い姿の僕がいた。覚えてる。絶対に奇術師になるんだって誓《ちか》った頃だ。

僕はそのシャボン玉に触れないようにしながら、次のシャボン玉へと近づいてみる。

そこにもやっぱり僕にとっての大事な思い出が映し出されていた。

「これ、全部僕の記憶なのか」

まるで何かに導かれるように、僕は一つ一つ順番に思い出を辿《たど》っていく。

そのどれもに、はてなの姿があった。

それこそ小さな頃から——会えなかった時間の分はないけれど——今に至るまで、そのほとんどの大切な記憶にはてなは登場していた。

「そっか……僕、はてなのことがこんなに好きなんだな」

自覚はもちろんあった。でもこうして思い出を客観的に見せられると、改めて僕の中でどれだけはてなが大切な存在なのかがよくわかる。

そして、僕は自分でも忘れていた記憶を見つけた。

「えーん、えーん」

何があったんだろう、小さなはてなが泣いている。

「泣かないでよ、はてな。困ったなあ」

これまた小さい僕はどうしていいかわからなくて、はてなの周りをうろちょろするだけだ。

そうしている内に今より断然若い衛師匠がやってきて、何もない空間から小さな花を出す。

「ほら、マイプレシャス。お花も泣かないでって言っているよ」

花を受け取ったはてなはたちまち笑顔になって師匠に抱きついた。

「ありがとう、ぱぱ！　だーいすき！」

そうか。そうだったんだな。

そもそも奇術師を志《こころざ》したのも、はてなに笑ってほしかったからだったんだ。

忘れてたわけじゃない。ただこの思い出が持つ意味を、ずっと見失っていた。

ずっと誰かを楽しませたい。誰かを笑顔にしたいと思って奇術師を目指してきた。

その始まりは、はてなだったんだ。

心がぽかぽかと温かくなるのを感じる。

心の中のもやがすうっと晴れて、見えなかった道が光で照らし出されたようだった。

「ありがとう、スマイルステッキ。君なんだろう？　この思い出を見せてくれたのは」

心の中でお礼を言う。それはスマイルステッキに伝わっているはずだ。

「おかげで、ちゃんと僕は自分がやりたいことを確信できたよ」

ずっとはてなと頑張りたい。

ずっとはてなの横にいたい。

そしてはてなの願いを叶《かな》えたい。

これまでは、はてなが幸せになるなら僕は一緒にいなくてもいいと思ったりもした。でもそうじゃない。僕ははてなの隣で、はてなを幸せにしたいんだ。

「だからこれからも力を貸してくれないか、相棒《あいぼう》」

モリガン先生の言葉通りだった。これまでの僕はひどく独善的で、スマイルステッキのことをただの道具としてしか見ていなかった。ちゃんと向き合っていなかった。

「今までごめん。ずっと僕を見守ってきてくれたのに、僕はそれに気づきもしないで……」

もしもスマイルステッキが僕を許してくれるなら、もう一度この手を取ってほしい。そんな願いを込めながら、僕は握手を求めるように手を伸ばした。

シャボン玉だらけの世界に、優しい風が吹いた。風はシャボン玉を揺らさないように、僕の伸ばした手だけを撫《な》でるように吹き抜けていった。

＊

「さあそれではご注目！　美少女の身体がなんと、真っ二つに――はいっ！」

ガシャコ、と手持ちの薄いアルミ製のギロチンを箱に差し込む。

「ナイスタイミングよ、真！」

次の日の放課後の練習で、僕とはてなの人体切断マジックは初めて成功した。

「これなら観客はしっかり驚いてくれるわ〜」

「今のはバッチリだった。これなら問題ないだろう」

正面から見てくれていたディナと松尾さんからも合格点をもらえた。

「やったね、真！」

箱から抜けだしたはてなが、僕に抱きついて一緒に喜んでくれる。

何か言いたげなディナに、僕はただ笑ってみせた。

どうしてできたのか。いや、どうしてできなかったのかが、今ならわかる。

僕はスマイルステッキを振った。

きらめくコインが手のひらの中に現れた。それを空中に投げると、たちまち一羽の白いハトに変って、視聴覚室の中をくるりと一周した後、僕の肩に止まってくるっぽーと鳴いた。

「真くん、カッコいいじゃない。昨日までとは見違えたって感じ」

松尾さんは、僕が奇術に成功したことじゃなくて、僕の振る舞いを褒めてくれた。それがなによりも嬉しい。その日の練習は、久しぶりに何の心配もなく楽しいものとなった。

その日、お屋敷に帰ってから、ディナに訊《き》かれた。

「つまり、モリガン先生の特訓の成果ってことでいいのか？」

「それもあるし、うーん、結局はみんなのおかげって感じかな」

僕は自分の心と向き合って、自分がどうしてそうなりたいのかを理解した。

その途端《とたん》、それまで僕自身について理解できてなかったことや、見失っていたこと、いろんなことが見えてきたんだ。

「こないだみんなで行ったケーキ屋で、藤吉郎が言っていたこと、憶《おぼ》えてる？」

「坂上くんが言ったこと？　ディナのスリーサイズの話？」

ディナがとっさに自分の胸をかばうようにして、僕に背を向けた。

「マコト、そんなことを気にしていたのか。ボクは軽蔑《けいべつ》するぞ」

「僕はそんなこと言ってないだろ！　藤吉郎の言ってたことっていうのは、僕が奇術師であるなら奇術はうまくいくのが当然だって話だよ！」

ディナのスリーサイズが全然気にならないかって言ったら少し気になるけど、それを今ここで素直に白状したらディナにもはてなにも殺されかねない。そのくらいの分別《ふんべつ》は、僕にだってつく。いや、つくようになった、のかな。

話を戻そう。

「僕は藤吉郎の言う通りだと思うんだ」

「それ、なんだかすごく騙されてる感じがするのって、あたしだけ？」

はてなが胡散臭《うさんくさ》そうな視線を向ける。

「藤吉郎が言ったからってわけじゃなくて、他にもいろいろあったんだ。いろいろあって考えて、あとからあいつの言う通りだなって理解できたっていうか」

精神世界で見た思い出のことは、さすがに恥ずかしくて言えなかったけれど。

僕はずっと、一人で空回《からまわ》りしていた。

必要なのは、成功するイメージだ。僕の手先の動きだけじゃない。アシスタントのはてなや、タネの小道具のこと。ステージを取り巻く状況。観客の驚いた顔までイメージして、無意識に叩き込まなきゃいけない。

「僕は一人じゃないってことを思い出したんだ」

「どういうこと？」

「イメージを想いが支える、とでも言えばいいのかな」

そうして最終的に行き着いたのが、僕は奇術師であるというイメージだった。イメージは僕の手を動かし、スマイルステッキに伝わって、現実となって世界を彩《いろど》る。奇術を失敗する可能性はあっても、奇術を失敗するイメージは必要ない。

ちょっと考えればわかることだったんだ。松尾さんが、自分の楽しみだけのために同好会に入ったわけじゃないのは知っている。奇術でみんなを笑顔にしたいっていう僕の気持ちに賛同してくれたからだ。桔梗院さんもディナも、二人の師匠たちも、星里家のみんなも、奇術に全然興味がない藤吉郎や林田くんでさえも、僕の気持ちを応援してくれている。

そして僕は、はてなと一緒にいるために、はてなを笑顔にするために奇術師であり、怪盗ハテナのパートナーでありたい。

スマイルステッキを失う？　そんなことはありえないんだ。

疑うことなんてどこにもないし、迷うことなんてなかった。

「ディナには特に心配かけたと思うけど、もう大丈夫」

　はてなが僕の額《ひたい》に手を当てた。

「何がどう大丈夫なのか、あたしには全然理解できないんだけど。先生に負けた時のあれ、打ちどころが悪かったのかも。どうしよう」

「どっちかっていうと、おかしくなってたのを直してもらった感じだね。ほら、調子が悪くなった機械って叩くと治る時があるだろ？」

　田舎《いなか》にいた頃は農作業用のトラクターなんかがしょっちゅう調子を悪くして、そうすると父さんと一緒にガンガン叩いたり飛び蹴りを食らわせたりしていた。

「とにかくモリガン先生に挑んだ時のあれはひどかった。現実を思い知らされたよ。あの人、本当にすごい魔女だったんだなあ」

　聞けばあの時、モリガン先生はアーティファクトどころか、ほんの少しの魔力も使っていなかったらしい。さながら合気道《あいきどう》みたいに僕ら自身の魔力を利用されただけだって、ジーヴスさんが説明してくれた。

　モリガン先生と戦った時の話を聞いて、ディナが唸《うな》る。

「そんなに一方的だったのか。見逃したのが悔《く》やまれる。マコト、参考までに聞きたいんだが、もう一度挑戦したら勝て――はしないまでも、一矢報《いっしむく》いることができると思うか？」

　考えるまでもなかった。

「冗談じゃない。二度とゴメンだ。命がいくつあっても足りないよ」

　僕が死ななかったのは、単にそうなったら先生がはてなに嫌われるからだって、その程度の理由に過ぎない。あの人に対しては、どうしたら勝てるかより、どうしたら戦わずに済むかを考えた方が現実的だし、それよりももっと差し迫った問題がある。

「それよりも、文化祭のステージの演出プランを考えようよ」

「あっ、それなら衣装もだよね？　あたし、可愛い衣装がいいなあ」

　それから夜遅くまで三人で話し合って、短い物語のようなものに沿って奇術を見せていくのがわかりやすいんじゃないかってことになった。

「正義の魔法使いとお姫様の逃避行なんてどう？　禁断の恋に落ちた魔法使いとお姫様、行く手を阻《はば》む障害を奇術で乗り越えていくの。最後はもちろんハッピーエンドよ」

　はてながうっとりと胸の前で手を合わせる。

え、それって僕が魔法使いで、はてながお姫さまってこと？　だとしたら、けっこう、いやかなりいい案かもしれない。

「いいじゃないか、カナ。それだと君たちの他に、追っ手のような悪役がいた方がいいな。その役はボクが引き受けようか」

　と、そこでディナが表情を曇《くも》らせた。

「ああ、この案はダメだ。他の演出プランを考えよう」

「えーっ、どうしてダメなの？　お姫様みたいなドレス、あたし着たいなあ」

　はてなが抗議の声を上げた。僕も抗議したい。なんでダメなんだ？

「今の筋をモリガン先生が見たら、どう思うだろうか」

僕とはてなは、はっとして顔を見合わせた。

「これって父様と母様の駆け落ちのお話、まんまだわ」

文化祭の当日には、モリガン先生は言わずもがな、衛師匠とメイヴさんも観覧《かんらん》に来てくれるだろう。その状況でステージを見て、二人が駆け落ちした一件を思い出したモリガン先生の怒りの矛先《ほこさき》がどこに向くか、想像に難《かた》くなかった。下手をしたら学園ごと消し飛びかねない。

「演出プランに関しては、改めて練り直そう。マツオやココミの意見も参考にしたいし」

「そ、そうよね。きっと、もっといい案があるわよね」

そうして、その日はお開きということになった。

自分の部屋に戻って、スマイルステッキを枕の下へとしまい込む。

こうして僕は見失っていた絆《きずな》を取り戻したんだ。

＊

今日の研究を終えて助手のリサが出ていくと、入れ代わりに別のお客がやってきた。

「お母様、いったいどういうつもりなの？」

「どういうつもりって、どの件について？」

そう答えるとメイヴは頬《ほお》に手を当てて、うーんと唸った。

「とりあえず、あの新しいメイドさんについて、どうするつもりか教えてちょうだい。なんだか複雑な関係っぽいけど、大丈夫なの？」

「嬉しいわ。わたしのこと心配してくれるのね」

メイヴはふるふると首を横に振る。

「してないけど」

「あ、そ」

わたしは使い終えた実験器具を棚に戻そうとして、少し背が届かない。使うときはリサに出してもらったんだっけ。どうやってしまおうかなと思っていると、メイヴはわたしの手から実験器具を取り上げると、それを棚の所定の位置へ置く。

「ウソよ。心配する必要なんてないってわかってても、やっぱり心配に決まってるでしょう。お母様、もしかしてあのメイドに殺されてもいいって思ってない？」

「思ってないない。面白《おもしろ》そうだから助手に雇《やと》っただけ」

「お母様こそウソばっかり。本当のことはひとつも話してくれないのね」

「ウソなんてついてないってば。おまんじゅう食べる？」

メイヴは差し出したお皿からおまんじゅうをひとつ取ると、悲しげな表情を浮かべた。

「じゃあ、殺すの？」

「あんたねぇ、実の母親を何だと思ってるわけ？　殺されたいか、そうでなければ殺すって、それじゃまるっきり正気を失っているじゃないの」

　黙ったまま、メイヴはもくもくとおまんじゅうを食べ続けている。

「はー、めんどくさ。そういうの、どこで覚えてくるの？　あのポンコツの仕込み？　里にいたころは、もうちょっと素直で可愛かったのになー」

「別に衛さんに言われて探りを入れに来たわけじゃないわ。本当に心配なのよ」

「じゃあ、わたしも本当のことを言うわね。駆け落ちの件は別に怒ってないし、あなたが幸せならそれでいい。孫も二人とも元気で可愛くって大満足。若返りの呪《のろ》いについても大体算段がついたし。それとあの子がアレを持ってる件だけど」

　お皿からおまんじゅうを取ろうとする手を止めて、メイヴが顔を上げた。

「別にどうするつもりもなかったのよ。元を辿れば、押しつけたのはわたしだし。でもね」

「でも？」

「気が変わった。やっぱり取り上げる方向でいくわ」

「どうして？」

「あんた、おまんじゅういくつ食べるのよ。食べすぎじゃない？　これ以上、太る気？」

「取り上げるって、おまんじゅうの話？　わたしはてっきり」

「違うけど」

　メイヴが何か言いたそうな顔でわたしを睨《にら》んでいる。怒ってるみたい。意外だった。自分以外の誰かのために、こんな表情もできるようになったのね。

　さらにメイヴは言った。

「おまんじゅうは返しません。わたし太ってないし、太らないし、わたしみたいのはグラマーって言うんですぅー」

あっ、口ごたえ！

「あんたが怒ってるのって、そっち？　太ってるって言われたから？　だって普段なに食べたら、そんなに胸ばっかり大きくなるわけ？　気になるでしょ、そんなの」

メイヴはもしゃもしゃとおまんじゅうを口に詰め込みながら、ぶるんと胸を張ってみせた。

「お母様が彼からあれを取り上げるつもりなら、星里家の総力を挙げて阻止します。子供たちの未来のためなら、お母様とだって戦う覚悟よ」

メイヴはそう言い残して研究室を出て行った。

わたしは、我が娘の成長ぶりに感慨《かんがい》を覚えていた。跳《は》ねっかえりのマライアはともかく、こんな世界の果てでメイヴと母娘《おやこ》ゲンカをするとは思わなかった。

「やっぱり来てよかったわ」

ただ、それとこれとは別の話。すべて計画通りに進んでいるのよ。

さあて、どうやって引っ掻《か》き回してやろうかしら。考え事には甘いものよね。そう思いながらおまんじゅうが載っていたお皿を見ると、そこには何も残っていなかった。

やってくれるじゃないの、メイヴ。

そっちがその気なら、こっちも好き勝手やらせてもらうわ。

第五幕

焦燥☆文化祭、当日

奇術の練習でどたばたしたせいか、少し埃《ほこり》っぽい視聴覚室で、ディナが言ったんだ。

「そうだ。悪者に奪われたお宝を奪い返す正義の怪盗、という筋書きはどうだろう」

「ちょっとディナ、それ本気で言ってるワケ!?」

はてなが目を白黒させて、案を出したディナを仰《あお》ぎ見る。

「本気も本気だとも。他にいい案があればそれにするが、そろそろ演出プランを固めないと、小道具の作成が間に合わなくなる」

「あら、素敵《すてき》じゃない。ちっちゃい子にもわかりやすくていいと思う」

僕とはてなが怪盗ハテナだってことを知らない松尾《まつお》さんが、ディナの案を褒《ほ》める。

はてなが口をパクパクさせながら、僕の方を向いた。

ごめん、これまで微妙な案しか出せなかった張本人である僕が、姉弟子《でし》の提案にケチをつけるのはなかなかに困難なミッションだ。ディナが話を続ける。

「この筋なら、キミたちも緊張せずにこなせるんじゃないかと思ったんだ」

「まあ、そうかもなあ」

練習を重ねて、人体切断の奇術そのものについてはかなり自信がついてきた。ただ、この上に演出としての演技が加わると思ったら、どんな筋書きでも僕がセリフをとちったり、構成を間違えたりっていう未来しか思い描けず、これまでまともな演出プランを提案できなかった。

「うん、それでいこうか。もう時間もないし」

「真《まこと》ってば、本気なの⁉」

それでも不安げなはてなに、ディナが小声で囁《ささや》く。

「本物の怪盗が、文化祭で怪盗を演じるなんて誰が思うもんか」

その言葉が決め手になったみたいで、はてなはその演出プランを承諾《しょうだく》してくれた。

初めてのステージに向けて、時計の針は着々と進んでいる。

*

「リサさん、こっちの段ボールを運んでもらってもいいですか？」

「わーエマくん、力持ちだね」

とある休日の昼下がり。廊下の掃除をしていると、桜井《さくらい》エマくんが三つ重ねたソファを片手に載《の》せながら、あたしに指示を出してきた。応接間とかにあるような重厚なデザインのやつで、一つだけでも相当に重いはず。それを軽々と持ち上げて運んでいく。

「聞こうと思ってたんだけど、それってやっぱアーティファクトよね？」

「ふふ、どうでしょう」

にこっと笑って、桜井エマは先に歩いていった。どうやら教えるつもりはないらしい。ただの少女の筋肉量では決してできないから、アーティファクトなのは間違いない。それくらいあの子もわかっているだろう。なのにアーティファクトかどうかすら教えようとしないということは、これはつまり自分に対して何も探るなというやんわりとした拒絶だ。

「う～ん、分解したい」

おっと、思わず口走ってしまった。

あんなに素敵なアーティファクトを見せられて、気にするなと言われても言われた方が困る。エマくんのそれは、あたしのスーツに近いようなモノかもしれない。仮に筋力増強とかだったらあたしの得意分野だ。ぜひとも参考にしたいが、拒絶している相手にくれと言ってもくれるわけもないので、今は止《や》めておこう。きっと機会はあるはずだ。

「あたしはこっちの小物、ね」

大量の小さな段ボール箱は地味に面倒《めんどう》くさそうだ。軽いのはいいけど量が多い。でもソファなんて運べないから、こっちをやるしかない。

「よっ！　ってクッソ重いじゃないの」

そりゃあソファなんて運べないけどさ。

でも何が入ってるか知らないけど、段ボールだって充分重いじゃん！

こうなったらあたしもアーティファクトで運んでやる。

　思い立ったあたしは、段ボールを置いて自分の部屋へとダッシュした。そしてモノを持ち運ぶのに適当なアーティファクトを見繕《みつくろ》う。対象を軽くする、疲労を感じない、その辺《あた》りが妥当《だとう》だろう。エマくんのものには敵《かな》わないが、今はこれで充分。

「あたしだってこのくらい、アーティファクトでできちゃうんだから」

　廊下に戻り、あたしは段ボールを持ち上げる。さっきと違って、一つなら軽々と持ち上がった。これならまだまだいけそう。

　何度も往復するのは嫌だったから、あたしは段ボールを五つ積み上げ、一気に持ち上げることにした。やっぱり効率よくいかないとね。

「おっ、結構重い……でも、あたしはできる子っ」

　渾身《こんしん》の力を込めて勢いよく立ち上がる！

「うっりゃあああーっ！」

　さすがあたし、完璧《かんぺき》に持ち上がった！

　がっしゃあああんっ！

　手からすっぽ抜けた段ボールが、廊下の窓ガラスを突き破っていった。

「やっべ」

　勢いをつけすぎたせいで、思いっきり手からすっぽ抜けてしまった。段ボールの中身は大量のジャガイモだったようで、廊下にはガラスの破片とジャガイモが散乱するカオスな状況になってしまった。なるほど、見事な分散系のモデルを作り出してしまった。

「うわ、足の踏み場がないじゃない」

と、そのタイミングで現れたのは星里《ほしさと》家のニート……じゃなかった、居候《いそうろう》のマライアさんだ。いつもぐずぐずのスウェット姿でお酒を飲んでいる残念な人だ。でも魔術とかの知識はめっちゃ詳《くわ》しいから、ちょいちょい教えてもらってたりする。

「リサ、またあなたなの？」

「ちょうどいいところに、マライアさん」

「何よ、おいも拾うのなんて手伝わないわよ」

「違います。ジャガイモなんてどうでもいいので、あたしを助けてください」

中腰のままの体勢のあたしに、マライアさんは怪訝《けげん》そうな顔を向けてくる。別にあたしだって好きでこんなポーズを取っているわけじゃない。

「腰がピキったんです。動けないんです」

＊

僕の機嫌は上々だった。

今日の同好会の練習もとても充実していたし、ここのところ何を食べても美味《おい》しいと感じる。気の持ちようってすごいなあ。ちょっと悩みが解消しただけで、これだもの。

「真、楽しそうね」

「いろんなことがうまく進んでるんだ。楽しくもなるよ」

苦労してきたことが嚙《か》み合って、やっと前に進んでいるような気がする。

この数日、リサさんがスマイルステッキを奪いに来ないというのも、気持ちが軽い要因の一つだった。お屋敷の中で目を合わせると「分解させて」とは言うんだけど、前みたいにお風呂に突入してきたり、ベッドに潜り込んできたりってこともない。

帰り際、学園の花壇の前を通りがかった時だった。

「モリガン先生、こんなところで何してるんですか？」

花壇の中で、モリガン先生がせっせと何かの作業をしていた。ちょっとサイズが大きめの麦わら帽子が、なんとも可愛《かわい》らしい。

「あ、ちょうどいいところに来た。あなたたち、ちょっと手伝ってくれない？」

「手伝うのはいいけど、何をすればいいの？」

モリガン先生が、僕とはてなの前に小さな封筒のようなものを差し出した。

「種《たね》よ。薬草の手持ちが少なくなってきたから、学園の使ってない花壇を借りて栽培しようと思って。ちゃんと許可は得てるから安心して」

受け取った紙の封筒にはニンジンみたいなイラストと、アルファベットではない文字が描かれている。もちろん読めなかった。中には、黒っぽい小さい種がいっぱい入っている。

「これ、薬草の種なんですか」

「土に小さい穴を掘って、3～4粒ずつくらい蒔《ま》くの。こういう感じ」

モリガン先生はしゃがんで、小さいスコップで花壇に穴をあける。それから袋の中から何粒かの種を摘《つ》まんで穴に入れると、またスコップで土をかけて元通りにした。

「じゃあ、あたしはこっちから蒔いていくから、真は逆側から蒔いていって」

「わかった。いいよ」

僕は足元に置いてあった籠《かご》からスコップを取り上げると、先生と同じように種を蒔いていく。花壇の真ん中ではてなと合流するくらいでちょうど種がなくなったので、僕は袋をくしゃっと丸めて、うーん、この辺りにゴミ箱はないみたいだから、あとで捨てておこう。そう思って、種の袋を制服のポケットに押し込んだ。

「特製の肥料をまいたから明日には芽が出るし、三日くらいしたら間引《まび》きしなくちゃね」

先生は、笑ってそう言っていた。

それが三日前のことで、さっきお屋敷から帰宅したばかりの僕が執事《しつじ》服に着替えようとした時、ポケットに突っ込んだまま忘れていた種の袋に気づいたのが、たった今のことだ。

「薬草って言ってたけど、どういう薬草なんだろう」

ふと気になって、僕はくしゃくしゃになった紙の袋を広げると、スマートフォンで写真を撮った。その画像を、今度はそのままネットの画像検索にかける。便利な時代になったよなあ。検索結果には、やっぱり知らない国の文字が並んでいて、それも一発で翻訳できる。

「マンドラゴラっていう薬草なのか」

表示させたサイトに、マンドラゴラの説明が続いている。なになに？

「わずかな毒性があるが、強心作用や解毒作用が認められる。形はニンジンに似ていて、土から抜き抜かれるときに断末魔《だんまつま》のような叫び声を発する。この声を人が聴くと死ぬ」

へえ、死ぬんだ。

って、死ぬ？　モリガン先生は、そんなものを学園の花壇で栽培してるのか？　え、三日くらいしたら間引くって言ってなかった？　今日くらいじゃないか。先生はもちろんマンドラゴラのことを知ってるだろうけど、近くに誰かいたらヤバいんじゃないか？

僕は着替えるのを中断して制服の上着を摑《つか》むと、慌《あわ》ててお屋敷を飛び出した。

ドリフト気味に門を駆け抜けて、モリガン先生の花壇を目指してダッシュする。誰もいませんように。まだマンドラゴラが抜かれていませんように。

そんな祈りは神様に完全にスルーされたらしく、遙《はる》か向こうに見える花壇にモリガン先生と、誰だろう、制服を着た男子生徒の姿が見えた。男子生徒は腰をかがめて、今まさに何かを引き抜くような動作をしている。

「それを抜いちゃだめだ！」

僕の叫び声が届いたみたいで、その男子生徒はこっちを振り返りながら立ち上がり、そのまま小さなマンドラゴラの苗を引き抜いてしまった。

『なによっ、アンタのために育ったわけじゃないんだからねっ』

男子生徒の手の中で、マンドラゴラはそう言ってプイっと顔（？）を背《そむ》けた。

なにこれ。

「おう、真じゃねーか。お前も花壇の手伝いに来たのか？」

そこにいたのは藤吉郎《とうきちろう》だった。

「いや、その、それ、マンドラゴラ」

「ふうん、マンドラゴラっていうのか、このニンジン」

藤吉郎がぐったりしているマンドラゴラを摘まみ上げる。

「断末魔を聞くと、あの、死ぬって」

「死んでないけど。つうか、断末魔っててんでもねーだろ。ツンデレで可愛いもんだぜ」

「あー、うん。死んでないし、ツンデレだね」

薬草が喋《しゃべ》るのは気にならないのか。あと可愛くはないと思うよ。ニンジンだし。

そこに、モリガン先生が、スコップを片手にとことことやってきた。

「どうしたの？　えっちな形のマンドラゴラでもあった？」

僕は額《ひたい》の汗《あせ》を拭《ぬぐ》いながら、先生に説明を求めた。

つまり、こういうことらしい。

「養殖用に毒性を弱めた品種だから、断末魔を聞いても死んだりしないわ。第一、そんな危ないものを学園の花壇に植えるわけないでしょ」

藤吉郎は笑ってたけど、僕は頷《うなず》けなかった。

先週、グラウンドいっぱいにライン引きで『脳みそがところてんになる装置』の設計図を描き散らしたのは誰だったか。モリガン先生は、その真ん中にビーチチェアを置いて、水着姿でトロピカルドリンクを飲んでは、のんびりと設計図を手直ししていた。

あの設計図が偽物《にせもの》だと思うほど、僕はお人好《ひとよ》しじゃない。

先生は他にも、授業の予定をすっ飛ばして『好きな人を意のままに操《あやつ》るお守りの作り方』なんかを教えようとしたり、勝手に生徒を校外に連れ出して社会見学を強行したり、つまりお屋敷にいる時とちっとも変わらない振る舞いで、一部の先生や父兄にはめちゃめちゃ不評を買い、生徒たち全員から絶大な人気を得ていた。

ちなみにお守りを作ろうとした授業は、いろんな外国の民話や、そういったおまじないを悪用しようとして破滅した王様の話なんかもあって、とても面白《おもしろ》かった。「のろい」と「まじない」は同じ漢字をあてるのよ、という先生の言葉を聞いて、結局お守りを作るのはやめましょうってなったんだけど、あれも本物だったと僕は思ってる。

「せっかくだから、真も手伝っていけよ。間引きしたニンジン、カレーに入れるとうまいし、体にもいいんだってさ。何せ薬草だもんな」

藤吉郎が、さわやかな笑顔でそう言った。

『あたしがハート形なのは偶然なんだからねっ』

『男の子なんて大っきらい！　……あんたは別だけど』

『はあ？　あんたが欲しそうな顔するから、お情けで育っただけだから！』

等々の可愛らしい断末魔を聞きながら、夕日が沈んでいく。

今日も平和でなによりだと思った。

＊

なんだか真くんが、すごい勢いでお屋敷を出て行ったような。何かあったのかしら？

「だからって、なんで私がこんなことしなきゃいけないのよ、ったく」

ぶーぶーと文句を言いながらも、マライアさんがあたしを部屋に運んでくれた。人生初のお姫様抱っこをしてくれるのがこんな絶世の美女だなんて、ちょっと惚《ほ》れてしまいそう。

「で、ウチにあるアーティファクトはどう？　研究は進んでんの？」

「調べは進んでます。ただ知れば知るほど異常なものばかりなんですけど」

ベッドの上で仰《あお》向《む》けになりながら、あたしは呟《つぶや》く。この屋敷に潜《もぐ》りこんだ目的が、あるアーティファクトの研究のためということはあっさりバレていた。そして、それを知りながらマライアさんはあたしに協力的だ。魔術について教えてもくれるし、何なら自分のアーティファクトを見せてくれたりもする。

出会ってそんなに時間も経《た》っていないから、あたしを信用しているわけではないだろう。どちらかと言うと、盗み出せないだろう、使いこなせないだろうという前提があるのかもしれない。ちっ、なめやがって。

「異常ってどういうこと？」

マライアさんが訊《き》いた。つまり彼女は、ここにあるアーティファクトを異常だとは思っていないということになる。それがちくちくと逆立つニットのセーターのように、ほんの少しだけ、でも常《つね》にあたしの心を逆立たせていた。

調べれば調べるほど、あたしのお母さんの作ったアーティファクトとは桁違《けたちが》いなシロモノだと気づかされていく。

「果菜《かな》くんのマフラーといい、真くんのステッキといい、何なんですか。あんなの人の手で作り出せるとは到底《とうてい》思えない。まるでオーパーツ、正しくアーティファクトじゃないですか」

「そうよ。あなたがそう思うのは正しいと思うわ。だから何考えてるのか知らないけど、もう諦《あきら》めちゃいなさい」

「諦めるなんてできません。ここ以上の就職先なんてないですし」

「あなた仕事なんてそっちのけでしょうが。少しはメイドとしてちゃんと働きなさいよ」

「マライアさんに働けって言われるとモヤるなあ。それにあたしは仕事中に腰をやってしまいました。労災認定お願いします」

「あなたほんと、いい度胸《どきょう》してるわ」

マライアさんは立ち上がると、あたしに指を向けて呟いた。

「ちなみに労災認定は下りないわ。腰、なんともないでしょ？」

「えっ？　腰のピキみが……あれ、全然痛くない!?」

いつの間にかマライアさんがあたしの腰を治してくれたということだろうか。とするならこれはもちろん、アーティファクトの力だ。

「ちゃんと仕事したら、このアーティファクトも後で見せてあげる」

「そんなに協力してくれるんなら、何か一つくらいくれてもいいじゃないですか」

「協力してるんじゃなくて、私はあなたに諦めてほしくて言ってるのよ」

そこまで言って、マライアさんは口をつぐんだ。

「って、簡単に諦めきれるわけもない、か」

「そうですよ。あたしは絶対に諦めません」

アーティファクトのクラフターだったお母さんが、それを受け継いだあたしが、歩んできた道は間違っていなかったと証明するんだ。

けれど調べれば調べるほど、レルータ謹製《きんせい》のアーティファクトはどれも凄《すさ》まじいもので、あたしはおろかお母さんのアーティファクトですら敵わないものばかりだと思い知らされる。

だからこそ、何とか光明をこの手に掴みたい。何か一つの手がかりさえあれば、あたしだってレルータのアーティファクトに負けないものが作れるはずなんだ。

「で、世界中にアーティファクトを普及させるんだっけ？」

「そうです。それがエンジニアとしての正しい復讐《ふくしゅう》の仕方ってものでしょう？」

「復讐ねー。私にはわからない感情だわ」

呆《あき》れるマライアさんに、あたしは言った。

「あたしだってモリガン・レルータのようになれるはず」

その言葉を口にした時、マライアさんの瞳《ひとみ》がひどく憐《あわ》れみに揺れたように見えた。

瞬間、胸の奥がざわついた。

それが何なのかを理解するより先に、マライアさんが口を開いた。

「あなた、モリガン・レルータをそばで見ていて何も感じないの？」

「もちろん感じますよ。レルータの長《おさ》にして、魔術における天才ですから」

「天才、ね」

あたしの言葉を、マライアさんは残念そうに反芻《はんすう》した。

「あの人には数々の異名《いみょう》があるけれど、そのどれも形容するには足りていないわ。そして形容しきれることなんて絶対にない。天才という言葉すら、あの人を一ミリも説明できてない」

自分の肩を抱くような仕草《しぐさ》で、マライアさんが語る。

異名というものは、その対象を形容しようとした結果の表現だ。けど形容ができないのであれば、理解がおぼつかないのであれば、底が知れないのであれば、そこに名前をつけることはできない。

「じゃあマライアさんは、先生のことをなんて呼ぶのが適切だって思うんです？」

「人間にはこういう時にこそ使える、便利な表現があるでしょうよ」

マライアさんは肩を抱いたまま、ため息混じりにそう呟いた。

形容も理解もできない、畏《おそ》れすら抱けるものに対して、人はなんと表現していたっけ。

ああ、そうだ。人はこういう存在をこう呼ぶのだ。

モンスターと。

「あれは化け物よ。おとぎ話にでてくるような」

マライアさんは、そう言ってにっこりと微笑《ほほえ》んだ。

たぶん、この話を続けても楽しくならないって、そんな気がした。

腰もなんともないし、いい加減仕事に戻らないとマズイと気づいたあたしは、マライアさんを置き去りにして、派手《はで》に散らかした廊下へと戻った。

モリガン・レルータは化け物である。

確かに魔術において、アーティファクトにおいて、彼女は化け物じみている。この屋敷のアーティファクトを見れば、あたしなんてまだまだなんて嫌でも思い知らされる。でも到達できない高みにいるだなんて思わない。

そんなことを考えながら角を曲がると、廊下は何事もなかったかのように、しんと静まりかえっていた。

「よかった、怒られずに済む～」

と思ってすぐ、あたしは気づいた。

廊下に散乱していたはずのガラスもジャガイモも、何もないことに。

いや、十五分だ。エマくんかジーヴスさんが片付けていたとしてもおかしくはない。

でも、割れたはずの窓がまったく壊れていないというのは、さすがに異常ではないだろうか。

新品に取り替えた？　こんな短時間でそんなことできっこない。やっぱりこれは、アーティファクトだろう。おそらくは修復する類《たぐい》の。

「さすが星里家。何でもありってわけか」

この屋敷にはあたしに限らず、全人類の欲しいものがすべて揃《そろ》ってるんじゃないだろうか。

そう思わずにはいられない。

その時だった。スナック菓子の袋を抱えながら、モリガン・レルータが通りかかったのは。

「もぐもぐ。日本のポテチはやっぱり最高ね。レルータにもこれ輸入させたいわー。そうね、お菓子工場のコンベアの先を直接里と繋《つな》げて……」

「あっ、モリガン——じゃなかった、先生」

「ん？　ああリサ、何か用？」

「いえ、その辺り、さっきあたしが窓を割っちゃったので、破片とか落ちてるかもしれません。なので気をつけてください」

「破片？　そんなもの落ちてるわけないじゃない」

ポテチを食べ続けながら、モリガン・レルータがつまらなそうに言った。

「やっぱり修復系のアーティファクトですか？」

「違う違う、ジーヴスがいれば修復のアーティファクトを使う必要もないでしょ」

「ジーヴスさん、ですか？　確かにあの方は執事として完璧《かんぺき》な方ですけど、ああ、執事になる前はガラス職人さんだったとか。それとも割れたガラス回収選手権の世界王者？」

「だから違うっての。この屋敷もジーヴスもアーティファクトなの。だから窓を割ろうがガラスが飛び散ろうが、そんな変化なんてあっという間に元通りにするって話」

ポテチの粉がついた指をペロッと舐めて、モリガン・レルータが笑う。

「はい？　このお屋敷とジーヴスさんが、アーティファクト？」

聞き間違いじゃないかと耳を疑った。

アーティファクトとは人間が使う道具だ。だから必然的にこう、手にできるものを想像してしまっていた。それが屋敷と執事ときたもんだ。そんなもの、思い至《いた》るわけがない。

というか、屋敷と人間の姿をした存在のアーティファクトなんて、想像できても創造なんてできるわけがない。

「待ってください。お屋敷がアーティファクトというのは理解できます。でもジーヴスさんがアーティファクトって言うのはおかしくないですか？　だって歩いてるし喋《しゃべ》ってるし」

そんな高性能のＡＩは、世界中のどの企業だって研究機関だって開発できていない。

「まあ、妖精みたいなものよ。あんまり深く考えなくていいんじゃない？」

妖精みたいなもの、と化け物が言った。

桁違いだとは思っていた。それでもいつかは到達できるとも思っていた。

でもこれは、なんだ？　およそ人智を超えすぎている。

これがモリガン・レルータなのか。

数々の異名を持ちながら、それでも何一つ的確に形容できない、理解の外の存在。

化け物だなんて、生易《なまやさ》しいにも程がある。これを人は、神とかって呼ぶんじゃないのか。

お母さんの残したアーティファクトのノートなんて、モリガン・レルータにとってはきっと落書きと大差ないだろう。

とするならば、あたしが作り上げたアーティファクトも夏休みの自由工作程度か。

「ねえリサ、このポテチさあ、別の味も食べてみたいんだけど買ってきてくんないかなー」

「先生、いやモリガン・レルータ。どうか教えて」

我慢《がまん》ができなくて、あたしは思わず尋《たず》ねてしまっていた。

頭の隅《すみ》ではそれを聞かない方がいいと警鐘《けいしょう》が鳴っていたのに。

「どうしたらあなたのようになれる?」

あたしの問いに、モリガン・レルータは一瞬だけ呆《ほう》けたような顔を見せた。

それはあまりにも馬鹿《ばか》げた質問すぎて今まで誰もしてこなかったから、そこに対して答えを持っていなかったかのような。

「ああ、工芸魔術師としてって意味で?」

「教えて。あたしがそこに到達するにはどうしたらいいのかを」

「そうね、二百年くらい真面目《まじめ》に修行すればいいんじゃない? あなた才能はあるんだし」

けろっとした顔で、モリガン・レルータが嗤《わら》う。

「二百年? そんな冗談――」

「冗談なもんですか。修行を怠《おこた》らなければ、そのくらいの短期間でいけるいける。でさ、ポテチが欲しいんだけど」

「バカにしないで!」

あたしは涙が溢《あふ》れそうになるのを堪《こら》えながら、踵《きびす》を返して走り出した。

二百年なんて普通の人間に生きられるわけがない。つまりモリガン・レルータは、あたしには到達不可能だと宣言したってことだ。

工芸魔術師だったお母さんが、それを受け継いだあたしが、歩んできた道は間違っていなかったと証明する。その道は間違っていなかった。

ただ、果てしなくまっすぐ続くその道の、地平線の果てにすらモリガン・レルータの姿はなかった。あれは、おとぎ話に出てくる化け物なのだから。

「リサー、あのね、ポテチ……」

そんな言葉が余韻《よいん》として残ることが、さらにあたしの心を打ちのめした。

＊

「ふはははは！　来たな怪盗ハテナ！　今日こそは負けないぞ!!」

やられ役のようなセリフを吐きながら、悠《ゆう》さん――ヒーローが僕とはてなにビシッと指を突きつける。

街に流出したアーティファクトを回収するため、今日も怪盗ハテナとして現場の河原に駆けつけた僕たちだったけど、やっぱりヒーローに先を越されていた。和解もしたし目的も似たようなものだから、もう競い合う必要はないと思うんだけど、ヒーローとしてはそうはいかないらしい。

「ふーんだ！　ヒーローなんかに負けてあげないんだから！」

はてなもはてなで協力という文字は浮かばないようで、ヒーローの挑発をもろに受けて立つ格好《かっこう》だ。

「あの、ヒーロー」

「む、何だね怪盗ハテナのパートナー」

「いや、二人で怪盗ハテナなんですけど……ってそれはいいや。あの、肝心《かんじん》のアーティファクトはどこに？」

軽く見渡す限り、事件っぽい光景はこの河原に見当たらない。遠くではサッカーをやっている子どもたちや、バーベキューをやっている人たちが見えるし、土手を見上げれば犬を散歩させるおじいちゃんやサイクリストが見える。のどかな休日そのものだ。

「ふっ、よく見たまえ」

僕の質問に、ヒーローは自分の背後を親指で示した。

橋が渡されているだけだけど。

「真、あれ」

「あっ」

よく見ると、橋から男の人が宙づりにされている。その人はこちらの目線に気づくと、しきりに放せと騒ぎ出した。

「あの男は、投げれば魚がすぐに食いつくルアーのアーティファクトを使っていたのだ」

「それって、あんまり害はなさそうですね」

はてなが僕の袖《そで》を引っ張りながら言った。

「でも、そんなもの使われたら川の生態系が壊されちゃうわ」

ヒーローがはてなの意見に同調する。

「釣りというのはロマンだぞ！　人間と魚の真剣勝負だ。それをアーティファクトに頼るなど言語道断《ごんごどうだん》！　ズルいじゃないか。ボウズだった時の私の気持ちも察してほしい！」

あー、ヒーローっていうか悠さん、釣りもたしなむのか。

ヒーローの方はともかく、はてなの言う理屈はわからないでもない。けれど、だからと言って橋の真ん中に宙づりってのはやりすぎなんじゃないかなあ。

「ターゲットを捕まえたってことは、アーティファクトは回収済みなんですよね？　だったら、あの人は降ろしてあげてもいいんじゃないですか」

「わかってないな君は。こうして待っていたのは、怪盗ハテナと決着をつけようという心意気の表れだと、どうしてわからないのだ」

「そうよ真、ちゃんとヒーローと決着つけて、もう邪魔させないようにしなきゃ」

二人の勢いに、決着なんてつけなくても、とは言い出せなかった。

どちらにしろアーティファクトは回収済みなんだから、ここは言い争うよりもさっさと決着でもなんでもつけて、一刻も早くあの人を降ろしてあげなくちゃ。

「というわけで、今日の勝負は——」

ヒーローが提示した勝負内容は、川の向こうの駄菓子屋に行って、早くお菓子を買って帰ってきた方の勝ちというものだった。

「よし、考え方を変えよう。そうしよう」

怪盗ハテナとしてレベルアップできているかを知るには、ちょうどいい機会だ。

特に今の僕は、スマイルステッキとちゃんと心を通わせられているか、それを確かめたくてしょうがないんだ。

橋を使うか川を直接渡るか、はたまた相手の出方を見て妨害するか——その辺を考えると、今回の勝負は意外と大変そうな予感はある。

手の中のステッキに目を落とし、僕は心の中で「よろしくな、相棒《あいぼう》」と語りかける。

こうして、怪盗ハテナとヒーローの対決が、今日も始まった。

「あたしたちの勝ちよ、ヒーロー！」

四つん這《ば》いになって飲み過ぎた水を吐き出しているヒーローに、はてながピースしながら勝利を宣言する。僕もはてなもびしょ濡《ぬ》れになっちゃったりはしたけど、それでも力を合わせてヒーローに勝利することができたのだった。

「この調子で頑張ろうね、真」

「うん！」

アーティファクトと心を通わせる——少しずつだけど、できてきている気がする。よし、この調子で頑張っていこう！

＊

「よし、この増幅回路を腕輪に仕込んで、っと」

零時《れい じ》も回った真夜中、あたしは自分の部屋で今夜もアーティファクトの改造に勤《いそ》しむ。これまで街の色々な者たちにモニターしてもらった結果を経《へ》ての、あたし自身の装備の改造だ。

あたしの作るアーティファクトは、大した力を持たない。モリガン・レルータの作るそれに比べたら、それこそゴミみたいなものだろう。

「あちちち、焦《あせ》るな焦るな。ハンダの吸い取り線はどこに置いたっけ？」

でも、あたしにはあたしなりのやり方がある。この屋敷に来てから、魔術と現代技術を組み合わせたようなガジェットはひとつも見なかった。アーティファクトは、それひとつでアーティファクトとして完結しているという設計思想が、モリガン・レルータの教えからも垣間見《かいまみ》える。彼らにとって、アーティファクトとはそういうものなのだ。

あたしにすればどうしてそういう発想に至《いた》らないのか不思議でならないのだけど、小さなアーティファクトを組み合わせて大きな力を生み出し、あるいは制御《せいぎょ》する。使えるものは何でも使え。モーターに、エンジンに、センサーにアーティファクトを組み込む。構造は単純に、設計は複雑に、というのがあたしの身上だ。

モリガン・レルータめ、あたしをそばに置いて勉強させたのが間違いだったと気づかせてあげるんだから。

ブレスレットにアンクレットに指輪、それにお母さんのネックレス。あらゆる装飾品にそれぞれの能力を込めて、パワーアップさせていく。制御は各パーツに組み込んだコンピューターチップを、自作のアプリでスマートフォンから操作する。

「もうすぐよ、モリガン・レルータ」

ポテチをドカ食いしながら、あたしは自分でも気づかないうちに笑っていた。

とりあえずムカついたからモリガン・レルータが欲しがっていたポテチは、近所のスーパーやコンビニを全部回って買い占めておいた。手に入らなくて悔《くや》しがる様《さま》が目に浮かぶようで、あたしの傷ついた心も幾分《いくぶん》収まろうというもの。

「うー、もうポテチ食べたくない……」

あたしは生粋《きっすい》の夜型なので、作業は深夜の方が捗《はかど》る。昼間はメイドや助手のお仕事があるし、そうせざるを得ない。そして深夜にポテチを食べまくると、マジで胸焼けが止まらない。さらに今月の生活費がピンチだ。でも気にしない。そこに論理的な矛盾は一切ないから。

「これでまずは弱そうな奴《やつ》からアーティファクトを奪って、どんどんあたしのモノにしていってやるんだから」

そうやって、自分の作ったアーティファクトにやられればいいんだ。

その時の様を想像しながら、あたしは装備の改造に没頭するのだった。

＊

文化祭当日の朝。はてなと一緒に学園へ向かおうとしたら、玄関ホールにみんなが集まっていた。メイヴさんと衛師匠《まもるししょう》、夢未《ゆめみ》ちゃんにジーヴスさんもいる。

「いってらっしゃい、みんな」

メイヴさんがいつもと変わらない柔らかな笑顔で、手を振ってくれた。

「兄様、ステージがんばって」

「ありがとう、夢未ちゃん」

今日の舞台の成功を祈ってくれる夢未ちゃんと握手を交わす。

「ステージは午後だね。メイヴと夢未を連れて見に行くよ。ああ、自分の弟子の初舞台だなんて、自分の時より緊張するなあ」

「真様なら心配ないでしょう。残念ながら私は屋敷を離れられないので行けませんが」

「ビデオも撮るつもりだから、あとでみんなで見ましょう」

衛師匠とジーヴスさん、メイヴさんが僕を励《はげ》ましてくれた。

そこに、はてなが割って入る。

「あたしには何もないの？　あたしにも何か言ってほしいなっ」

「姉様は、真兄様の足を引っ張らないように」

「そ、そんなことしないわ。いっぱい練習したんだもの」

「わかってる。果菜の晴れ舞台でもあるんですもの。とても楽しみにしてるのよ」

「みんな、ステージを見たらびっくりすると思う。ね、真？」

はてなの言葉に、僕は大きく頷いてみせた。やれることはすべてやったって実感がある。今はただ、早くみんなに練習の成果を見せたいって気分だ。

「二人とも、遅刻するわよー」

玄関のドアの前で、モリガン先生が僕らを急《せ》かす。

「それじゃあ、いってきます！」

「気をつけるんだよ、マイプレシャス。もちろん真クンもね」

衛師匠の朗《ほが》らかな笑顔に、僕はしっかりと頷いてみせる。衛師匠の言葉は、いつだって心強く僕の背中を押してくれる。

スマイルステッキとの関係も良好だし、人体切断マジックもほぼミスがないようにできるまでになった。今日はバッチリやれそうな気がするぞ。

気持ちが高ぶるのを抑えながら、僕は玄関に向かって歩き始めた。

しかし一歩踏み出したところで、突然上から何かが降ってきたんだ。

「え、なに？」

玄関先にいるモリガン先生と、僕とはてなの間に降ってきたのは、なんとリサさんだった。

リサさんはまるでゾンビのように頭と両手をだらりと下げ、荒い呼吸を繰り返していた。

何となく嫌な予感がする。

「ねえ真くん。そのアーティファクト、あたしに頂戴《ちょうだい》？」

首を上げこっちを向くリサさんの瞳は、いつもの彼女のそれではなかった。

表情は笑顔なのに、必死というか追いつめられているというか、焦りを感じる。

「そんなこと言われても、これだけはダメです」

僕は何だか異様な雰囲気《ふんいき》を感じて、リサさんから一歩後ずさる。後ずさった分、リサさんが僕に迫った。やっぱり様子がおかしい。

「あたし、行き詰っちゃってさあ。もうキミのそれを分解するしかなくってね？」

僕は答える代わりに背後を振り返った。

「スマイルステッキを分解するだなんて、どうして？」

はてながリサさんに向かって訊く。

「そんなの決まってるじゃない。モリガン・レルータに一泡《ひとあわ》吹かすためよ」

リサさんが叫んだ瞬間、明らかに緊張の糸が一気に張り詰めた。

不穏《ふおん》な空気を感じ取った夢未ちゃんが、メイヴさんに抱きつく。衛師匠、そしてジーヴスさんが青ざめた顔でこっちを見ている。きっと、リサさんのことを心配してるんだろう。

そんな中で、モリガン先生だけが平然としている。

「ふーん」

モリガン先生は、どこまでも興味なさそうな声でそう呟いた。

「どこまでも忌々《いまいま》しい……モリガン・レルータ、あなただけが世界の時間を一人で勝手に進めているんです。それをあたしが正常な時間まで戻してあげます」

「焦るなって言ったのに。リサ、あなた自分のアーティファクトに呑《の》まれたわね」

先生は、やれやれと言った感じで肩をすくめている。

「呑まれたって、どういうことですか？」

「この子は自分で作ったアーティファクトを使っているわ。見たところ、機能は身体能力の増幅とか、まあそういうアレね」

そこまで言って、モリガン先生がため息をつく。

「先生、今、説明を省略しませんでした？」

「重要なのは、そこじゃないわ。問題は代償《ゲッシュ》よ」

代償。アーティファクトを使うために、支払わなければならないもの。

僕のスマイルステッキ、そしてはてなのマフくんは、それを使うために『体温の上昇』という代償を支払わなければならない。エマさんのメイド服なら『睡眠』だ。

「風抜《かざぬき》くんのアーティファクトの強化版なのね。あれとは比べものにならないくらい、増幅の度合いは桁違いだけど。そしてアーティファクトは、そのパワーが大きくなればなるほど多量の代償を必要とするんだけど」

「リサさんのアーティファクトの代償って、何なんですか？」

「思い込み」

「思い込み？　どういうことですか？」

「風抜君のアーティファクトを調べてわかったんだけど、身体能力を高めるために魔術的なサポートだけじゃなくて、神経操作をしてるのよ。人間が無意識に行っている肉体のリミッターを外してるのね。で、それの副作用が出てる。自分の思い込みがどんどん強烈になって、人の意見を聞かなくなっちゃうの。意図してそういう代償に設定したのかは知らないけれど、珍《めずら》しいタイプだわ」

モリガン先生が感心したように言う。

「あははっ。自分で扱える範囲を超えて、アーティファクトを強化しすぎちゃったのね」

笑ってる場合じゃないでしょうと思うのと同時に、その話に覚えがあった。ヒーロー活動を続けようとした悠さんは、僕の話を全く聞き入れなかった。あれと同じなのか。

「それって暴走って言うんじゃないの？」

「そんな風に一言で済ませられる話じゃないわ。カナ、よく見ておきなさい。あれがメイヴやあなたが抗《あらが》おうとしている運命の正体、アーティファクトが生む悲劇そのものよ」

前のめりになって僕に迫ろうとするリサさん。かなりヤバい雰囲気だ。

でも、僕も、きっとはてなも、モリガン先生がどうにかしてくれると思っていた。

そう思っていたんだけど――

「まあ、いいわ。お望み通り、手出ししないで見ていてあげる。正々堂々と戦って、欲しいものを手に入れなさい」

「そんな、先生⁉」

思わず振り返った僕に、先生は言ったんだ。

「さっきも言ったでしょう？　それは確かにリサだけど、リサではないわ。あなたが今後もアーティファクトを持ち続けるなら、いくらでも同じことが起きるでしょう。それが宿命、だから悲劇なのよ。それに耐えられないなら、アーティファクトを手放しなさい」

アーティファクト使いとしての宿命。その言葉が胸に突き刺さった。

「そういうわけだから、手出し無用よ。当人同士で解決すべきだわ」

モリガン先生が、見守っているみんなを制止する。

それを見たリサさんは、僕に向かって手を突き出した。

「ですってよ、真くん。どういうつもりか知らないけど、先生に見放されちゃったのね、かわいそう。さあ、もういいでしょ？　ステッキをよこしなさい」

「リサさんとは戦いたくない。話し合いましょう」

「なら力ずくでステッキを奪うわ！　悪く思わないでねッ！」

リサさんが尋常《じんじょう》じゃない速度で僕の懐《ふところ》へと飛び込んできた。あまりに突然で、僕は反応するのが遅れてしまう。リサさんが目の前に迫った。

「させないんだからっ！」

盗られる寸前、横からはてながマフくんでパンチを繰り出してくれた。さすがのリサさんもそれをまともに食らうつもりはないようで、一旦《いったん》距離を取る。

「真からスマイルステッキを奪おうとするなら、それは怪盗ハテナへの挑戦よ。あたしだって黙ってられない」

「はてな、いいの？」

「もちろんよ。だって怪盗ハテナは、この世からアーティファクトで悲しむ人をなくすためにいるんだもん」

マフくんを繰り出せるように構えながら、はてなははっきりと言った。

とても悲しそうな顔を浮かべながら。

「これは、あたしたち、怪盗ハテナの仕事だわ」

「そうだね。はてなの言う通りだ」

アーティファクトに関《かか》わらなければ、こうして向き合って争うこともなかったはずなんだ。

でも、それでも、戦うってどうやって？

ヒーローの勝負とは違う。負けることは許されないし、勝つにしたって、何がどうなったら勝ちでリサさんはスマイルステッキを諦めてくれるんだ？

結局力ずくで止めるしかないなら、リサさんを傷つけなきゃいけないってことだろうか。

僕にそんなことができるのか。

逃げるという選択肢《し》だけはなかった。これは、そういう問題じゃない。

「リサさん！　お願いです、正気に戻ってください！」

「正気も正気ッ！　正気だから正直にステッキ頂戴って言ってんの。正気のあたしに正気じゃないって言う真くんの方が正気じゃないんじゃない？　ほら、あたしは正気だから、ステッキよこしなさい？」

早口で一気にまくし立てて、リサさんが笑う。隣のはてながゆっくりと首を横に振った。

「真、あとのことは、あとで考えましょう」

「そうだね。やるしかないんだよね」

はてながそっと手を握ってくれた。その手の温かさが、僕に戦う勇気をくれる。

「さあッ！　覚悟なさいッ！」

マフくんを警戒《けいかい》したのだろう、リサさんがはてなに向かって突っ込んでいく。

「させないっ！　スマイルステッキ、物体移動！」

はてなに届く寸前で、今度は僕が横からフォローに入る。リサさんの身体《からだ》はステッキの力で無理矢理に数メートルワープする。

数メートルとはいえ一瞬にして移動したせいで視界が変化して、自分が今どうなっているかを瞬時に把握《はあく》できる人なんてほとんどいないはずだ。

そして物体移動時の連携《れんけい》はもう決めているし練習済みだ。はてなは僕という点とリサさんが最後にいた点を結んだ延長線上に向かって、思いっきりマフくんを振りかぶっていた。

「いっけえっ！」

マフくんの拳《こぶし》がリサさんの顔面に打ち込まれる。がつんと硬《かた》いもの同士がぶつかり合うような大きな音が響いて、そしてリサさんは身じろぎひとつすることなく、まっすぐな姿勢のままそこに立っていた。

「効《き》いてない？　そんな」

物体移動も、はてなの攻撃も完璧なタイミングだった。事実、狙《ねら》い通りに攻撃はヒットしたのに、相手を倒すどころかよろめきもしない。

「慣性制御はちゃんと機能してるみたいね。攻撃の威力《いりょく》も予想の範囲内だし。対モリガン・レルータを想定したスーツだもの。クソガキ二人くらい片手で捻《ひね》り潰《つぶ》せるくらいじゃなきゃ強い。悠さんのスーツとも、あのロボットみたいなゴーレムとは段違いだ。

「はてな、仕切り直そう！」

「今のはたまたまよ！　ごめんなさいって言うまで何度だって仕掛けるわ！」

そのままマフくんで両拳を作り、足を止めて打ち合いを始めるはてな。リサさんも徒手空拳ながらはてなの攻撃と完璧に渡り合っていた。型にはまった動きではないから、格闘技を習ったわけではないだろう。きっとこれはアーティファクトの能力なんだ。

「マフくんっ！」

「レルータのアーティファクトとはそんなものかッ！」

マフくんで両脇《わき》を挟《はさ》み込んで拘束《こうそく》しようとしたところを、リサさんが這《は》いつくばるほど体勢を低くしてかわす。

だがはてなは挟み込んで一つになったマフくんを折るように組み合わせ、上から叩《たた》きつけるように繰り出した。体勢を低くし過ぎてしまったリサさんに避《よ》ける術《すべ》はないはず！

「避けられないならッ！　避ける必要なんてないわッ！」

リサさんは一歩大きく前に飛び出すと、はてなに背を向けるように半回転し、マフくんの拳に合わせて手を伸ばした。そしてマフくんの端を摑むと、マフくんの勢いをそのまま利用して背負い投げを決める。

「ちょっ、うわぁぁっ！」

遠心力ではてなの身体が大きく弧を描き、宙《こ》を舞う。勢いを増して床に叩きつけられそうになったところへ、僕はかろうじて滑り込んで、はてなを体ごと受け止めた。

「真、ありがと」

「ギリギリだったね」

「ギリギリ？　アウトでしょ」

無事を確かめ合う僕たちの背後から、リサさんの冷たい声が聞こえた。

慌てて振り向くと同時に、リサさんがはてなの首筋に向かって手刀《しゅとう》を振り下ろした。

「はてなっ！」

スマイルステッキの力を使う暇《いとま》もなく、僕はとっさにはてなを突き飛ばす。

「ぐうっ！」

瞬間、不気味な破砕《はさい》音と共に、衝撃が僕の身体を突き抜けた。

「真っ!?」

「ぼ、僕は大丈夫」

僕とリサさんの間に割り込んだはてながリサさんを牽制《けんせい》する。リサさんが跳《と》ぶように後ろに下がって、僕らは態勢を整えた。

大丈夫だ。体はどこも痛くはない。

でも、今の不気味な音が耳から離れない。鼓動《こどう》がどんどん速くなって、胸が締めつけられるみたいだった。とてつもない不安感が背筋《せすじ》を這いあがってくる。

それから僕は、自分の手元を見下ろした。

＊

真は、呆然《ぼうぜん》とした表情のまま動かなくなってしまった。

大丈夫だって言ったけど、どこか負傷したのかもしれない。

「真っ！」

あたしの呼びかけにも、何の反応も示してくれなかった。

やっぱりそうだ、真は怪我《けが》をしてるんだ。

リサさんは戦いを止めてくれることなんてなく、あたしに次々と攻撃を繰り出してくる。真の無事を確かめることすら、今のあたしにはできない。母様も父様も、先生が手出し無用と言った以上動けないのだろう。

あたしたちは怪盗ハテナとして、このピンチを乗り越えなくちゃならなかった。

だから真、指示をちょうだい。二人で立ち向かわなきゃ。どうして立ち尽くしたままでいるの？

「ほらほらッ！」

リサさんの攻撃がさらに激しさを増す。今この瞬間、背を向けて真のもとに駆けつけるなんて無理だ。

それなら、一気に倒すしかない。

代償は、まだ大丈夫みたい。特訓の成果なのか、体温の上昇はほとんど感じられない。

「リサさんっ！　悪いけれど本気でいくわよっ！」

そう宣言して、あたしはマフくんの真名《まな》を呟いた。

「〈フィンダウィル・ドリーオハト〉……」

本当はリサさんに怪我なんてしてほしくないけれど、でもあたしは真を助けたい。今すぐそばに駆け寄って支えたい。

そのためならあたしは選ぶ。そうできる道を。

危険かもしれない、残酷かもしれない、すべて元通りなんていかないかもしれない。それならあたしはあたしがいちばん寄り添いたいものに寄り添おう。

力が溢れていき、フィンダウィルの真の姿が解放される。

「すばらしい。猛烈な魔力の奔流《ほんりゅう》だわ。それがそのアーティファクトの本当の力なのね？」

「リサさん、できれば降参《こうさん》して。リミッターを解除したら、もう手加減できないわ」

予想通り、リサさんはあたしの言葉を受け入れようとはしない。

そして、リサさんが胸元のペンダントを握りしめて、声高《こわだか》に言った。

「なら、あたしもとっておきを使わざるを得ないよね！」

まだ奥の手があったなんて。

でももう止まれない。フィンダウィルは剣の形に姿を変え、目の前の敵を叩き潰すための魔力を貯《た》め込んでいく。

「すごいすごい、それなら山だって切り崩《くず》せそう。でも果菜くん、とんだ思い上がりね。どんなにパワーを上げても意味がないのよ。あたしのとっておきは、時間を制御することなの」

そう言ってリサさんがペンダントを腕輪に差し込もうとしたとき、誰かがあたしの前に立ちはだかった。

「それだけは見過ごせないわ」

「モリガン・レルータ！　ちょうどいいわ、孫娘とまとめてぶっっっぱあああぁ！」

リサさんが言い終わる前に、先生がつま先をリサさんの横っ面《つら》にねじ込んでいた。

蹴《け》りつけられた勢いで数メートルも吹っ飛んだリサさんは、サイドテーブルの花瓶《かびん》を砕《くだ》きながらも、すぐに起き上がり先生を忌々しげに見つめ返す。

「カナ、もういいわ。それはしまっておきなさい」

解放したフィンダウィルを一瞥《いちべつ》もせずに、先生が言った。

まるで使った鉛筆を筆箱にしまいなさいとでもいうような、淡々《たんたん》とした口調で。

あたしは先生に言われるまま、フィンダウィルの切っ先を下げる。

「今さら乱入してきて何のつもり？　本当に傲慢《ごうまん》ね！」

「何だっていいから、とっとと終わらせるわよ」

おばあちゃまが苛立《いらだ》ちを露《あらわ》に、リサさんに向かって吐き捨てるように呟く。

「あなたがお母様から取り上げた技術よ。その身で味わいなさい」

リサさんが、ペンダントを腕輪に差し込んだ。

それと同時に、モリガン先生が動く。

正面から、横から、後ろから。

三人のモリガン・レルータが、一気にリサさんへと迫った。

「えっ」

驚愕《きょうがく》に目を見開くリサさんに、三人のおばあちゃまは口々に言うのだった。

「その程度だったなんて残念だわ、チェックメイトよ」

「かわいそうに、できるだけ痛くしないであげるね♪」

「ばーか、あんたのアーティファクトなんてゴミ以下だっての」

分身した先生たちは、三者三様、違った言葉をリサさんに投げかける。

呆れ顔の、いつもっぽい先生がリサさんの顎《あご》を蹴り飛ばし、楽しそうにしている先生が吹っ飛んだリサさんを空中でさらに蹴り下ろす。

そして最後に悪人のような笑みを浮かべている先生が、床に叩きつけられたリサさんを思い切り踏みつけた。何度も、何度も。

「ぐはぁっ!!」

床が割れる音と、何かがめり込む嫌な音が同時に響く。

リサさんを見下ろしている三人のモリガン先生。その中でも残忍そうな顔をした先生が、リサさんの髪を引っ掴んで無理矢理に身体を起こした。

そして楽しそうな顔をした先生が、離れたところに落ちていたリサさんのペンダント――ゼンマイの形をした――を拾い上げ、満足そうな顔な表情を浮かべる。

そしてリサさんの正面に立っているいつもの先生が、ため息をつきながらリサさんの顔を覗《のぞ》き込んでいた。

「分身するだなんて、聞いてないわ……ごぼっ」

息も絶え絶えのリサさんに、先生たちはそれぞれの表情を浮かべながらも、三人同時に口を開いた。

『これが時間制御の完成形よ』

そしてペンダントを拾った先生が続ける。

「リサ。鍵《かぎ》を持ってきてくれてありがとう♪」

「それはお母さまのよ、返して！」

リサさんの懇願《こんがん》に、しかし正面のいつものおばあちゃまは首を横に振る。

「いいえ、ダメ。あなたは今、わたしに負けたの。あの子たちにしようとしたのと同じ。正面から挑んで、叩きのめされて、奪われるのよ。だからこれはわたしのものだわ」

それでも取り戻そうと手を伸ばすリサさんに、髪を引っ掴んだままの先生が耳元で囁くように告げる。

「あんたのレベルじゃそれを起動したら、ほぼ確実に事故を起こすって言ってんのよ。魔力を失うだけならまだしも、命まで失うことにもなりかねないわ。あんたのママみたいにね」

「そんな……それじゃあお母さんは……」

リサさんが、何かに気づいたように力なく呟き、気を失った。残忍な表情の先生は、それを見て舌打《したう》ちしながらリサさんを床に落とした。

「ジーヴス、この子運んどいてちょうだい」

気を失ったリサさんを顎で指し、三人いた先生がもとの一人へと戻る。

「はい終了っと。なーにをハトが豆鉄砲食らったみたいな顔してるのよ。カナ、怪我はなかった？　真くんは大丈夫だったかしら」

「そうだ、真っ！」

動くことすら許されないような時間から解放され、あたしは真のもとへと駆け寄る。

相変わらず真からの反応はない。

怪我をしたようには見えない。けれど目の前のそれを見て、あたしは息を呑んだ。

「そんな、スマイルステッキが……」

正面に回り込んだあたしの瞳に、折れたスマイルステッキの姿が飛び込んできた。真はステ

ッキを手のひらに載せたまま、呆然《ぼうぜん》としていた。

「真……」

いくら声をかけても反応しなかった理由がわかった気がした。

当たり前だ、あれだけ大事にしていたスマイルステッキがこんなことになってしまったんだから。

「あら、やっぱりマコトくんには過ぎたものだったみたいね」

先生の声にあたしは戦慄《せんりつ》を覚えながらも振り返り、真を守るように立った。

「どういうつもり、カナ」

「こ、こっちのセリフよ。先生は真に、これ以上何をするつもり?」

「何もしないわよ。ただ、折れちゃったんなら回収させてもらおうかなって思っただけ。だってそれは持ち主として不適当だったという証拠だから」

「そ、そうかもしれないけど……」

「ほらどいて、カナ。代わりのステッキならいくらでも作ってあげるから」

それでも、あたしは先生の前から動かなかった。

「ねえ先生、どうして先生は、そんなに平気そうにしていられるの? 真は、ずっと一緒に過ごしてきた大事なステッキが壊れちゃったんだよ?」

「それは残念だと思うけどぉ。でも壊れてしまったものは仕方ないじゃない。代わりのステッキでイリュージョンでも怪盗でも、好きなことをやったらいいわ」

「……先生は何もわかってない」

あたしは思わずおばあちゃまを睨《にら》みつけていた。

「代わりなんてないの！　スマイルステッキはこの世界でたった一つの真の相棒なの！　そんな大切な相棒が壊れちゃって、真は今悲しんでるのよ!?　モリガン先生はそんな真に悲しむ時間すらあげないっていうの!?」

「そういうわけじゃなくてね、カナ……」

先生はあたふたしながら説明しようとするけれど、あたしはここを一歩も動かない覚悟を決めた。何があっても、これ以上真を悲しませたりなんてしない。

と、左手に温かさを感じて振り向くと、夢未が隣に来て手を握ってくれていた。

「わたしも真兄様を守る。兄様をいじめるおばあちゃまなんてキライ」

「ああもう、ユメミまで……」

さらに狼狽《ろうばい》するモリガン先生。

そんな先生に向かって、あたしは夢未の手を強く握り返しながら言った。

「スマイルステッキならママが直してくれるもん！　だから渡さない！」

「母様にダメって言っても無駄。わたしが直す。どれだけかかっても絶対に直してみせる」

あたしと夢未の宣言に、黙って見守っていた母様と父様がゆっくりと近づいてきた。

「お母様。この子たちの気持ちを汲《く》んであげてください」

「ボクからもお願いします、お義母さん」

「ちょっと、なんだかこれじゃわたしが悪者みたいじゃないの」

先生が、苦しそうに喘《あえ》ぐ。

こんなにお願いしてもダメだなんて、どうして先生はスマイルステッキにこだわるんだろう。

「とにかく、それはレルータの長、モリガン・レルータが回収するわ」

苦悩の果てに、先生は冷酷な表情でそう言った。

「このわから——」

わからず屋、とあたしが口にしようとした時だった。

「大丈夫だよ、はてな」

ずっと呆然としていた真が、今度は逆にあたしと夢未を守るように前に出た。そしておばあちゃまに背中を向け、あたしたちの手をぎゅっと握りしめてくれた。

「真っ!?」

「大丈夫って言ったのかな? それって真くん、スマイルステッキを渡す覚悟ができたってことでいいのかしら?」

「あのね、スマイルステッキなんだけど」

先生の問いかけを完全に無視しながら、真はあたしたちに折れたスマイルステッキを見せてくれた。それはやっぱり完璧に折れていて、アーティファクトとしての機能は完全に失われているように見える。

「相棒は、ちゃんと応《こた》えてくれたんだ」

「……真くん、あなた、あなた一体何をしてるの」

真はまた先生を無視して、折れてしまったスマイルステッキを両手で強く握りしめた。

「まさか真くん、あなた——」

何かに気づいたのか、焦った様子でおばあちゃまがこっちに駆け寄ってくる。

けど真はおばあちゃまが手を伸ばすより先に、ステッキを高々と掲《かか》げた。

その瞬間、スマイルステッキを中心に、見えない光のようなものが広がったの。

見えない光ってなんだか変だけど、それ以外に表現のしようがない、なんだろう？

あたしたちは誰もがみんな、一瞬その光に目が眩《くら》んで思わず顔を背けた。それはモリガン先生も例外じゃない。その強烈な光の中で、真だけがまっすぐに前を見て、悠然《ゆうぜん》と立ち尽くしていた。

折れたスマイルステッキはどこにもなくて、代わりに何かが現れようとしていた。

「なに、これ。アーティファクト……なの？」

あたしは思わず疑問形で口にしてしまう。だってそうだ、スマイルステッキが放った光の後に出てきたものが、どう呼んでいいかも微妙な何かだったんだから。

例《たと》えるなら、何て言えばいいんだろう。まっすぐな灰色の棒、かな。すっごい粗《あら》いポリゴンの直方体？　よく見ると形状も所々モザイクがかかったようにブレていて、しっかりとは定まっていないように見える。

スマイルステッキの中から出てきたのなら、あれもアーティファクトなのかもしれない。だって宙に浮いてるし。ちょっと光ってるし。でもこれ、なんなの？

「あの、真？　これって」

そのアーティファクトであろう棒っぽい何かに、真はとても優しい微笑みを向けていた。正直ちょっとドキッとしちゃうくらいにカッコよくて、それでいてそんな表情の真をあたしは知らなかったから、思わず灰色の棒に対してヤキモチを焼きそうになる。

「何よ、どうしてそうなるわけ？　こんなのは予定にないわ」

先生は真以外で唯一《ゆいいつ》、何が起こっているのかを理解しているようだった。

こっちも初めて見せる唖然《あぜん》とした表情で、宙に浮いたアーティファクトを見つめている。

誰もが、それを見ずにはいられなかった。

次の瞬間、声が聞こえた。

『小さき者よ、我に新しい名を授けよ』

とても力強く厳《おごそ》かな声が、ここにいる全員の頭の中に響く。まるで、頭の真ん中で鐘《かね》を鳴らされたみたいに。

そんな中で、真は静かにアーティファクトに手を伸ばした。

そして迷いなんて一つもないって晴れやかな顔で、こう言ったのだった。

「君の新しい名前は、スマイルステッキだ」

第六幕
幕無☆明日を紡ぐイリュージョン

リサさんの攻撃を受け止めた時、スマイルステッキから不穏《ふおん》な音が響いたんだ。

僕には、その音が何を意味していて、何が起きたか、すぐにわかってしまった。

だって、過去にも一度、スマイルステッキを折ってしまったことがあるから。

手から伝わる感触が全身を貫《つらぬ》いて、一瞬にして冷や汗《あせ》が噴《ふ》き出た。もうあんな思いをするのはイヤだ。あんな絶望をもう一度経験するくらいなら、このまま――

「座ったままで失礼する。なにせ立ち上がる気力もないものでな」

はい？

気づけば、僕は見渡す限り広がる草原の真ん中に立っていた。

僕とその人――若い男の人で、たぶん外国の人だ。長い黒髪を後ろで括《くく》っていて、なんだっけ、鎖帷子《くさびかたびら》っていうのかな。ジャラジャラとした鎧《よろい》のようなものをまとっている。精悍《せいかん》な顔つきをしているのに、どこかやる気がなさそうだ。

その人は、辺《あた》りに転がっている石の一つに座って、僕の方を見ていた。

「あの、あれ？　これ何なんですか？　僕はさっきまでお屋敷にいて、リサさんと戦ってて……そうだ！　スマイルステッキは？　何なんですか、これ」

「説明するから落ち着け」

落ち着いてなんていられるもんか。すぐにでも星里《ほしさと》家に戻らなくちゃ。

……でも、どっちへ行けばいいんだ？

前も後ろも草原は地平線まで続いていて、青い空はどこまでも高く白い雲が浮かんでいる。なんだか絵本か何かの中にいるみたいだ。

「現実の世界じゃない……？」

「その通り。ここは輝く剣《クラウ・ソラス》が作り出した空間だ」

すごく不思議な感じがした。男の人は『クラウ・ソラス』と言ったはずなのに、それが『輝く剣』という意味だと理解できる。というか、そもそも彼は日本語を話していない。でも何を言っているのかはわかった。

「輝く剣って何ですか？　ここはどこなんです？　それよりもあなたは」

「人に名を尋《たず》ねるならば、先に自分から名乗るべきだろう。と言いたいところだが、実のところどうでもいい。見たところ、君は騎士ではないようだし、礼節なぞクソ食らえだ」

うーん、見た目はかっこいいのに、どこか芯《しん》が通っていないというか、やっぱり全身から投げやり感が漂っている。

「私は案内人だ。君が輝く剣と契約を結ぶにあたって、色々と説明しなくちゃならん」

案内人さんは、石に座ったまま、自分の前方を指さしながら言った。

「それ」

「ど、どれです？」

　案内人さんが指し示す方向を追っていくと、いや追おうと思ったそこに、大きな四角い石があって、銀色というか灰色というか、棒？　のようなものが突き刺さっていた。

「それが輝く剣だ。おっと、不用意に触るなよ」

　僕は言われた通り、触らないように注意しながら、それに近づいてみる。

「こんなの、さっきまでありましたっけ？」

「今はある」

　精神世界だもんな。別に何が起きても不思議じゃない。

　それにしてもこれが輝く剣？　間近《まぢか》で目を凝《こ》らしても、ますますこれが何なのかわからない。表面はつるりとしていてまったく継ぎ目がなく、やっぱり剣っていうより棒に見えた。かすかに明滅してはいるけど、薄い灰色が、ちょっと薄い灰色になって、また薄い灰色になるのを繰り返してるって感じ。輝いてるっていうのか、これ。

「はあ、これが」

　完全に名前負けしている。いくらなんでもデザインが手抜き過ぎじゃないか？

　僕がそう思ったのを見抜いたかのように、案内人さんが笑った。

「がっかりだよな。まあ契約を交わせば、契約者が望む外見で顕現《けんげん》する。その棒っ切れみたいな姿は、契約者がいない状態だと思ってくれ。とにかく、それが輝く剣だ」

悪い人じゃなさそうだし、何よりこの状況では彼に頼るしかない。

さっき彼は、輝く剣と契約するか、と僕に訊《き》いた。

「契約ってことは、これってアーティファクトなんですか?」

「そうだ」

「でも僕にはもう、スマイルステッキって相棒《あいぼう》が——あ、そうか」

スマイルステッキは、折れてしまったんだ。

そう思ったとたん、輝く剣がぶうんと振動した。

「ん? あれが私たちの会話に割り込もうとするなんて珍《めずら》しいな。というか初めてだ」

「輝く剣は、何を言いたいんでしょう」

その質問に、案内人さんは僕にではなく輝く剣に向かって文句を言うように答えた。

「わかるもんか」

「わからないんだ。案内人なのに」

「君は、剣とお話しする男の言葉を信用できるのか?」

「アーティファクトと心を通わせれば、会話も不可能じゃないと思います。喋《しゃべ》るアーティファクトもいくつも見ましたし」

あ、でも輝く剣は契約者がいないのか。

「それは無理な話だ。正直な話、知性のレベルも構造も違いすぎるんだよ。あれが何を考えてるかはこれから説明するし、契約すればイヤってほど思い知らされるから心配しないでくれ」

「はあ」

「アーティファクトというのは、つまるところ概念だよ。私たち人間が理解しきれるものじゃない。特にそれは気難しい。なにせ神が作ったアーティファクトだからな」

神。彼は今、そう言った。神様が作ったって？　本当かな。そう思いながら、僕は輝く剣を見る。すると輝く剣が、また振動した。まるで自分の存在を誇るかのように。

「どうせ理解できん。だから事実だけを伝える。だまし討《う》ちのようにして契約を結ぶのは、それのプライドが許さないそうだ。そのうえで決断しろ。いいな？　少年」

僕は頷《うなず》いた。頷くしかなかった。

「まず、それの目的というか、何をするために作られたかという話をしよう。輝く剣は、勇者を探し出し、戦いの場へ導くために作られた」

「勇者？　勇者って、あの勇者ですか？」

案内人さんがぱちんと指を鳴らすと、一瞬で周囲の風景が切り替わる。

僕らは小高い岩山の上に立っていた。

「見ろ」

言われる前から、僕はその光景に見入っていた。眼下には森が広がっていて、そのところどころが燃えている。夜なのに明るいのはそのせいだ。目を凝らすと、案内人さんのような鎧をまとった人たちが、剣を掲《かか》げて木々の間を駆け抜けていくのが見えた。

彼らが向かう先にいるのは――

「なんだあれ、巨人？」

「悪魔だ」

十メートルはあろうかという悪魔は、全身が燃え盛る炎に包まれていて、細かい部分がどうなってるのかよくわからない。悪魔はゆっくりとした歩調で森を焼きながら進み、戦士っぽい人たちはそれを止めようとしては一方的に蹴散《けち》らされ、踏み潰《つぶ》されていった。

「あれ、やばいんじゃないですか？」

「これは過去の記録だ。ただの映像だよ。まあ見てろ」

記録とはいっても、本当のことなんだろう。悪魔だなんて信じられないけど、現実としか思えない迫力があった。もしこんな映画があったら、あらゆる賞を総なめに違いない。

「来るぞ」

案内人さんがそう言うのと同時に、森を突き進む悪魔の遙《はる》か前方、それは現れた。白い光を放ちながら、猛烈な速度で一直線に悪魔へ向かっていく。白馬に乗った若い女の人だ。

「あれが勇者だよ。後ろにくっついてるのが、その従者」

勇者は左手に手綱《たづな》を握り、右手には大きな白銀の槍《やり》を構えている。女の人の後ろには、子供？小さな男の子が白馬から振り落とされまいと必死に——あっ、落ちた。大丈夫かな、あの子。

森に消えていった従者を一顧《いっこ》だにせず、勇者はますます速度を上げていく。

そうして白いレーザー光線のようになった勇者は、悪魔に向かって高く跳躍《ちょうやく》した。

「あっ」

勇者が白馬と共に地上に降りたって、悪魔を振り返る。

「やったのか？」

悪魔は咆哮《ほうこう》を上げながら、額《ひたい》に突き立てられた槍を抜こうともがいて、ついには地に膝《ひざ》をついた。それからは一方的だった。群がった戦士たちが矢を射《い》かけ、剣を撃ちつける。悪魔の身体《からだ》を包む炎はみるみる弱まっていって、ついには消し炭となって動きを止めた。

勇者を中心に、戦士たちが剣を掲げる。勝利の雄叫《おたけ》びが暗い空に響いた。

「すごいすごい。やっぱり正義は勝つんだなあ」

僕も岩山の上から、ぱちぱちと手を叩《たた》いて賞賛を送った。

ぱちん。

風景は、さっきまでいた草原に戻っていた。

「どうだ？」

石に座ったままの案内人さんが訊く。

「すごかったです。何て言えばいいのか、想像してた通りの勇者そのまんまって感じで、いやあ、でも僕に勇者なんて大役、務まるか自信ないなあ」

でも、輝く剣は神様が作ったアーティファクトだ。契約すれば、あんな風にかっこよく戦えるようになるに違いない。

そんなことを考えている僕を、案内人さんが気の毒そうな顔で見つめていた。

「何を勘違《かんちが》いしているのか知らないが」

「えっ？」

「君は勇者じゃないぞ？」

「は？」

「途中、馬から振り落とされた従者がいただろう。君の役目はあっちだ」

「えーっ!?」

「勇者を探し出し、戦いの場へと導くと言っただろう」

ああっ、確かに勇者とは言ってない！　僕の早とちりだった。勝手に勇者に選ばれたと思い込んで、ちょっとはしゃいでしまった。これは恥《は》ずかしい。穴があったら入りたい……

それから全然気にしてなかった従者のことを思い出そうとして、でもあの子、馬から振り落とされて、それからどうなったんだっけ？　勝負の瞬間も、戦士たちが勝どきを上げるシーンでも見かけなかったような。

「彼はあのまま闇《やみ》に紛《まぎ》れて、歴史から姿を消した。あのあと勇者は自分を導いてくれた従者を探し続けたが、どこを探してもついぞ見つからなかった」

「どうしていなくなっちゃったんですか？」

「……それは彼にしかわからない。もう一度説明する。輝く剣と契約した者は、世界のどこかにいる勇者を探し出し、その従者として勇者を戦いの場へと誘導する役目を負う。いいな？」

「一応、理解はしました」

微妙に納得できないんだけど。もちろん悪魔を倒したのは勇者だけど、従者の彼だって賞賛されていいはずだ。どうして彼はいなくなってしまったんだろう。

「次に、輝く剣が持つ機能と能力について説明しよう」

そこで僕は我に返った。

「あ、でも僕、スマイルステッキを失ったばかりで、今すぐ新しいアーティファクトと契約する気になんてなれそうにないんです」

僕がそう告げると、案内人さんが腰かけていた石から立ち上がった。

「そうか。じゃあ契約はしないということだな。説明する手間が省《はぶ》けて助かる。それでは解散ということで――」

心なしか、さっきまでよりも口調が明るい。

「えっ、そんなに簡単に諦《あきら》めちゃうっていうか、そんな感じ？」

あんな仰々《ぎょうぎょう》しい映像まで見せられて、そんなにあっさり終わっちゃうのも何だか、というか僕は輝く剣に選ばれたんじゃないのか？　いや、引き留めてほしかったわけじゃないんだ。でも、何かすっきりしない。

案内人さんが、期待を込めたような顔で僕に迫る。

「解散して、いいんだよな？」

「い、一応最後まで話を聞かせてもらってから決めます」

案内人さんは黙ったまま、また石に腰を下ろして、はあっとため息をついた。

えっと。

「もしかして案内人さん、僕と輝く剣を契約させたくなかったりします？」

僕が訊くと、案内人さんの代わりに輝く剣が唸《うな》った。心なしか、明滅もすこし速くなっているような気がする。

「たぶん、私をせかしているんだろう。わかった、わかったよ。少年、私はとにかく役目を果たしてしまいたい。一番大事な話をしていいか？　他の話はそのあとでしよう」

「あ、はい」

なんだか気苦労が多そうだ。僕は案内人さんの言葉に従うことにした。

輝く剣について、一番大事なこととは。

「そう身構えなくていい。どうせ理解できん。輝く剣の本質は、これが必然を司《つかさど》るアーティファクトということだ」

必然？　必然ってどういう意味だっけ。

「で、その能力だが、契約者が関《かか》わる物事が必然に達しなかったとき、それを修正するべくもう一度やり直すことができる、というものだ」

んんんん？

「やっぱり理解できないって顔をしているな」

どうやら僕はそんな顔をしていたらしい。彼の言う通りだ。

「シンプルに言い換えよう。君が何か、何でもいい。物事をするだろう。もし失敗したら時間を失敗した時点まで戻して、そこから再挑戦できる。そういう能力だ」

「失敗を……あっ！」

僕はゴーレムと戦った時のことを思い出した。僕は一度ゴーレムに負けて死んだ。そのあともう一度ゴーレムと戦って、今度は勝ったんだ。一度目に負けたのは夢だと思っていた。

あの時、僕は本当に負けて死んでいた？

「思い当たる節があるようだな」

二回目に戦っている時、僕はゴーレムの動きを一度見たかのように予測できたんだ。でも、本当に見ていたなんて。そんな。じゃあ。だとしたら。

「事実上、無敵のアーティファクトじゃないですか！」

失敗をなかったことにして、時間を巻き戻してやり直す。まるでゲームみたいだ。

そんなすごいアーティファクトと契約できるチャンスをみすみす逃せるわけがない。

「私は全部説明したぞ。それと契約を結ぶか否《いな》かは、君が決めろ。ただな、ただ」

案内人さんが呻《うめ》くように言葉を絞《しぼ》り出した。

「それと契約するな。無敵のアーティファクト？　その通りだよ」

契約するな。彼は確かにそう言った。無敵のアーティファクトなのに？　どうして。

僕が尋《たず》ねるまでもなく、案内人さんは堰《せき》を切ったように話し始めた。

「だが少年、よく考えてほしい。決して失敗しない人生が、すなわち素晴らしい人生か？　いや、違う。そんなものは最悪の人生だよ。必然にたどり着くまで、何度でも何度でも延々《えんえん》とやり直しを強《し》いられるんだ。そこには喜びも悲しみもない、孤独と苦しみだけがひたすら続く」

その時、ようやく僕は理解した。案内人だと名乗った彼は、かつての――おそらく輝く剣の最初の契約者なんだと。

彼は立ち上がって足元の石を蹴りつける。

「私は、私より後に、誰もあれを手にしないことを望んで、契約が切れたあとも――心をここに残した。だがな、後から来る誰一人として、私の話を聞き入れなどしなかった。どうしてだと思う？　これも必然だからだ。私がこうして話していることさえ、自分の意思なのか、それともあれが用意した映像に過ぎないのか、私には知ることができない。それでもいい。私は君に、ここに来る者に、あれと契約をするなと警告し続けるよ」

彼の瞳《ひとみ》は、絶望と切望が入り混じった色をしていた。

「私の話は終わりだ。さあ、選べ。どうせ契約するんだろうが」

それきり案内人さんは、石に座り込んで何も喋らない。

僕は訊いた。

「勇者を探し出して導くって、どうすればいいんでしょうか」

「それについては気にしなくていい。輝く剣を所持する限り、君の行動すべてが目的に結びつく。道を誤れば、やり直すだけだ。そうして最後には必然にたどり着く」

だんだん、彼が説こうとしている輝く剣の恐ろしさがわかってきた。僕がどんなに自由にしている気になっても、いつかは勇者を導くことになる。そして、その目的を達するまで『やり直し』という膨大《ぼうだい》な寄り道をさせられる、ということだろう。

「ちょっと考えさせてもらっていいですか」

「好きなだけ」

僕は、そばにあった石の上に座った。

確かに、無敵のアーティファクトだ。でも、それを持つには余りある代償《ゲッシュ》を求められる。

正直に言えば、躊躇《ためら》っていた。というよりもビビっていた。僕なんかが、そんな大それたアーティファクトと契約していいんだろうか？　いや、違うのか。輝く剣にとっては、契約者なんて誰でもいいのかもしれない。ここで僕がしなければ、いずれ他の誰かするんだろうし、そうすれば勇者を導くって大役はその人が果たすことになる。

そうだよ、僕じゃなくていい。

空を見上げる。青い空はどこまでも高く、透き通っていた。白い雲がゆっくり流れて、青い草を風が撫《な》でる。きれいな場所だなと思った時、僕は気づいた。

そうか、この場所は僕の田舎《いなか》、北海道にどこか似ている。

僕の育った風景を、はてなにも見せてあげたいな。今ならちょうどいい季節だ。食べ物も美味《おい》しいし、雪もまだ降ってない。冬になったらなったで、はてなはスキーをしたいって言いだすだろう。はてなは運動神経がいいから、すぐに滑れるようになって、スキーウェア姿のはてなも見てみたい。

僕は、ずっとはてなと一緒にいたい。

それだけでいいんだ。だから断ろう。世界を救うだなんてこと、他の誰かに任せておけばいいじゃないか。

よし決めた。やっぱり断ろう。

そう思って、僕は最後にもう一つだけ案内人さんに訊いたんだ。

心のどこかにほんの少しだけある輝く剣への未練を断ち切りたくて、そう訊けば彼が諦めるのに背中を押してくれるだろうと思った。

「後悔、してますか？」

「後悔しかない。あれと契約したおかげで、私の人生はめちゃくちゃになった。いや、あんなものは人の生とは言えない。いっそ正気を失ってしまいたかったが、そうなれば失敗だ。正気を失わないようにやり直しさせられる。あれと契約したことが、私の人生で唯一《ゆいいつ》の失敗と言っていい」

さっさと断ってしまえばいいのに、何かが心に引っかかっている。それをそのままにして、ここから去るのはイヤだった。

僕はまたひとつ、彼に質問する。

「じゃあ、輝く剣と契約する前まで時間を戻せたとして、次は契約しない？」

彼はすぐには答えず、じっと輝く剣を見つめている。どれくらいそうしていただろう。やがて彼は口を開いた。

「……たぶん、契約するだろう」

胸に溜《た》め込んでいた息を吐き出しながら、彼は諦めたようにそう答えた。

「どうして？　僕にはあれほど契約するなって言ったのに」

「あれのせいで人生をめちゃくちゃにされたが、あれのおかげで一番大切なものを守ることだけはできた。世界を救ったのは勇者だが、彼女を救ったのは私だ。そう信じている。だから私はもう一度、いや何度でも手にするんだろう。あの輝く剣を」

僕は、はてなに北海道の景色を見せたい。

でも、その景色を守るために、はてなの隣にい続けるために、僕には何ができるだろう？

「その言葉で決心がつきました」

僕は立ち上がると、座ったままうつむいている彼の前まで歩いた。

世界を救うなんて途方もないこと、僕にできるかどうかわからない。でも、それを人任せにしていいんだろうか？　誰でもいいのなら、僕がやろう。

僕が、はてなと世界を守るんだ。

「たぶんですけど、これまで契約を結んだ人たちも同じだったんだと思います。この契約の機会が必然だって言うなら、これだけは、神様や輝く剣のための必然じゃない。僕のための必然だ。みんな、あなたの想いを知って、それでも自分の意思で契約することを選んだんだ」

僕には大事なものがある。誰だってそうだろう。

だから輝く剣の契約者は僕じゃなくてもいいし、僕でなければならない。

「君を止めることができなかった。すまない」

「言ったでしょう。これは僕の意思ですから」

僕がそう言うと、案内人さんは肩をすくめて笑った。本当のことは誰にもわからない。なら、そういうことでいいじゃないかって、僕も彼もそう思うことにしよう。

輝く剣の前に立つ。

それを握り締めてから、一度深呼吸をした。

ひやりとした刀身《とうしん》と、僕の手のひらの体温が溶けあっていくのがわかる。

握り締めた手に、強い意思を込めた。

ずるりという感触と共に、輝く剣が台座から抜けようとしている。

もう後戻りはできない。

「そう言えば名乗ってなかったな」

不意に背後から声が聞こえた。振り返る余裕はなかった。

「私の名は、銀の腕《アガートラーム》のヌアザだ」

契約は成された。

そして世界がはじける。

＊

あーあー。

あーあーあーあーあーあーあーあー。

あーあーあーあーあーあーあーあーあーあーあーあーあーあーあーあー。

嗚呼《ああ》。

一番恐れていた事態になってしまった。

真《まこと》くんが、クラウ・ソラスと契約を果たしてしまった。完全に予定外だ。

「予想はしてたけど、こんなの予定にはなかった」

新しいスマイルステッキ――真・スマイルステッキとでも呼ぶべきだろうか――を手にしている姿を見て、メイヴが感慨深げに頷く。

「私としては予定通りよ。まさかこんなに早く契約できるとは思ってなかったけど」

「あれは、あの子が持っていていいようなものではないわ」

「いいえ、あの子こそ、大いなる力を正しく使える。きっと果菜《かな》の支えになってくれる」

「考え方の相違ね」

頭の中で、これからのプランを組み立てる。

思いつくどのプランも、あまり気が進まなかったけれど。

「そうも言ってられないか」

わたしは真くんに向かって一歩進み出る。

「お母様、時間を巻き戻せでもしない限り無理だわ」

「それもいいわね。やってみせようか」

「えっ？　できるの？　まさか、そんな」

わたしの時間制御技術《せいぎょ》は、リサの持つカギを手に入れた今、完全なものとなった。時間を戻すことも、やろうと思えば可能だろう。でも――

「たぶん、母さんは時間制御を使わないわよ。そんなことをしたところで、時間と魔力をムダに捨てるだけだもんね」

そう言ったのは、いつ起きてきたのか、次女のマライアだった。

「……どうしてそう思うの？」

マライアが解説を続けた。

「時間を自由に操《あやつ》れたって、因果律《いんがりつ》そのものに干渉《かんしょう》できるわけじゃないもの。もし時間を戻しても、結局は同じ結果に落ち着く。そうでしょう？」

マライアの言う通りだ。

どうでもいいけどあんたのどや顔、めっちゃむかつくわね。

「だからもう、母さんは成り行きを見守るしかないのよね」

待ちなさい。最悪の選択をしなくていいように、今必死で考えてるんだから。

「じゃあ騒ぎはこれでおしまいってことでいいのね？　よかった。それならゆっくり紅茶でもいただこうかしら」

メイヴがほっと胸を撫で下ろす。

何をのんきなことを。

世界を破滅から救うための重要なアーティファクトが、たった今、目の前で制御不能になったのよ？　あれは、あの子なら正しく扱えるはずとか、予想や希望で扱っていいものではない。わたしは、メイヴが持ち出したクラウ・ソラスを取り上げて、もっと優秀なアーティファクト使いに契約させるつもりだった。

もしも奪い取れないにしても、時間をかけて真くんを鍛《きた》え上げるという選択肢《し》もあった。

「真くんなら心配いらないわ。なんたってクラウ・ソラスと契約したんだもの。どんな能力なのか知らないけど、無敵のアーティファクトなんでしょう？」

「ああ、メイヴ。何もわかってないのね。たとえ核ミサイルを持っていても、発射ボタンを押せなければ抑止力にすらならないのよ。そして真くんは、押せないタイプの筆頭でしょうに」

何もかもが早すぎた。

世界を守るなんて、言うほど格好《かっこう》の良いものではない。千人を救うために十人を犠牲《ぎせい》にしなくちゃならないこともある。いいえ、価値のある一人を守るために、無価値な十万人を進んで殺さなくちゃならないことだってある。

お人好《ひとよ》しも、度を過ぎれば人を殺すのよ。

その人間に価値があるとか、ないとか。どうやって誰が決めるの？

善良な人間ほど、そんなことできないでしょう。一方的に命の価値を決めて、それを躊躇いなく捨てたり拾ったりできるなら、それはもう人ではない。

「イライラするわ」

わたしが決めてあげる。あの時、わたしはそう決めたのだ。この美しい世界を保つために、誰彼構わず殺し、そして生かそうと。文句は誰にも言わせない。そのために、わたしは最強の人でなしでなければならない。

だから、わたしは真くんのことが愛《いと》おしい。

だから、わたしは真くんのことが気に食わない。

純粋で、まっすぐで、いつも一生懸命で、目的のために誰かを殺そうだなんて考えたこともないんでしょう。あなたには、そんなことをさせたくない。そのままでいてほしい。

だから真くん、あなたにそれを持たせておくわけにはいかないの。

「しょうがないわね。殺しましょ」

自分に言い聞かせるように、わたしはそう呟《つぶや》いた。

*

銀の腕のヌアザ。彼は最後にそう名乗った。それは僕の耳には『ヌアザ・アガートラーム』って聞こえたんだ。スマイルステッキの真名《まな》と同じ名前だ。偶然だろうか？　そんなわけがない。これは必然だ。

そして今、新しい僕のスマイルステッキの中に、以前のスマイルステッキの息吹《いぶき》を感じる。

僕が、輝く剣にスマイルステッキって名前を与えたからそうなったんだろうか。

理屈はどうでもいいか。すべては必然だ。

「最後通告よ、真くん。それを渡しなさい」

　モリガン先生が、僕に向かって手を突き出す。いつもの調子じゃない。怒っているような、それとも悲しんでいるような、とにかくいつもとは違った。

　先生は本気だ。

「さすがに見過ごせないわ。クラウ・ソラスを渡さないなら、残念だけど真くん、あなたを殺さなくちゃならない」

　モリガン先生は、輝く剣のことを知っているのか。

「おばあちゃま!?　どうしてそんなこと言うの？」

「ごめんね、カナ。どうしても、なの。クラウ・ソラスを回収したら、代わりの真くんを作ってあげる。なんて言うと怒らせちゃうんだっけ？　人の心って難しいわ」

「何だかわからないけど、せっかく真がスマイルステッキを取り戻したのに」

「それが問題なのよ、カナ。見た目は同じだけど、それはメイヴが作ったアガートラームじゃないわ。比べ物にならないほど強力で、危険なものなの。真くんが持っていたら、それのせいで破滅することは目に見えてる。だから回収しなきゃ」

　はてなが心配そうな表情で僕とスマイルステッキを見る。

　僕はステッキを振って、小さなコインを一枚、取り出した。

　銀色に光るコインは、いつも僕が練習に使っているものだ。

「うん、いつもの調子だ。ねえ、はてな。スマイルステッキは、スマイルステッキだよ。先生は僕のことを心配して、そう言ってくれてるんだ」

「で、でも真のことを殺すって」

僕を破滅から救うために、僕を殺す。

先生は、どこまで知っているんだろう。どういう意味であれ、その矛盾した言葉の中に優しさが込められていることを、僕は知っている。

「先生もはてなも、そんな顔しないでよ。僕は破滅しないし、殺されもしない。みんなが思ってるより、案外うまくやれるんじゃないかって思ってる」

僕は一歩、先生に向かって進み出た。

「先生は、そう思ってくれてないみたいだけど」

それはそうだろう。これまで僕は先生に、何も示せていないんだから。

「どうしても戦うつもりなのね、真くん」

「そんな気ないですってば。ああ、ちなみにこれ、僕の方から契約解除ってできないらしいんです。手放そうにも手放せなくなっちゃって」

モリガン先生は何も答えず唇《くちびる》を引き締めると、体の周囲に魔法陣をいくつも展開させた。そのひとつひとつが僕を百回ずつ殺す威力《いりょく》を秘めていることを、僕は知っている。

「真、あたしも一緒に戦うわ！」

僕の隣に立とうとするはてなを、僕は手で制した。

「実のおばあさんに拳《こぶし》を向けちゃダメだよ。それにさっきリサさんと戦った理屈で言うと、これは怪盗ハテナの問題じゃない」

「真くんの言うとおりね」

魔法陣に書き込まれている文字が、すごい速度で書き換わっていく。発動する魔法の強さ、角度、範囲、タイミング。あれは被害を広げないための計算だ。先生は誰も傷つけず、僕だけを確実に殺すつもりらしい。

一応、はてなを背中にかばいながら、僕はさらに一歩、先生に近づいた。

「モリガン先生が僕のことを、どう言えばいいんだろう、肩を並べて笑ったり、泣いたり、一緒に戦ったりしてもいいって信じてくれるかどうか、そういう話なんだ」

「でも」

僕は、はてなに笑いかけた。

「さっきも言っただろ。心配ないんだ。戦いになんてならない」

「まさか冗談だと思ってる？　わたしは殺すと言ったら殺すわ」

「思ってません。強がってるけど、僕、めっちゃ震えてるんですから」

おどけて言ってみたけど、先生は攻撃態勢を緩《ゆる》めない。

そりゃそうか。ちなみに、マジでちびりそうなんだけど。

「真くんを殺せばカナにもユメミにも嫌われるでしょうけど、百年かけて謝れば、真くんのことがキライで殺したんじゃないってわかってもらえるかもしれないし」

「なんでもう僕が殺された前提になってるんですか。やめてほしいなあ」

僕の言葉を、モリガン先生は嘲笑《あざわら》うように切り捨てた。

「わたしに信じてもらえるかって、そう言ったわね。さっきまでは、信じてもよかった」

一歩、近づく。

同時に僕は左に一歩だけ動いた。

光の矢が僕の頬《ほお》をかすめて、音もなく後方に消える。

「なんで今のを避《よ》けられたの？」

「さんざん特訓してもらいましたから」

僕はそう言いながら、また一歩、先生に近づいた。

ここで避けるタイミングが早すぎれば、それに派手《はで》な動きで回避した途端《とたん》、残りの魔法陣が一斉《いっせい》に発動していたと思うと、背筋《せすじ》がひやりとする。

「先生の手のひらの上で泣いたり笑ったりしている内は、僕もそれでよかった」

もう一歩。まだ遠い。

先生、お願いだから魔法を発動するのはもうちょっと待ってほしい。

「利《き》いた風な口を叩くじゃないの。クラウ・ソラスを手に入れた途端、わたしと対等になったつもり？」

結果がわかっていても、足が震える。

「そんなこと思ってないです。先生の本当の優しさも、厳しさも、僕はこれっぽっちも知らないんだ。それに先生に教わりたいことがまだまだいっぱいある」

僕はそう言いながら、手に握っていたコインを頭上へと弾《はじ》いた。

バチッという派手な音と、焦《こ》げ臭いにおいが漂う。

「セーフ」

僕の頭上から降り注いだ雷《いかずち》が、コインに当たって軌道をずらしたんだ。

「真くん、未来が予知できるの？」

「まさか。僕にできるのは奇術だけです」

モリガン先生の目の前で、僕は足を止めた。

魔法陣から漏《も》れる魔力が、鼻先でちりちりと焦げる。やっとここまで近づくことができた。ここまで何千回という失敗を踏み越えて、ようやくたどり着いたんだ。

「どうやったかは知らないけど、魔法で殺そうだなんて甘かった」

モリガン先生の手に、巨大な鎌《かま》が現れた。いかにも禍々《まがまが》しい見た目は、それが人の命を刈《か》り取るためだけに作られたアーティファクトであることを示している。

あの刃に触れただけで、相手に死を与える鎌だ。

「そうやって一人で何でも背負い込まないでください」

「これはわたしの仕事よ。一緒に背負おうとしてくれた人は、もう全員死んだわ」

大きく鎌を振り上げる先生の瞳は、希望と絶望、激しい怒り、そして底知れない悲しみをたたえていた。僕には想像もつかないような人生を乗り越えてきたんだろう。

「とても残念よ、真くん。死になさい」

勢いよく、鎌が振り下ろされた。

僕はスマイルステッキを握り締めた右手を掲げた。

「今だ、スマイルステッキ！」

どすん、という音とともに僕の右腕はステッキごと床に落ちた。

僕はまだ死んでいない。よろめきながら、左手を先生の眼前に差し出す。

「受け取ってください。これが僕の覚悟です、先生」

時が止まったみたいだった。

モリガン先生は、身じろぎひとつせずに僕が差し出した小さな花を見つめている。

死の鎌が、すうっと宙に消えていった。

玄関ホールにいる全員が、固唾《かたず》を呑《の》んで僕とモリガン先生の成り行きを見守っている。

「どうして」

モリガン先生が呟く。

それはとてもか細くて、弱々しくて、小さな声だった。

僕の手から受け取った花を、祈るように両手で握りしめ、大事そうに胸に抱く。

「ごめんなさい、先生」

「こんなの、ずるいでしょう」

涙が一筋、先生の頬を伝って流れ落ちていく。

それは先生が遺《のこ》してきた、遠い遠い思い出。僕を殺すたびに先生が呟いた贖罪《しょくざい》の言葉を繋《つな》ぎ合わせて、何百回というやり直しの果てにようやく辿《たど》り着いた、悲しい物語。

「僕は二度と、先生にこんな想いはさせません」

これが僕の覚悟だ。

そこには夢幻の魔女ではなく、レルータの長《おさ》でもない、ただのモリガン・レルータという女の子が立っていた。

「ううっ、ぐすっ……ふぇぇぇえええええええええええ」

先生は思い出の花をぎゅっと抱きしめながら、泣き始めてしまった。

わあ、どうしよう。こんなつもりじゃなかったんだけど。こういう時ってどうすればいいのかな。肩を抱き寄せる？　頭をぽんぽんする？　どれも違う気がする。

「ああ、先生、そんなに泣かないで。あのほら、ハンカチ使ってください」

「わぁぁぁあああん、ずびっ、ちーん！　うぇぇぇぇぇぇぇ」

モリガン先生は僕の手から奪うようにハンカチを受け取ると、それで思い切り鼻をかんで、それから僕の胸先に押しつけた。涙を拭《ふ》いてって意味だったんだけど。

「だ、誰か助けて……」

はてなも、他のみんなもぽかんとした表情で、わんわん泣いているモリガン先生と、その前であわあわしている僕のことを眺《なが》めていた。

「え、なに今の。これでおしまい？　せっかく母さんの本気が見られると思ったのに」

マライアさんが残念そうに言った。

勘弁《かんべん》してよ。僕の方こそ泣きたい気分だ。

＊

あたしは慌《あわ》てて真に駆け寄った。

「真、大丈夫なの!?」

そうは言ったものの、大丈夫なわけがない。おばあちゃまが振り下ろした大きな鎌で、片手が切り落とされたんだから。

「早く救急車を呼ばなきゃ！　スマホどこだっけ。ああもう、こんな時にどうしてポケットに入れてないのよ、あたしってば」

「はてな、救急車なんて呼ばなくていいよ。僕は全然平気だから」

「だって、手、手が取れちゃってるのに！」

「あ、そっか」

真はまるで宿題のノートを忘れたくらいの軽い感じで言うと、しゃがみこんで床に落ちている自分の腕を拾い上げてあたしに渡した。

「ごめん、はてな。ちょっと持っててくれる？」

「はぅあぁっ！　そんな、あたしに渡されても困るんだけど！」

かと言って放り出すわけにはいかず、胸に抱いた真の腕はなんだかあったかくて、これが作り物なんかじゃないって感じられた。

真は、私が持っている腕からスマイルステッキを取り上げると、こう言った。

「スマイルステッキ、人体復元」

その言葉と共に、真の右腕は元通り肩口にくっついた。切れていたはずの制服の袖《そで》も、何事もなかったように繋がっている。

「何度も練習したじゃないか。人体切断の奇術だよ」

真が右手を握ったり閉じたりしながら笑った。

すぐ隣で、モリガン先生がしくしくと泣いている。

「もう、何が何だか全然わかんない！　ちゃんと説明してよね！」

朝、学園に行こうと思ったら突然リサさんが挑戦してきて、その最中にスマイルステッキが折れちゃったと思ったら、先生がいきなり三人に分裂してリサさんをボコって、そしたら変な棒が出てきて——もう、いったいなんなの？

「あはは、変な棒だよね。はてなにもそう見えたんだ」

あたしは真の脇腹《わきばら》を思い切り突いた。

「痛い！　な、なんだよ！」

「なに笑ってるのよ！　めちゃくちゃ心配したんだから！　だって先生、本気で真を殺そうとしてたように見えた。どこか怪我《けが》とかしてない？　平気なの？　痛いところある？」

真の制服の上着を引っ張ったり、肩とか背中とかお腹《なか》とか、とにかくありとあらゆるところを触ったりしている内、真にするりと逃げられてしまった。

ああ、他にも確認したいところがあるのに。

「僕は大丈夫だってば。それにしても先生が泣き出すとは思わなかった」

「そうそれ！　どういうことかちゃんと説明して！　アガートラームとかクラなんとかって先生言ってたけど……ていうか、それ、スマイルステッキ、なのよね？」

何もかも、気になることばかりだった。頭の整理が追いつかない。

「ああ、これ、新しいスマイルステッキなんだ。あの時はどうしようかと思ったけど、よかった、これで怪盗ハテナを続けていける。そのために契約したんだ」

あたしに向かって、いつものように真が笑った。

「新しいスマイルステッキ？　よくわからないけど、真と先生がケンカするなんて、こっちは泣きそうだったんだから！　夢未《ゆめみ》なんて言葉も出ないくらい」

夢未がうるうるした目で、ひたすら真の上着の裾《すそ》を握り締めている。

「怖がらせちゃってごめんね、夢未ちゃん。でも、これは必要なことだったんだ」

その隣では、母様が先生の涙を拭いてあげていて、父様は右に行ったり左に行ったり、何をするでもなくただ右往左往《うおうさおう》としている。

と、横からにゅっと誰かの手が出てきて、真が持っていたステッキを取り上げた。

「はーあ、これがクラウ・ソラスなわけ？」

マライアさんは、スマイルステッキを振ったり、片目でじっと覗き込んだり、はたまた耳にあてて音を聞いたりしている。

「どこから見てもアガートラームなんだけど」

真が慌ててマライアさんの手からステッキを奪い返した。

「もう、乱暴に扱わないでください。また折れたらどうするつもりなんですか。僕が名づけたの、見てたでしょう？　これはスマイルステッキなんです。それ以上でもそれ以下でもないんだ。たぶん。たぶん」

「たぶんってなによ。それに果菜も訊いてたけど、母さんに何したわけ？　私、あの人が泣くところなんて初めて見たわ。私が知らない弱みでも握ってるの？　教えなさいよ、ん？　ん？」

そう言いながら真の顔に胸を押しつけようとするマライアさん。

あー、もう、そうやって真のことを誘惑しようとするんだから！　真もあいまいな態度でごまかそうとしないで、イヤならイヤって――

「ごめんなさい、それだけは言えないんです。僕と先生の信頼に関わるから」

珍しくきっぱりと断った真は、すっとマライアさんから体を離す。

あれっ？　あたしの出番がなくなっちゃった。まあ、いいんだけど、ちょっと寂《さび》しい。

真が先生を振り返った。

「とにかく、もう先生は僕のことを殺そうとなんて思ってませんから」

みんなも、泣きすぎてついにはえずき出した先生の方を見る。

「うっ、えぐっ、えぐっ……めっちゃ殺したい……」

「ええ？　そんな、あんなに頑張ったのに！　僕の覚悟は、今のところあれが精一杯《せいいっぱい》なんですけど、あの、先生？」

「でも、殺せなくなっちゃった……この花をもらっちゃったもの」

先生は泣きじゃくりながら、握り締めていた小さな紫色の花をみんなに見せた。

やっぱり、どうしてそうなるのかがよくわからないんだけど。

首をひねっているあたしに、ジーヴスが言った。

「何が起きても不思議なことなどございません。何しろ真様は運命を変えることができる、この世にただ一つのアーティファクトと契約されたのですから」

そう言ったジーヴスに、真が焦った様子で耳打ちする。

「ジーヴスさん、そのことはあんまり、その」

「ええ、ええ。そうでしょうとも。真様のお覚悟を、私は応援いたします。真様が煉獄《れんごく》を歩まれるのなら、このジーヴス、喜んでお供《とも》しましょう」

「だから、しーってすってば」

「おっと、これは失礼いたしました」

あたしはジーヴスの顔をじっと見上げる。するとジーヴスは、空々《そらぞら》しく視線を逸《そ》らした。はああ、これは何か知ってるのね？

「ジーヴス？　聞きたいことがあるんだけど――」

と思ったら、突然。

「はてな！」

真が、ぎゅっと強い力であたしの手を握り締めた。

「はぅわっ！　まま真、いきなりそんな、手を繋ぐにしたってもうちょっと雰囲気《ふんいき》ってものが」

「何言ってんだよ。時間！　もう奇術同好会のステージが始まっちゃう！」

「えっ？」

真の言う通りだった。時計は十時をとっくに回っていて、あたしたちの出番までそんなに余裕がない。学園までダッシュで走ったとして、えっと。

「とにかく走ろう！　行くよ、はてな！」

真があたしの手を握ったまま走り出す。

そうよね、ディナや松尾《まつお》さん、みんなを待たせるわけにはいかないもの。

あたしは真と、全速力でお屋敷から飛び出した。

学園へ向けて走る途中、あたしは息を切らせながらも真に訊いた。

「ちゃんと説明して！　新しいスマイルステッキって言ったわよね？　どういうこと？」

真は振り向かなかった。

あたしにはわかる。真はきっと、いつもみたいに困った顔をしてるって。

「前のステッキが折れちゃっただろ。だから新しいスマイルステッキを手に入れたんだ」

「なにそれ、全然説明になってないわ」

「だって、スマイルステッキがなかったら、どうやって奇術をすればいいのかわからないよ。

怪盗ハテナが続けられなくなる。それは困るよ。すごく困るんだ」

「じゃなくて、あの新しいスマイルステッキが何なのかって話！」

真が、あたしや夢未を心配させたくないのはわかってる。

あたしは真と一緒に困りたいのに、どうして話してくれないんだろう。

「ねえ、話してよ――」

その答えを聞く前に、あたしたちは学園に着いてしまった。

*

僕とはてなは、転がり込むように体育館の通用口をくぐった。

急いでいたから、はてなに輝く剣のことを説明する暇《いとま》がないのはちょっと助かったかも。

通用口から舞台袖《そで》へ行くと、腕組みをした桔梗院《ききょういん》さんが待ち構えていた。

「なにやってたのよ、二人とも！　大遅刻よ！　今はディナと松尾さんが何とか舞台を繋いでくれてるから、さっさと支度《したく》して！」

舞台の上を見ると、松尾さんが汗をかきながらカードマジックを披露《ひろう》してる姿が見えた。そう、そこで右手にパームしたカードを……ああ、練習通りにできてる。松尾さんの後ろで手伝いをしているディナが、ちらりと僕に目配《めくば》せをした。まずい、あれは相当怒ってるな。すぐに準備をしなくちゃ。

「たいへん、真！　ステージ衣装、持ってくるの忘れちゃった！」

言われてみれば、僕ははてなの手を引いて、何も持たずにお屋敷を出てきてしまった。

かといって制服姿でステージに上がるのも、きっと興《きょう》ざめだろう。奇術は、起こりえない奇跡を見せるものだ。それを見ている人に現実を忘れさせなくちゃならない。

舞台の上のディナが、これ以上は限界だってサインを送っている。

「どうしよう、真」

はてながバタバタと足踏みをしながら僕の袖を引っ張った。

どうしようったって、どうしよう。

客席の方から、ぱちぱちと拍手《はくしゅ》が聞こえた。舞台の上では松尾さんとディナがお客さんに向かって礼をしている。

僕は必死で考えながらスマイルステッキを見た。なんだよ、こういうのはやり直しにならないのか。ああ、なかなかうまくいかないもんだな。僕の初ステージなんてどうでもいいってことか。せめて怪盗ハテナの時はちゃんと働いてくれよ。

と、僕は突然気づいた。

「あっ、衣装ならあるじゃないか」

僕はスマイルステッキを振りかざした。

たちまち、僕はタキシードに身を包む。

「ええっ？　もしかして怪盗ハテナの衣装でステージに上がるの⁉」

「そうだよ。認識阻害《そがい》のアーティファクトはなしでね。誰も僕らが怪盗ハテナだなんて気づきやしないよ。今なら誰も見てない。ほら、はてなもすぐに着替えて！」

「え、ええ〜？」

はてなは戸惑《とまど》いながらも、するりと見慣れた怪盗の衣装に変身した。

これでよし。

僕はマイクの前に立っている桔梗院さんに向かって頷いた。

「続きまして、同じく奇術同好会の不知火《しらぬい》真くんと星里果菜さんのパフォーマンスです。不知火くんはあの！　世界的に有名な奇術師、星里衛《まもる》氏の一番弟子《でし》であり、アシスタントの果菜さんは娘さんなのです。さあ、どんな奇跡を見せてくれるんでしょうか」

うわあ、煽《あお》りすぎだよ桔梗院さん。

僕は舞台への階段に足をかけた。

入れ違いに降りてくるディナと松尾さんが、それぞれ短く声をかけてくれた。

「はぁぁぁ、緊張したあ。交代ね、がんばって、二人とも」

「舞台は温めておいた。後は任せたぞ」

舞台へ上がると、僕らを照らすスポットライトに目を細めた。

そこはキラキラと輝いていて、夢だった場所に立っているんだって実感する。

目が慣れてくると、観客席である体育館のフロアは後ろまでお客さんでいっぱいで、その中にはメイヴさんや衛師匠《ししょう》、エマさんや悠《ゆう》さん、藤吉郎に林田《はやしだ》くんも、これまで応援してくれたみんなの顔が見えた。

そして、そこにはモリガン先生もいたんだ。

先生はもう泣いていなかった。

「レディス・アンド・ジェントルメン！　不知火真のステージへようこそ！　アシスタントの星里果菜と共に、十五分間の奇跡をお見せします！」

さあ、僕たちのイリュージョンを始めよう。

＊

ステージに立った真は驚くほど落ち着いていて、堂々と奇術を見せていく。そのたびに客席から声が上がった。あたしは練習した通りに真に小道具を渡したり、一緒に奇術を演じていく。

朝からめちゃくちゃだったし、怪盗ハテナの衣装でステージに上がるなんてドキドキしたけど、これなら、あたしたちの初ステージはうまくいきそう。

そう思ったら、だんだん気持ちが落ち着いてきた。

「さあ、奪われた財宝を取り戻そう！」

ステージの演出に沿って真はそう叫ぶと、ステッキを一振り。出現した誰にも見えない床を踏みしめて、あたしと真は流れるように空中を駆け巡《めぐ》る。

やっぱり奇術をしてる時の真って素敵《すてき》だと思う。いつもの優しい真も好きだけど、こうしている時の真は頼もしくって、すぐ隣にいるあたしは特等席でそれを眺めることができる。

ただ、やっぱり朝のことが気になっていた。

あれは何だったんだろう？　スマイルステッキが折れてしまったのを、あたしは確かに見た。

真が手に入れた、新しいスマイルステッキ。そしてモリガン先生と真の、あの奇妙な出来事。

「なんてことだ、パートナーの果菜さんをギロチンにかけなければならないなんて！」

真が、さっとあたしに手を伸ばした。

段取りでは、人体切断の奇術に使う小道具のギロチンを手渡す予定だった。

でも、あたしはそうしなかった。

「ねえ、新しいスマイルステッキって、普通のアーティファクトじゃないんでしょう？」

「えっ？　はてな、その話はあとでしよう。今はステージを――」

きっと、真は何も言わない。新しいスマイルステッキを手に入れるために、どんなにがんばったか。それを持ち続けるために、どんなに大きな代償を支払わなければならないのか。

おばあちゃまは、それを持っていれば真が破滅するって、そう言っていた。

あれはきっと、それほどの代償を要求するアーティファクトなんだ。

「いやよ。だってあの時のおばあちゃまの様子、普通じゃなかったもの。真にそれを持たせるわけにはいかないって。ねえ、クラウ・ソラスって何のことなの？　どうして話してくれないの？　あたしはパートナーでしょ？」

後ろ手に手を差し出していた真が、あたしの方を振り返る。

「はてな……僕にだってよくわかってないんだ。でも、僕には新しいスマイルステッキが必要だった。僕が僕でいるために。怪盗ハテナとして、はてなの隣にいるために」

そんなことのために？　だったら。

「だったら、やめよう？」

「やめるって、何を」

「怪盗ハテナなんて、もうやめよう？　そのスマイルステッキを使ってたら、いつか真がいなくなっちゃうって、そんな気がする。そんなのあたし、いやだもん」

ずっと思っていた。あたしは、あたしの宿命を受け入れている。レルータの血を引くアーティファクト使いとして、世界中に散らばったアーティファクトを回収するのは当然だって、小さい頃からずっとそう思ってた。

でも、真は違う。あたしが巻き込んでしまった。

怪盗ハテナとしてあたしの隣に立つために、どれほどの努力をしたんだろう。命を危険にさらしてまで、あたしやレルータの宿命に付き合う義理はない。

「別に、あたしは真が怪盗ハテナじゃなくてもいい。アーティファクトを持っていなくたって構わない。そんなにがんばらなくたっていいよ。無理しないで」

それでも真ががんばっちゃうのはわかってる。

「だから、やめちゃおう、怪盗ハテナなんて」

真は、何も言わずに立ち尽くしていた。いつものように優しい、ちょっと困ったような笑顔を浮かべながら。

「そんなに心配させちゃってたのか。ごめん。そうだよな、僕って頼りないもんな」

「そんなこと言ってない！　ただ、あたしのせいで真に辛《つら》い目に遭《あ》ってほしくないだけ。アーティファクトのことは父様と母様に任せればいいじゃない。あたしたちは、ただの中学生でいいよ。また、みんなでケーキ、食べに行こ？」

このままでいたら、あんな楽しい日常だっていつか消えてしまうじゃないかって思うと、すごく怖い。勝手に涙が溢《あふ》れてきて、舞台の照明がぼんやりと歪《ゆが》む。

「あのね、はてな」

いつの間にか、真が目の前に立っていた。

舞台はしんと静まり返っていて、照明のスポットライトがお月さまみたい。

「僕は、僕の意思でここに立ってるんだ。怪盗ハテナだって、イヤイヤやってるんじゃない。世界の誰かが悲しんでいるなら、その悲しみを盗み出したいっていうの、すごいことだと思う」

「でも、あたしはそんなことより真の方が――」

「もし、そこに悲しみがあったら、はてなは見ないフリなんてできないだろう？　僕が好きになったはてなは、そういう女の子だよ」

え、今、好きって言った？

「僕も同じだ。僕はそんなはてなが好きで、僕は僕をやめることができない。スマイルステッキが折れた時、すごく考えたよ。これで怪盗ハテナはクビになるって。はてなの隣にいられなくなっちゃうって。それは僕が僕でなくなるってことだと思った。だから僕には」

真がスマイルステッキを掲げる。

「こいつが必要なんだ」

うん、あの、それはいいんだけど、でも真？　あたしのこと好きって言ったの？

真は、大きく深呼吸をしてから、あたしに向かって手を差し出した。

「はてな。君のことが好きだ。君とずっと一緒にいたい。一緒に笑ったり、泣いたりしたいんだ。信じてほしい。僕はいなくなったりしないよ。君のパートナーである限りは」

そこにいたのは、小さい頃に怖い犬からあたしを守ってくれた真だった。一緒に怪盗ハテナとして戦ってくれた真だった。あたしがコーヒーを飲むとき、そっとミルクとお砂糖を一緒に差し出してくれる真だった。真はいつだってあたしを気遣《きづか》ってくれて、励《はげ》ましてくれて、そして守ってくれていた。

あたしは——きっと耳まで真っ赤になってたと思う——真の手を取った。

「あたしも、真のことが好きよ。できればこれからもパートナーでいてください」

途端に、スポットライトが消えて、舞台の照明が一斉《いっせい》にあたしたちを照らし出す。客席から歓声と割れるような拍手が響いて、はぅわっ！　そうだった、ステージの最中だった！

「……あの、今の、みんな見てた？」

恐る恐る小声で尋ねると、客席から「おめでとう！」とか「お幸せに！」とかって声が百倍になって返ってきた。待ってよぉ！　あたしはそんなつもりじゃなくて、あのっ。真、どうしよう？　収拾がつかなくなっちゃった！

真はあたしの手を握ったままぷるぷると震えていたかと思うと、突然大きな声を張り上げた。

「奇術同好会の演目は以上です！　では、さようなら！」

それからあたしの手を握ったまま客席に向かって深々とお辞儀《じぎ》をしたので、あたしも慌てて真の真似《まね》をしたら、パーンという音と共に色とりどりの紙吹雪《ふぶき》が舞い上がり、たくさんの白いハトがぱーっと飛び立っていった。

早く、心美《ここみ》、早く幕を下ろして！　恥ずかしくて顔が上げられないよ！

「というわけで、不知火真くんによる、星里果菜さんへの愛の告白のパフォーマンスでした！」

天井のスピーカーから心美の声が響いて、するすると緞帳《どんちょう》が下りてきた。

降りた幕の向こうではまだ拍手が響いていて、あたしはおずおずと顔を上げる。

二人きりの舞台で、真と見つめ合った。

「あの、ごめん。こんなつもりじゃなかったんだけど」

「あ、あたしこそ、なんていうか、その……嬉《うれ》しかった」

それまで心に押し込めていた不安は、もうどこにもない。

あたしたちは、きっとこれからも怪盗ハテナとしてやっていけるだろうって確信してる。

それが、真があたしにくれた奇跡《イリュージョン》だった。

＊

「では撮りますよ。はい、チーズ」

ジーヴスさんがそう言うと、かしゃりと古ぼけたカメラのシャッターが下りた。

今、星里家の庭で、モリガン先生とはてな、それと夢未ちゃんが記念写真を撮っている。

「やっぱり記念写真はこういうちゃんとしたカメラで撮らなきゃ、デジカメなんて味わいがないわ。ジーヴス、それ、現像できたら送ってね」

「おばあちゃま、帰っちゃうの？」

寂しそうに言う夢未ちゃんの頭を、先生が優しく撫でる。

「教育実習の期間も終わりだし。あ、リサは連れていくけど、いいわよね？」

全身包帯だらけのリサさんが、ぺこりと頭を下げる。

「お世話になりました。自分がどれだけ井の中の蛙《かわず》だったか、思い知らされたわ。とりあえず二百年、先生の下で修業してみるよ」

モリガン先生は自分のトランクを取り上げると、見送りのみんなと短い挨拶《あいさつ》を交わして（衛師匠には挨拶の代わりに蹴りを一発入れた）、最後に僕の前で立ち止まった。

「せいぜいがんばりなさい。気が向いたら、また殺しに来るわ」

夢幻の魔女は、そう言って可愛《かわい》らしいウインクを残して去っていった。

エピローグ

あれから二カ月が過ぎた。制服は冬服に替わり、日に日に寒くなるばかりだ。

街と街の境目、閑静《かんせい》な住宅街のずっと奥に、ひときわ大きな建物が建っている。あるお金持ちが所有する私設の美術館らしい。夜も更《ふ》けたというのに、建物の周りはやけに騒がしい。それもそのはずだ。怪盗ハテナから、今夜、所蔵されているある美術品を盗み出すという予告状が届いているのだから。

僕とはてなは、少し離れたマンションの屋上から物々しい警備を見下ろしていた。

「マフくん、跳《と》ぶわよ」

はてなの金色のマフラーが羽を広げ、音もなく空を滑る。

僕らは誰にも気づかれることなく目標の建物の屋上へと降り立った。

「警備の人数や配置は情報通りね。あとは計画通り。夢未《ゆめみ》が監視カメラをシャットダウンさせたら、誰にも気づかれない内に盗み出しちゃいましょう。って、どうしたの？　真《まこと》」

「どうやら、はてなの思い通りにはいかなさそうだ」

僕は、美術館の門の前に立っている何の変哲《へんてつ》もない一組の男女を指さした。

男の方が、門の前に立っている警備員に声をかける。

「密輸された美術品が隠されているというのは、この建物で間違いないか？」

その質問に顔色を変えた警備員が、ジャケットに隠していた拳銃を抜こうとして——

「ぐあぁっ！」

もう一人の女の人に背後から腕を捻《ひね》りあげられて、拳銃を取り落とした。

たちまち辺《あた》りに警報が響き渡り、二人はあっという間に警備員たちに取り囲まれてしまう。数えきれないほどの銃口を突きつけられても、二人は身じろぎひとつしない。

男の人が叫んだ。

「変身！」

そこには白銀に輝くスーツを身にまとった正義のヒーローと、バレリーナのような可憐《かれん》な衣装に身を包んだ美少女が背中合わせに立っていた。

「これより正義を執行する」

「エージェント・アリス。同じく任務を遂行《すいこう》します」

二人は別々の方向へ走り出す。我に返った警備員たちが慌《あわ》てて発砲したが、すでに五人ほどがヒーローとアリスさんに殴り倒されていた。

「せっかく隠密《おんみつ》行動で潜入できそうだったのに、あの二人ったら」

「あ、あれは陽動《ようどう》作戦なんじゃないかな。きっと僕らが仕事をやりやすいように、警備を引きつけてくれてるんだよ」

だとすれば、今がチャンスだ。

　僕たちは美術館の中に入り込み、ターゲットを盗み出すタイミングを窺《うかが》った。案の定、表の騒ぎに引きつけられて、警備の人数は少ない。

　これなら、と思った瞬間、頭上で派手《はで》にガラスが割れる音が響いた。

「怪盗メイヴ、華麗《かれい》に参上！」

「盗んだ美術品を売りさばこうなんて子は、お仕置《しお》きしするわよ！」

衛師匠《まもるししょう》とメイヴさんだ。

「もうっ、どうしてスマートに盗み出そうとしてるのに、みんなで邪魔するのよっ！」

　はてなは勢いよく立ち上がると、ターゲットに向かって駆け出した。

「おっと、させないよ。誰にも気づかれないのがスマートだなんて、ボクはそんな怪盗の仕方を教えた覚えはないな。万人《ばんにん》の注目を集めて華麗に盗み出す。それが怪盗だ！」

　さらに入り口のシャッターを無理やりこじ開けて、ヒーローが姿を現した。

「違うな。悪はすべて殴り倒す。悪人どもに、正義とは何かを叩《たた》き込んでやらねば」

　怪盗メイヴ、はてな、そしてヒーローが対峙《たいじ》して、お互いを牽制《けんせい》し合っている。

「三すくみですね。どうします？」

　いつの間にか僕の隣に立っていたアリスさんが、楽しげに訊《き》いた。

　辺りを見回せば、床には伸びた警備員たちが転がっていて、立派《りっぱ》だった美術館は壁から天井から惨憺《さんたん》たる有様《ありさま》で、なんだよ、もう敵なんてどこにもいないじゃないか。

「はてな、絶対に離さないで。行くよ！」

僕はスマイルステッキを振り上げると、ターゲットをはてなの腕の中へ移動させる。

それと同時に、ターゲットごとはてなを僕の腕の中に物体移動させた。

「はぅわっ！　ま、真？　はっ恥《は》ずかしいんだけど!?」

僕ははてなをお姫様のように抱きかかえて、そのままくるりと背を向けて逃げ出した。

「卑怯《ひきょう》だぞ、怪盗ハテナ！　正々堂々と戦え！」

「おやおや華麗とは言えないね。逃がさないぞ！」

満月が照らす夜空を、二組の怪盗と謎のヒーローたちが駆け抜けていく。

『任務完了ですね。お鍋《なべ》の用意ができていますよ』

耳元の通信機から、エマさんの声が聞こえた。その後ろから、どうやら誰がアーティファクトを盗んで帰ってくるか賭《か》けていたらしいモリガン先生とマライアさんが、ぎゃんぎゃんと騒いでいる。先生、また日本に来てるのか。レルータの長《おさ》って実はヒマなんじゃ？

「もう、あたしたちってばどうしていつもこうなっちゃうのかしら」

僕の首に手を回したはてなが、楽しそうに微笑《ほほえ》んだ。

まだまだうまくできないけれど、それでいい。

この冒険の先にどんな困難があろうと、はてなと一緒なら切り抜けられる。

そこに誰かの悲しみがあるのなら、僕らはそれを盗み出そう。

僕たちのイリュージョンは、始まったばかりだ。

あとがき

はじめましての方は、はじめまして。そうでない方は——シリーズ通算6冊目、タイトルにRがついて2冊目ですし、お久しぶりですって方の方が多いんでしょうか。

今、本屋さんであとがきから読んでる人がいたら、静かにこの本を棚に戻して『はてな☆イリュージョン（著・松智洋《まつともひろ》）』の一巻を買ってください。紡《つむ》がれた物語の末に、いつかこのあとがきで再びお会いできることを祈っております。

どうせなら一巻から読んでね。その方が楽しいよってこと。

そういったあれやこれやを一切合切《いっさいがっさい》含めて、この度は本書を手に取っていただき、本当にありがとうございます。執筆を担当した北沢大輔《きたざわだいすけ》と申すものです。

まあ、私が誰かだなんてどうでもいいことなのですが。

本書に先立って、Rがつかない『はてな☆イリュージョン』のアニメが絶賛放映中のことだと思います。また、江戸屋《えどや》ぽち先生の手によるコミカライズ版も発売中です。小説、アニメ、コミックと、それぞれ物語の描き方が違っていて『はてな☆イリュージョン』の世界観を広げてくれるはずです。どれもおすすめなので、ぜひ一度手に取ってみてください。

っていうね、セールストークもどうでもいい話なんですよ。

なぜなら、実は本稿がまだ完成していないからです。絶賛執筆中だぜ。いやマズイって。ヤバイって。編集さん激おこだって。急いで仕上げます。今、仕上げてます。

えーと、この話よくないな。違う話題にしましょうか。

個人的に、本巻で活躍したモリガン・レルータというキャラクターがとても気に入っていて、彼女にもうちょっと本気を出させてあげたかった。最強にして最凶と設定したにも拘《かか》わらず、愛する孫娘とそのパートナーに対して全力を振るうわけにもいかなくて、彼女には悪いことをしたと思っています。いつかモリガンの若い頃のお話を書いてみたいですし、真《まこと》とはてなの活躍ももっと書きたいし、どうしたものですかね。続刊の企画書でも書きましょうか。

そんなこんなで『はてな☆イリュージョン』シリーズは本巻で一度幕を閉じます。語り部がいて、それに耳を傾けてくれる人がいて、物語が終わる。こんなに幸せなことはありません。この物語があなたにとってひと時のイリュージョンとなることを願いつつ、最後に祝辞を述べさせてください。

集英社ダッシュエックス文庫編集部の皆様を始め、挿絵《さしえ》を担当してくださった矢吹健太朗《やぶきけんたろう》先生、本書のみならず『はてな☆イリュージョン』シリーズに携《たずさ》わってくださった、すべての方々に感謝を捧《ささ》げます。本当にご迷惑をおかけしました。

そして本書を読んでくださったあなたに、最大の感謝と愛を贈ります。ありがとう。

じゃあ、またね。

北沢　大輔

この作品の感想をお寄せください。

あて先　〒101-8050　東京都千代田区一ツ橋2-5-10
集英社　ダッシュエックス文庫編集部　気付
松 智洋／StoryWorks先生　矢吹健太朗先生

ダッシュエックス文庫

はてな☆イリュージョンR2

松 智洋／StoryWorks

2020年2月26日　第1刷発行

★定価はカバーに表示してあります

発行者　北畠輝幸
発行所　株式会社　集英社
〒101−8050　東京都千代田区一ツ橋2−5−10
03(3230)6229(編集)
03(3230)6393(販売／書店専用)　03(3230)6080(読者係)
印刷所　大日本印刷株式会社

ISBN978-4-08-631350-6 C0193

ダッシュエックス文庫

はてな☆イリュージョン
松 智洋
イラスト／矢吹健太朗

天才奇術師・星里衛《ほしさとまもる》に弟子入りするため上京した真《まこと》。衛の娘で幼なじみの果菜《かな》と同居する事になるが星里家には重大な秘密があって!?

はてな☆イリュージョン2
松 智洋
イラスト／矢吹健太朗

怪盗ハテナ、今度は愛する妹・夢未《ゆめみ》が不登校になった理由を盗むと予告!? 果たして事の真相は…? 最高のイリュージョン第2弾!

はてな☆イリュージョン3
松 智洋
イラスト／矢吹健太朗

星里家にきて初めての中間テスト。真が不本意な点数をとったのがきっかけで、はてなの家でみんなで勉強会をすることになり…!?

はてな☆イリュージョン4
松 智洋
イラスト／矢吹健太朗

夏休み。心美《ここみ》の誘いで、桔梗院《ききょういん》家のプライベートビーチを訪れた星里家一行。そこにアーティファクトを狙う連中も集結していて…!?

はてな☆イリュージョンR

松 智洋
StoryWorks
イラスト／矢吹健太朗

奇術師見習い兼執事見習いとして奮闘する真。学校では同好会を設立する一方、町内で事件が続発し!?　大人気シリーズ再始動の第1幕。

異世界家族漂流記 不思議の島のエルザ

松 智洋
イラスト／おにぎりくん（ALICESOFT）

異世界の孤島に飛ばされてしまった、真城《しんじょう》一家。そこで出会ったのは、流刑中の野生美少女…!?　家族ぐるみのサバイバル、始動!!

メルヘン・メドヘン1〜4

松 智洋
StoryWorks
イラスト／カントク

世界中に現存する不思議な力を持った物語の「原書」に選ばれた少女たちが、胸に秘めた願いを叶えていく夢と魔法と青春の物語…!

メルヘン・メドヘン フェスト 〜魔法少女たちの前日譚〜

著／伊瀬ネキセ
斧名田マニマニ
慶野由志
原作／松 智洋
StoryWorks
イラスト／カントク
口絵・挿絵／林 けゐ

魔法少女の願いは色とりどり!?　インド、ドイツ、イギリスのメドヘンたちの想いがつながるときを描いた珠玉のスピンオフ前日譚。

HELLO WORLD if

——勘解由小路《かでのこうじ》三鈴《みすず》は
世界で最初の失恋をする——

原作／映画「HELLO WORLD」
著／伊瀬ネキセ
イラスト／堀口悠紀子

王女様の高級尋問官

～真剣に尋問しても美少女たちが
絶頂するのは何故だろう?～

兎月竜之介
イラスト／睦茸

王女様の高級尋問官

～美少女たちの秘密を暴くと
淫《みだ》れてしまうのは何故だろう?～

兎月竜之介
イラスト／睦茸

◆アズールレーンスピンオフ

アズールレーン Episode of Belfast

助供《すけとも》珠樹《たまき》
制作協力／『アズールレーン』運営
イラスト／raiou

これから出会う大切な二人のために出来る事とは…未来の自分と出会った少女が、やがて来る悲劇の瞬間を変えようとする奇跡の物語。

怪我で引退した元騎士が、王女様の護衛官に。しかしそれは表の顔。実際は美少女刺客を捕らえる尋問官で…? 特濃エロファンタジー。

なぜかアレンを敵視する第三王女マリアンヌとお兄様を愛しすぎる妹ローザの登場で、護衛官アレンの尋問ライフはもっと淫らに…!?

大人気ゲーム『アズールレーン』のスピンオフが登場。ロイヤルの華麗なるメイド長、ベルファストのドタバタな日常が開幕!!

◆アズールレーンスピンオフ
アズールレーン Episode of Belfast 2nd
助供《すけとも》珠樹《たまき》
制作協力／『アズールレーン』運営
イラスト／raiou

◆アズールレーンスピンオフ
アズールレーン Episode of Belfast 3rd
助供《すけとも》珠樹《たまき》
制作協力／『アズールレーン』運営
イラスト／raiou

◆アズールレーンスピンオフ
アズールレーン Episode of Belfast 4th
助供《すけとも》珠樹《たまき》
制作協力／『アズールレーン』運営
イラスト／raiou

嘘つき勇者の神回避
~聖剣を失うもハッタリで最強~
草薙アキ
イラスト／九童まいむ

ベルちゃん登場でロイヤル陣営はさらに賑やかに！　ベルファストたちの日常を描いた、大人気ゲームのスピンオフ小説、第2弾！

ネプチューンとお茶会を懸けたパンケーキレースや、サフォークが記憶喪失!?　そしてメイド隊がアイリス陣営の舞踏会に招待され!?

学園祭の季節。ミスコンが中止となり、ロイヤル陣営は「涙なしでは見れない大傑作のお芝居」を出し物として提案してしまい…？

嘘つき男が聖剣に選ばれし救世主として異世界転生…したのに聖剣が盗まれた!?　口の上手さと《神回避》の力で聖剣を取りもどせ！

ダッシュエックス文庫

俺はまだ、本気を出していない

三木なずな
イラスト／さくらねこ

俺はまだ、本気を出していない2

三木なずな
イラスト／さくらねこ

俺はまだ、本気を出していない3

三木なずな
イラスト／さくらねこ

ソロ神官のVRMMO冒険記
～どこから見ても狂戦士です
本当にありがとうございました～

原初《げんしょ》
イラスト／へいろー

強すぎる実力を隠し貴族の四男として気ままに暮らすはずが、優しい姉の応援でうっかり当主に!?　慕われ尊敬される最強当主生活！

姉の計略で当主になって以降、なぜか大活躍のヘルメス。伝説の娼婦ヘスティアにも惚れられて、本気じゃないのにますます最強に…？

剣を提げただけなのに国王の剣術指南役に!?　地上最強の魔王に懐かれ、征魔代将軍に任命され、大公爵にまで上り詰めちゃう第3幕!!

回復能力がある「神官」を選んでゲームをはじめたのに、あまりにも自由なプレイスタイルに全プレイヤーが震撼!?　怒涛の冒険記！

ダッシュエックス文庫

ソロ神官のＶＲＭＭＯ冒険記２
～どこから見ても狂戦士です
本当にありがとうございました～
原《げん》初《しょ》
イラスト／へいろー

ソロ神官のＶＲＭＭＯ冒険記３
～どこから見ても狂戦士です
本当にありがとうございました～
原《げん》初《しょ》
イラスト／へいろー

ソロ神官のＶＲＭＭＯ冒険記４
～どこから見ても狂戦士です
本当にありがとうございました～
原《げん》初《しょ》
イラスト／へいろー

ソロ神官のＶＲＭＭＯ冒険記５
～どこから見ても狂戦士です
本当にありがとうございました～
原《げん》初《しょ》
イラスト／へいろー

高難易度のイベントをクリアして獲得した報酬は、ケモ耳美幼女!?　新しい武器と新たな出会いの連続でソロプレイに磨きがかかる！

ギルドに加入するためレベル上げでトカゲ狩り！　そしてやってきた転職のチャンスで、ジョブの選択肢に「狂戦士ん官」の文字が!?

美しき聖女の願いに応え、死霊の王討伐のクエストに参加したリュー。それは恋とバトルが乱れ咲く、リュー史上最大の戦いだった!!

大規模イベントの決戦目前！　訓練や攻略資料探しに奔走するなか、褐色の艶やかな女悪魔が出現し、リューたちに宣戦布告する…！

俺の家が魔力スポットだった件3
～住んでいるだけで世界最強～
あまうい白一
イラスト／鍋島テツヒロ

黒金の竜王アンネが隣人となり、異世界マイホーム生活は賑やかに。でも、戦闘ウサギに新たな竜王の登場で、まだまだ波乱は続く!?
俺の家が魔力スポットだった件4
～住んでいるだけで世界最強～
あまうい白一
イラスト／鍋島テツヒロ
今度は国を守護する四大精霊が逃げ出した!! 強い魔力に引き寄せられるという精霊たちは、当然ながらダイチの前に現れるのだが…？
俺の家が魔力スポットだった件5
～住んでいるだけで世界最強～
あまうい白一
イラスト／鍋島テツヒロ
盛大なプロシアの祭りも終わったある日のこと。今度は謎の歌姫が騒動を巻き起こす…!? 異世界マイホームライフ安心安定の第5巻！
俺の家が魔力スポットだった件6
～住んでいるだけで世界最強～
あまうい白一
イラスト／鍋島テツヒロ
リゾートへ旅行に出かけた一行。バカンスを楽しむはずが、とんでもないものを釣りあげてしまい!? 新たな竜王も登場し大騒ぎに！

ダッシュエックス文庫

神域のカンピオーネス トロイア戦争
丈月 城
イラスト／BUNBUN

神域のカンピオーネス2 ラグナロクの狼
丈月 城
イラスト／BUNBUN

神域のカンピオーネス3 黄泉比良坂
丈月 城
イラスト／BUNBUN

神域のカンピオーネス4 英雄界ヒューペルボレア
丈月 城
イラスト／BUNBUN

神話の世界と繋がり、災厄をもたらす異空間に日本最高峰の陰陽師と最強の〝役立たず〟が立ち向かう。神話を改変するミッション!!

今度の舞台は北欧神話。魔狼フェンリルの復活と神話世界の崩壊を防ごうとする蓮の前に「侯爵」を名乗る神殺しが立ちはだかる…！

京都を訪れた蓮たちの前に新たなサンクチュアリ・黄泉比良坂が発生！ 国生みの女神イザナミとの空前絶後のバトルが幕を開ける！

太陽神を追って未知なる神域の門を探す蓮。『謎の貴婦人』に助けられ辿り着いた先は、大陸が水没した〝滅んだあとの世界〟だった！

神域のカンピオーネス5 黙示録の時

丈月 城
イラスト／BUNBUN

ヒューペルボレアでの戦いの後、地球への道中で聖ヨハネの魂から地球滅亡の兆しを知らされた蓮たち。戻った地球は崩壊寸前で…？

遊び人は賢者に転職できるって知ってました？ ～勇者パーティを追放されたLv99道化師、【大賢者】になる～

妹尾尻尾
イラスト／TRY

様々なサポートに全く気付かれず、ついに勇者パーティから追放された道化師。道化をやめ、大賢者に転職して主役の人生を送る…!!

遊び人は賢者に転職できるって知ってました？2 ～勇者パーティを追放されたLv99道化師、【大賢者】になる～

妹尾尻尾
イラスト／柚木ゆの

道化師から大賢者へ転職し、爆乳美少女2人と難攻不落のダンジョンへ！　だが彼らの前に、かつての勇者パーティーが現れて…？

遊び人は賢者に転職できるって知ってました？3 ～勇者パーティを追放されたLv99道化師、【大賢者】になる～

妹尾尻尾
イラスト／柚木ゆの

『天衝塔バベル』を駆けあがり、ついに因縁のトールドラゴンと激突！　もちろん攻略の合間には〝遊び人〟全開の乱痴気騒ぎも…♥